U0709990

中國古典文學基本叢書

# 張籍集繫年校注

下册

徐禮節
余恕誠　校注

中華書局

# 張籍集繫年校注卷七　拾遺

## 樂府三十三首

### 隴頭行①〔一〕

隴頭路②斷人不行，胡騎已③入凉州城。〔二〕漢兵④處處格鬬死，〔三〕一朝盡没隴西地。驅我邊人胡中去，恣⑤放牛羊食禾黍。去年中國養子孫，今著氈裘學胡語⑥。〔四〕誰能還⑦使李⑧輕車，〔五〕重⑨取凉州屬⑩漢家。

【校　記】

① 詩題樂府（卷二一）、全詩（卷一八）作「隴頭」，全詩題注：「一曰隴頭水」。

② 路：樂府、宋本作「已」。

③ 已：樂府、全詩（卷三八二，下同）、庫本作「夜」。

④兵：樂府、宋本、庫本作「家」。

⑤恣：樂府、宋本、全詩、庫本作「散」。

⑥「今著」句：庫本作「今來異域通言語」。

⑦還：樂府、宋本、全詩、庫本作「更」。

⑧李：宋本、陸本作「索」。

⑨重：樂府、全詩、庫本作「收」。

⑩屬：全詩、庫本作「入」。

【注釋】

〔一〕隴頭行：漢樂府横吹曲辭古題。《樂府詩集》收入卷二一《横吹曲辭・漢横吹曲》，題解：「一曰《隴頭水》。《通典》曰：『天水郡有大阪，名曰隴坻，亦曰隴山，即漢隴關也。』《三秦記》曰：『其坂九回，上者七日乃越，上有清水四注下，所謂隴頭水也。』」隴頭，隴山。見《關山月》（卷一）注釋〔四〕。行，詩歌（樂府）體裁之一種。詳《傷歌行》（卷一）注釋〔一〕。

〔二〕路斷：至建中二年（七八一），除西州外，隴右諸州盡陷於吐蕃。詳《西州》（卷一）注釋〔二〕「無邊城」。胡騎：指吐蕃軍隊。凉州：見《凉州詞三首》其一（卷六）注釋〔一〕。

〔三〕漢：漢朝。唐人常借以稱唐。

〔四〕中國：中原。此借指唐廷領地。氈裘：游牧民族以皮毛製成的衣服。

〔五〕李輕車：漢李廣從弟李蔡。因其勇武善戰，曾爲輕車將軍。《史記·李將軍列傳》（卷一〇九）：「景帝時，蔡積功勞至二千石。孝武帝時，至代相。以元朔五年爲輕車將軍，從大將軍擊右賢王，有功中率，封爲樂安侯。」

【繫年】

詩云「一朝盡没隴西地」，當作於貞元初，時張籍與王建求學「鵲山漳水」或游寓洛陽。按：詩寫吐蕃入侵給隴西百姓造成的災難以及廣大人民對收復失地的願望。

【同唱】

王建《隴頭水》：「隴水何年隴頭别，不在山中亦嗚咽。征人塞耳馬不行，未到隴頭聞水聲。謂是西流入蒲海，還聞北海繞龍城。隴東隴西多屈曲，野麋飲水長簇簇。胡兵夜回水傍住，憶著來時磨劍處。向前無井復無泉，放馬回看隴頭樹。」（全詩卷一八）

按：《全唐詩》卷二九八題作「壟頭水」。

## 廢宅①行〔一〕

胡馬崩騰滿阡陌，〔二〕都人避亂唯空宅。宅邊青桑②垂③宛宛，〔三〕野蠶食葉還成繭。黄雀銜草入燕窠，嘖嘖啾啾白日晚。〔四〕去時禾黍埋地中，饑兵掘土翻重重。鵄梟養子庭樹上，曲牆空屋④多旋風。〔五〕亂定幾人還本土？唯有官家重作主。〔六〕

【校　記】

①宅：宋本、全詩作「居」。

②桑：宋本作「葉」。

③垂：宋本、陸本作「葉」。

④屋：席本作「室」，原本校同。

【注　釋】

〔一〕廢宅行：張籍自創的新樂府題。行，詩歌（樂府）體裁之一種。詳《傷歌行》（卷一）注釋〔一〕。

〔二〕胡：指安史叛軍。《舊唐書》安禄山、史思明傳（卷二〇〇上）：「安禄山，營州柳城雜種胡人也。」「史思明，本名窣干，營州寧夷州突厥雜種胡人也。」崩騰：奔騰。

〔三〕宛宛：桑葉繁盛貌。

〔四〕黄雀：鳥名。因上體淺黄而得名。燕窠：燕巢。黄雀畏人，一般不入宅爲巢；燕巢卻多築在宅中。嘖嘖、啾啾：鳥鳴聲。《爾雅・釋鳥》：「宵扈，嘖嘖。」邢昺疏引李巡曰：「嘖嘖，鳥聲貌也。」此指黄雀輕細的叫聲。

〔五〕鵋鵙：亦作「鵋鶀」，俗稱貓頭鷹。生活於林中。古人視爲惡鳥。曲牆：曲折延伸的牆垣。此借指街巷。

〔六〕重作主：謂恢復政權，重新分配土地與房屋。

## 【繫　年】

當作於張籍早年游寓洛陽期間，約貞元二年（七八六）。按：詩以唐玄宗末年爆發安史之亂至唐德宗前期一系列戰亂爲背景，寫兵禍給百姓帶來的災難。這時期，内憂外患頻仍，除藩鎮興兵外，尚有代宗廣德元年（七六三）十月吐蕃兵入長安，大燒大掠；而時距張籍最近，且危害大而深者，當爲建中之亂。德宗建中三年（七八二），盧龍鎮朱滔、魏博鎮田悦、成德鎮王武俊、淄青鎮李納合縱叛唐，各自稱王，并向淮西節度使（駐蔡州，即今河南省汝南縣）李希烈勸進，李希烈遂自稱建興王、天下都元帥，派兵四處擄掠；四年八月，李希烈圍襄城（今河南省襄城縣），朝廷調發涇原鎮（駐今甘肅省涇縣）兵前往救援，軍至長安嘩變，擁立朱泚爲帝，德宗逃往奉天（今陝西省乾縣）。興元元年（七八四）二月，自河北前線入援奉天的朔方節度使李懷光又反，與朱泚聯合，德宗又倉皇逃往梁州（今陝西省漢中市）。此年五月始收復長安。至貞元二年三月李希烈死，戰亂纔大體平定。本詩最直接的背景當是這場兵亂。李懷光本渤海靺鞨人，故稱其所部爲「胡」兵，與稱安史叛軍爲「胡兵」同例。晚唐李商隱《復京》詩寫這場戰爭即以「胡兵」（「虜騎胡兵一戰摧」）稱朱泚與李懷光之叛軍。參《永嘉行》（卷一）、《董逃行》（卷七）二詩「繫年」。

【集　評】

（清）賀裳：見《永嘉行》（卷一）「集評」。

## 秋夜長〔一〕

秋天如水夜未央，天漢東西月色光。〔二〕愁人不寐畏枕席，暗虫嘖嘖①繞我傍。〔三〕荒城爲村無更聲，起看北斗天未明。〔四〕白露滿田風裊裊，千聲萬聲鷃②鳥鳴。〔五〕

【校　記】

① 嘖嘖：樂府（卷七六）、全詩、庫本作「唧唧」。

②鶡：陸本作「鶩」。

【注　釋】

〔一〕秋夜長：樂府雜曲歌辭古題。《樂府詩集》收入卷七六《雜曲歌辭十六》，題解：「魏文帝詩曰：『漫漫秋夜長，烈烈北風涼。展轉不能寐，披衣起彷徨。彷徨忽已久，白露沾我裳。俯視清水波，仰看明月光。』又曰：『草蟲鳴何悲，孤雁獨南翔。鬱鬱多悲思，綿綿思故鄉。』《秋夜長》其取諸此。」

〔二〕未央：未盡。天漢東西：秋夜天明前，天河呈東西走向。

〔三〕暗蟲：生活在陰暗處的蟋蟀之類昆蟲。嘖嘖：輕細的蟲鳴聲。唐李賀《南山田中行》：「塘水漻漻蟲嘖嘖。」王琦彙解：「嘖嘖，謂聲輕細。」

〔四〕荒城爲村：謂城市荒蕪，如同村野。北斗：北斗七星。夜晚可據斗柄指向判定時間。唐韋應物《擬古詩十二首》其六：「天河横未落，斗柄當西南。」

〔五〕鶡鳥：即鶡旦。又稱「寒號蟲」。常天明前鳴叫。《禮記·月令》：「（仲冬之月）鶡旦不鳴。」鄭玄注：「鶡旦，求旦之鳥也。」漢桓寬《鹽鐵論·利議》：「鶡鳴夜鳴，無益於明。」

【繫　年】

據「荒城爲村」語知時遭兵燹後不久，詩當作於張籍早期求學或漫游時。按：詩寫游子秋夜的不眠和孤凄。

## 塞上①曲〔一〕

邊州②八月修城堡，候騎先燒③磧上④草。〔二〕胡風吹沙度隴飛，〔三〕隴頭林木無北枝。將軍閱兵青塞下，鳴鼓鼙鼙⑤促獵圍。〔四〕天寒山路⑥石斷裂，白日不銷帳上⑦雪。烏孫國亂多降胡，詔使名王持漢節。〔五〕年年征戰不得閒，邊人殺盡唯空山。

【校　記】

①上：樂府（卷九二）、全詩作「下」。
②州：陸本作「城」。
③燒：席本作「探」。
④上：樂府、全詩、席本、庫本作「中」。
⑤鼙鼙：樂府、全詩、庫本作「逢逢」。
⑥路：庫本作「頭」。
⑦上：陸本作「下」。

【注釋】

〔一〕塞上曲：新樂府題。《樂府詩集》收入卷九二《新樂府辭・樂府雜題》，題作「塞下曲」。曲，詩歌（樂府）體裁之一種。詳《雜怨》（卷一）注釋〔一〕。

〔二〕修城堡：指修築「防秋」工事。參《送防秋將》（卷二）注釋〔一〕。候騎：擔任偵察巡邏任務的騎兵。磧：見《築城詞》（卷一）注釋〔四〕。燒草：使敵人戰馬無所食而難以進犯。《資治通鑑・唐紀・昭宗天復三年》（卷二六四）：「每霜降，仁恭輒遣人焚塞下野草，契丹馬多飢死。」胡三省注：「北荒寒早，至秋，草先枯死。近塞差暖，霜降草猶未盡衰，故契丹南並塞放牧；焚其野草，則馬無所食而飢死。」

〔三〕胡風：從胡地吹來的風，即北風。漢蔡琰《悲憤詩》：「處所多霜雪，胡風春夏起。」隴：隴山。詳《關山月》（卷一）注釋〔四〕。

〔四〕青塞：今甘肅省東北環縣青山一帶。古爲北地郡，地近長城。《後漢書・馮異傳》（卷一七）載，東漢建武六年，大將馮異進軍義渠，領北地太守，青山胡率衆歸降。後因以「青塞」泛指邊塞。獵圍：打獵時形成包圍圈。此指閱兵演習。

〔五〕烏孫國：古西域國名。在今伊犁河谷。《漢書・西域傳》（卷九六下）：「烏孫國，大昆彌治赤谷城，去長安八千九百里。」名王：見《少年行》（卷一）注釋〔七〕。持漢節：謂借漢的名義代漢行事。《漢書・西域傳》載，烏孫昆彌（按：王之稱）岑陬與漢親善，漢妻以解憂公主；岑陬將死，因「胡（按：指匈奴）婦子泥靡尚小」，「以國與季父大禄子翁歸靡，曰：『泥靡大，以國歸之。』」……翁歸靡既立，號肥王，復尚楚主解憂，生三男兩女」，長男曰元貴靡；宣帝元康二年（前六四），肥王上書「願以漢外孫元貴靡爲嗣，得令復尚漢公主」，尋卒，「烏孫貴人共從本約，立岑陬子泥靡」，號狂王；「狂王復尚楚主解憂」，然「不與主和，又暴惡失衆」，公主與漢使謀殺之，「劍旁下，狂王傷，上馬馳去」，肥王胡婦子烏就屠「與諸翕侯俱去，居北山中，揚言母家匈奴兵來，故衆歸之。後遂襲殺狂王，自立爲昆彌」，烏孫遂亂。後，漢「詔烏就屠詣長羅侯赤谷城，立元貴靡爲大昆彌，烏就屠爲小昆彌，皆賜印綬」。詩所謂「詔使名王持漢節」即指漢册立元貴靡爲「大昆彌」。二句似寫迴紇事。《舊唐書·迴紇傳》（卷一九五）：貞元六年「四月，忠貞可汗爲其弟所殺而篡立」，「其次相率國人縱殺篡者而立忠貞之子爲可汗」，「告忠貞可汗之哀於我，且請册新君」；「初，北庭、安西既假道於迴紇以朝奏，因附庸焉。迴紇徵求無厭，北庭差近，凡生事之資，必强取之。又有沙陀部落六千餘帳，與北庭相依，亦屬於迴紇，肆行抄奪，尤所厭苦。其先葛禄部落及白服突厥素與迴紇通和，亦憾其侵掠。因吐蕃厚賂見誘，遂附之。於是吐蕃率葛禄、白服之衆去冬寇北庭，迴紇大相頡干迦斯率衆援之，頻敗。吐蕃急攻之，北庭之人既苦迴紇，乃舉城降焉，沙陀部落亦降」；「貞元七年五月庚申朔，以鴻臚少卿庾鋌兼御史大夫，册迴紇可汗及吊祭使」。

【繫　年】

詩當作於貞元七年（七九一）五月後不久。時張籍在「鵲山漳水」一帶求學。按：詩寫邊塞的惡劣環境、將士的高昂鬬志以及戰爭給人民造成的災難。

## 董逃行〔一〕

洛陽城頭火曈曈，〔二〕亂兵燒我天子宫。宫城南面有深①山，盡將老幼藏其間。重巖爲屋橡爲食，丁男夜行候消息。〔三〕聞道官軍猶掠人，〔四〕舊里如今歸未得。董逃行，漢家幾時重太平？

【校　記】

① 深：席本作「青」。

【注　釋】

〔一〕董逃行：漢樂府相和歌辭古題。《樂府詩集》卷三四收入《相和歌辭九·清調曲二》，題解：「崔豹《古今注》曰：『《董逃歌》，後漢游童所作也。終有董卓作亂，卒以逃亡。後人習之爲歌章，樂府奏之以爲儆誡焉。』《後漢書·五行志》曰：『靈帝中平中，京都歌曰：「承樂世，董逃，游四郭，董逃。蒙天恩，董逃，帶金紫，董逃。行謝恩，董逃，整車騎，董逃。垂欲發，董逃，與中辭，董逃。出西門，董逃，瞻宫殿，董逃。望京城，董逃，日夜絶，董逃，心摧傷，董逃。」案「董」謂董卓也。言欲跋扈，縱有殘暴，終歸逃竄，至於滅族也。』《風俗通》曰：『卓以《董逃》之歌，主爲己發，太禁絶之。』楊阜《董卓傳》曰：『卓改《董逃》爲「董安」。』」行，詩歌（樂府）體裁之一種。詳《傷歌行》（卷一）注釋〔一〕。

〔二〕洛陽：東漢都城。唐爲東都。曈曈：明亮貌。

〔三〕重巖：重疊的山巖。晉棗據《游覽》：「重巖吐神溜，傾觴挹湧波。」此指巖洞。橡：橡栗。候：偵察。

〔四〕掠人：謂抓丁充軍。

## 【繫　年】

寫作背景當同《永嘉行》（卷一）、《廢宅行》（卷七），即作於張籍早年游寓洛陽期間，約貞元二年（七八六）。按：詩借古諷今，揭示安史之亂及其後頻繁的内亂給人民造成的災難，表達人民對「太平」的向往。《新唐書·安禄山傳》（卷二二五上）：「禄山未至長安，士人皆逃入山谷，東西駱驛二百里……將相第家委寶貨不貲，群不逞爭取之，累日不能盡。又剽左藏大盈庫，百司帑藏竭，乃火其餘。禄山至，怒，乃大索三日，民間財貲盡掠之……城邑墟矣。」唐杜甫《石壕吏》：「暮投石壕村，有吏夜捉人。」《資治通鑑·唐紀·德宗建中四年》（卷二二八）：「（正月）李希烈遣其將李克誠襲陷汝州……又遣别將董待名等四出抄掠，取尉氏，圍鄭州，官軍數爲所敗。邏騎西至彭婆，東都士民震駭，竄匿山谷。」詩所寫與上合。

【集　評】

（明）胡應麟：「《董逃行》實緣董卓作，然本曲已全無此意。至魏武乃言長生，陸機則感時運，傅玄復託夫婦，咸自足傳……唐元稹、張籍，競用本事，而卑弱靡瑣，了無發明。余謂擬魏、晉樂府，盡仍其誤不妨，乃反有古色。」（《詩藪·内篇》卷一）

## 江村行〔一〕

南塘水深蘆筍齊，下田種稻不作畦。〔二〕耕場磷磷在水底，短衣半染蘆中①泥。〔三〕田頭刈莎結爲屋，〔四〕歸來繫牛還獨宿。水淹手足盡爲②瘡，山虻③繞衣④飛撲撲⑤。〔五〕桑村⑥椹黑蠶再眠，小⑦姑採桑不餉⑧田。〔六〕江南熱旱⑨天氣毒，雨中移秧顏色鮮。〔七〕一年耕種長苦辛，田熟家家將賽神。〔八〕

【校　記】

①蘆中：陸本作「深蘆」。

②爲：全詩作「有」。

③虻：庫本作「虫」。

④衣：全詩作「身」。

⑤撲撲：席本作「濮濮」，全詩作「颺颺」。

⑥村：全詩作「林」。

⑦小：全詩作「婦」。

⑧餉：席本、全詩作「向」。

⑨旱：陸本作「汗」，庫本作「早」。

【注　釋】

〔一〕江村行：張籍自創的新樂府題。行，詩歌（樂府）體裁之一種。詳《傷歌行》（卷一）注釋〔一〕。

〔二〕不作畦：謂種稻不似種麥有麥壟。畦，長條形田塊。《楚辭・招魂》：「倚沼畦瀛兮，遥望博。」王逸注：「畦，猶區也。」

〔三〕耕場：翻耕的土地。磷磷：清澈明淨貌。短衣：見《築城詞》（卷一）注釋〔四〕。

〔四〕莎：見《江南曲》（卷一）注釋〔五〕。

〔五〕虻：即「蝱」。吸食人畜血液的蟲子。唐元稹《蝱三首（並序）》：「巴山谷間，春秋常雨，自五六月至八九月，雨則多蝱，道路群飛，噬馬牛血及蹄角，旦暮尤極繁多。……其囓人，痛劇浮蟆，而不能毒留肌，故無療術。」撲撲：蟲子振動翅膀的聲音。

〔六〕椹：桑樹的果實。成熟後由紅逐漸變黑。蠶眠：蠶在生長過程中要多次蜕皮，每次蜕皮前有一段時間不動不食，如睡眠狀態，故稱。再眠，第二眠。餉田：送飯食到田頭。

〔七〕移秧：移栽水稻秧苗。

〔八〕田熟：莊稼成熟。賽神：一種設祭酬神的活動。唐王建《賽神曲》：「男抱琵琶女作舞，主人再拜聽神語。新婦上酒勿辭勤，使爾舅姑無所苦。椒漿湛湛桂座新，一雙長箭繫紅巾。但願牛羊滿家宅，十月報賽南山神。青天無風水復碧，龍馬上鞍牛服軛。紛紛醉舞踏衣裳，把酒路旁勸行客。」

**【繫　年】**

當作於張籍早期漫游江南時。按：詩寫江村夏日的生活風情。

【集　評】

（明）陸時雍：「是江村語。」（《唐詩鏡》卷四一）

## 湘江曲〔一〕

湘江①無潮秋水闊，湘中月落行人發。行②人發，送人歸③，白蘋茫茫鷓鴣飛。〔二〕

【校　記】

①江：樂府（卷九五）、全詩作「水」。

②行：樂府、全詩作「送」。按：當作「行」。

③歸：席本作「發」。

【注　釋】

〔一〕湘江曲：張籍自創的新樂府題。《樂府詩集》收入卷九五《新樂府辭六·樂府雜題六》。曲，詩歌（樂府）體裁之一種。詳《雜怨》（卷一）注釋〔一〕。

〔二〕送人：送行之人。白蘋：亦作「白苹」，水中浮草。鷓鴣：見《玉仙館》（卷六）注釋六〔三〕。

【繫　年】

當作於貞元九年（七九三）秋張籍游湘時。

## 白鼉吟①〔一〕

天欲雨，有東風，南溪白鼉鳴窟中。六月人家井無水，夜聞鼉聲②人盡起。〔二〕

【校　記】

① 吟：樂府（卷八八）、全詩、庫本作「鳴」。

② 鼉聲：樂府、庫本作「白鼉」。

【注　釋】

〔一〕白鼉吟：樂府雜歌謡辭古題。《樂府詩集》收入卷八八《雜歌謡辭六・謡辭二》，題作「白鼉鳴」；同卷《吴孫亮初白鼉鳴童謡》題解引《宋書・五行志》：「吴孫亮初，公安有白鼉鳴童謡。按南郡城可長生者，有急，易以逃也。明年，諸葛恪敗，弟融鎮公安，亦見襲。融刮金印龜，服之而死。鼉有鱗介，甲兵之象也。」鼉，即揚子鰐，亦稱鼉龍、豬婆龍。體長六尺至丈餘，四足，背尾鱗甲。穴居於江河岸邊與湖沼底部。參《本草綱目·鱗·鼉龍》(卷四三)。鼉鳴叫,爲雨兆。唐皇甫松《大隱賦》:「雉雊霧旦,鼉鳴雨天。」宋陸佃《埤雅·釋魚·鼉》(卷二):「魨將風則踴,鼉欲雨則鳴,故里俗以魨識風,以鼉識雨。」吟,詩歌(樂府)體裁之一種。詳《雜怨》(卷一)注釋〔一〕。

〔二〕井無水:井水乾涸。謂大旱。末句寫農人急切盼雨之情狀。

【集評】

(明)楊慎:「張文昌《白鼉行》有漢魏歌謡之風,《長干行》有《國風·河廣》之意,集中不載。」(《升菴詩話》卷一四「顧况詩句」條)

(明)楊慎:「李太白《荆州歌》有漢謡之風。唐人詩可入漢、魏樂府者惟太白此首,及張文昌《白鼉謡》、李長吉《鄴城謡》三首而止,杜子美卻無一篇可入此格。」(王琦注《李太白全集》卷三四引《楊升庵外集》)

## 樵客吟〔一〕

山上①採樵選枯樹,深處樵多出辛苦。〔二〕秋來野火燒櫟林,〔三〕枝柯已枯堪採取。斧聲坎坎在幽谷，採得齊稍②青葛束。〔四〕日西待伴同下山，竹擔彎彎向身曲。〔五〕共知路傍多虎穴③，未出深林不敢歇。村西地暗狐兔行，稚子叫④時相應聲。〔六〕採樵客，莫採松與柏。松柏生枝直且堅，與君⑤作屋成家宅⑥。〔七〕

【校　記】

①山上：全詩作「上山」。
②稍：席本、全詩作「梢」。
③穴：全詩作「窟」。
④叫：陸本作「唱」。
⑤君：紀事（三四）作「爾」。
⑥宅：庫本作「室」。

【注　釋】

〔一〕樵客吟：張籍自創的新樂府題。吟，詩歌（樂府）體裁之一種。詳《雜怨》（卷一）注釋〔一〕。
〔二〕出：謂搬運出山。
〔三〕櫟：落葉喬木。材質堅實，宜作炭薪。

〔四〕坎坎：伐木聲。《詩·魏風·伐檀》：「坎坎伐檀兮，寘之河之干兮。」齊稍：整齊的枝條。稍，枝條。青葛：多年生草本植物。莖蔓生，有韌性，可以束薪。

〔五〕竹擔：竹製扁擔。向身曲：扁擔兩端向擔者身體彎曲。謂薪重。

〔六〕地暗：謂天暗而不見路。稚子：幼雉。稚，當作「雉」。相應：謂雉和鳴。

〔七〕二句謂松、柏材質優良，可爲棟梁。有寄託。

【集評】

（明）譚元春評「村西」二句：「是暗中語景。」（《唐詩歸》卷三〇）

（明）鍾惺評末二句：「有深意。」（同上）

（明）唐汝詢：見《野老歌》（卷一）「集評」。

春江曲〔一〕

春江無冰①潮水平②，蒲心出水③鳧雛鳴。〔二〕長干夫婿愛遠行，〔三〕自染春衣縫已成。妾身生長④金陵側，〔四〕去年夫婿⑤住江北。春來未到父母家，舟小風多渡不得。欲辭舅姑先問人，私向江頭祭鬼⑥神。〔五〕

【校　記】

①冰：樂府（卷七七）、陸本、全詩作「雲」。

②潮水平：陸本作「水平滿」。

③蒲心出水：陸本作「江心堀堀」，庫本作「滿江堀堀」。

④生長：陸本作「長生」。

⑤夫婿：樂府、席本、全詩、庫本作「隨夫」。

⑥鬼：樂府、全詩、庫本作「水」。

【注　釋】

〔一〕春江曲：樂府雜曲歌辭題。《樂府詩集》收入卷七七《雜曲歌辭十七》。曲，詩歌（樂府）體裁之一種。詳《雜怨》（卷一）注釋〔一〕。

〔二〕蒲心：香蒲的嫩葉。蒲，見《和韋開州盛山十二首·胡蘆沼》（卷五）注釋〔二〕。《本草綱目·草·香蒲》（卷一九）「集解」引蘇頌語：「春初生，嫩葉出水時，紅白色，茸茸然。」舄：見《寒塘曲》（卷六）注釋〔二〕。二句寫長江初春之景。宋蘇軾《惠崇春江晚景》：「春江水暖鴨先知。」

〔三〕長干：見《江南曲》（卷一）注釋〔六〕。其地所居多爲商人。唐李白《長干行二首》其二：「嫁與長干人，沙頭候風色。……那作商人婦，愁水復愁風。」

〔四〕金陵：見《賈客樂》（卷一）注釋〔一〕。側：附近。

〔五〕舅姑：見《雜怨》（卷一）注釋〔四〕。問人：謂打聽能否渡江。祭鬼神：祭祀鬼神以祈風平浪靜。參《賈客樂》（卷一）注釋〔三〕「祭神」。

【繫　年】

當作於張籍早期漫游時。

【集　評】

（明）陸時雍：「《春江曲》：『春江無冰潮水平，蒲心出水鳧雛鳴。』《春日行》：『春日融融池上暖，竹芽出土蘭心短。』此其寫景佳處。」（《唐詩鏡》卷四一評《泗水行》附）

## 烏棲曲〔一〕

西山作宫花①滿池，宫烏②曉鳴茱萸③枝。〔二〕吴姬採蓮自唱曲④，君王昨夜船⑤中宿。〔三〕

【校　記】

① 花：萬絶（卷二三）、樂府（卷四八）、席本、全詩、庫本作「潮」。

②烏：萬絶、樂府、全詩作「烏」。
③茱萸：庫本作「芙蓉」。
④採蓮自唱曲：樂府、庫本作「自唱採蓮曲」。
⑤船：萬絶、樂府、全詩、庫本作「舟」。

【注釋】

〔一〕烏棲曲：樂府清商曲辭西曲歌古題。《樂府詩集》卷四八收入《清商曲辭五・西曲歌中》。同書卷四七《烏夜啼》題解引《教坊記》：「《烏夜啼》者，元嘉二十八年，彭城王義康有罪放逐，行次潯陽；江州刺史衡陽王義季，留連飲宴，歷旬不去。帝聞而怒，皆囚之。……衡陽家人扣二王所囚院曰：『昨夜烏夜啼，官當有赦。』少頃使至，二王得釋，故有此曲。」又引《樂府解題》：「亦有《烏棲曲》，不知與此同否。」曲，詩歌（樂府）體裁之一種。詳《雜怨》（卷一）注釋〔一〕。

〔二〕西山：據王建同唱之作知在楚章華宫附近。章華宫，見《楚宫行》（卷一）注釋〔二〕。茱萸：見《吴宫怨》（卷一）注釋〔四〕。此蓋暗用漢高帝宫女賈佩蘭受寵之典，寫景以烘托宫女得幸的喜悦。

〔三〕吴姬：吴地美女。此指西山離宫宫女。姬，美女。君王：指楚王。

【集　評】

（明）鍾惺：「妙在賣弄之意不甚説明，而景中言外可想。」（《唐詩歸》卷三〇）

（明）唐汝詢：見《野老歌》（卷一）「集評」。

【同　唱】

王建《烏棲曲》：「章華宮人夜上樓，君王望月西山頭。夜深宮殿門不鎖，白露滿山山葉墮。」（全詩卷二九八）

按：據皆寫及「西山」斷，張王二詩當同詠楚王事，張詩寫西山宮女之得幸，王詩寫章華宮女之失寵。

## 短歌行①〔一〕

青天蕩蕩高且虚，上有白日無根株。〔二〕流光暫出還入地，使②我少年③不須臾。〔三〕與君相逢勿④寂寞，衰老不復如今樂。金⑤卮盛酒置君前，再拜勸⑥君千萬年。〔四〕

【校　記】

①行：陸本無此字。

②使：樂府（卷三〇）、全詩（卷一九）作「催」。
③少年：紀事（卷三四）、全詩（卷三八二）、庫本作「年少」。
④勿：樂府作「忽」，全詩（卷一九）作「不」。按：當作「不」。
⑤金：文粹（卷一二）、樂府、宋本、紀事、全詩（卷一九、卷三八二）作「玉」。
⑥勸：文粹、樂府、紀事、全詩（卷一九、卷三八二）、庫本作「願」。

【注釋】

〔一〕短歌行：漢樂府相和歌辭平調曲古題。《樂府詩集》收入卷三〇《相和歌辭五・平調曲一》，題解引《樂府解題》：「《短歌行》，魏武帝『對酒當歌，人生幾何』，晉陸機『置酒高堂，悲歌臨觴』，皆言當及時爲樂也。」行，詩歌（樂府）體裁之一種。詳《傷歌行》（卷一）注釋〔一〕。

〔二〕蕩蕩：廣大無際貌。《漢書・禮樂志》（卷二二）：「大海蕩蕩水所歸，高賢愉愉民所懷。」顔師古注：「蕩蕩，廣大貌也。」無根株：謂不停運行。根株，植物的根與主幹部分。漢王充《論衡・超奇》：「有根株於下，有榮葉於上。」

〔三〕流光：流動的日光。此借指太陽。蹔：始，纔。南朝梁江淹《別賦》：「或春苔兮始生，乍秋風兮蹔起。」不須臾：不到片刻。謂時光短暫，轉瞬即逝。

〔四〕勸：猶「祝」。

【繫　年】

據「使我少年不須臾」語及王建同唱斷，詩當作於張籍早年與王建求學河北「鵲山漳水」時。

【集　評】

（宋）何汶：「以流年迅疾可嘆。」（《竹莊詩話》卷一五）

（明）鍾惺：「淺樸可詠。」（《唐詩歸》卷三〇）

（明）唐汝詢：見《野老歌》（卷一）「集評」。

（清）王夫之：「真短歌行。」（《唐詩評選》卷一）

（清）沈德潛評末句：「祝辭正是可傷之處。」（《重訂唐詩别裁集》卷八）

（清）黄周星：「伉爽磊落，如聽唱蘇學士『大江東去』。」（《唐詩快》卷七）

【同　唱】

王建《短歌行》：「人初生，日初出，上山遲，下山疾。百年三萬六千朝，夜裏分將强半日。有歌有舞須早爲，昨日健於今日時。人家見生男女好，不知男女催人老。短歌行，無樂聲。」（全詩卷二九八）

## 泗水行〔一〕

泗水流急石纂纂，〔二〕鯉魚上下紅尾短。春冰消①散日華②滿，〔三〕行舟往來浮橋斷。城邊漁③市人早行，水烟漠漠多棹聲。〔四〕

【校　記】

① 消：宋本、全詩作「銷」。

② 日華：庫本作「白雪」。

③ 漁：宋本、全詩作「魚」。

【注　釋】

〔一〕泗水行：張籍自創的新樂府題。泗水，古水名。源於今山東省泗水縣東，四源並發，故名；南流至今江蘇清江市北入淮河。行，詩歌（樂府）體裁之一種。詳《傷歌行》（卷一）注釋〔一〕。

〔二〕纂纂：集聚貌也。晉潘岳《笙賦》：「詠園桃之夭夭，歌棗下之纂纂。」李善注：「古《咄唶歌》曰：『棗下何攢攢，榮華各有時……』攢，聚貌也。纂與攢，古字通。」（《六臣注文選》卷一八）

〔三〕日華：日光。南朝齊謝朓《和徐都曹出新亭渚》：「日華川上動，風光草際浮。」

〔四〕水烟：水面上的霧靄。漠漠：密佈貌。

【繫　年】

作於建中四年（七八三）春張籍北上河北求學經泗水時。按：詩寫泗水春晨風物。

【集　評】

（明）鍾惺：「靜而淡。」（《唐詩歸》卷三〇）

（明）譚元春：「此首較他作，調最古。」（同上）

（明）吴敬夫：「人知寫出曉色，此並及曉聲矣。」（清劉邦彦《唐詩歸折衷》，轉引自陳伯海主編《唐詩彙評》）

（明）唐汝詢：見《野老歌》（卷一）「集評」。

（清）王夫之：「文昌樂府亦托胎歌謡，特以温茂自見。故賢於退之、東野以迫露蒼巉，削剥詩理。」（《唐詩評選》卷一）

## 雲童行〔一〕

雲童童，白龍之尾垂江中。〔二〕今年天旱不作雨，水足牆上有禾黍。〔三〕

**【注　釋】**

〔一〕雲童行：張籍自創的新樂府題。雲童，即「雲童童」。謂雲多。童童，茂盛貌。《三國志・蜀書・先主備傳》（卷三二）：「有桑樹生高五丈餘，遥望見童童如小車蓋。」行，詩歌（樂府）體裁之一種。詳《傷歌行》（卷一）注釋〔一〕。

〔二〕白龍：龍卷風。一種猛烈的旋風。中心氣壓很低，經過水面時，把水吸到空中，形成白色水柱，故俗稱白龍。行經陸地時，可拔樹倒屋，並將塵土吸入空中，形成黑色柱狀物，俗又稱爲黑龍。白龍現，將雨之兆。明徐光啟《農政全書・農事・占候》（卷一一）「論龍」條：「龍下便雨，主晴。凡見黑龍下，主無雨，縱有亦不多。白龍下，雨必多。」

〔三〕末句謂雨水多則有好收成，牆上亦生禾黍。

**【繫　年】**

當作於張籍早期漫游江南時。按：詩寫天旱而農人喜雨兆。

## 長塘湖〔一〕

長塘湖，一斛水中半斛魚。〔二〕大魚如柳葉，小魚如針鋒，水濁誰能辯①真龍。〔三〕

【校　記】

①辯：席本、全詩作「辨」。

【注　釋】

〔一〕長塘湖：張籍自創的新樂府題。長塘湖，故址在今江蘇省溧陽市。唐徐堅《初學記》（卷七）：「溧陽有長塘湖。」宋周應合《景定建康志·山川志二》（卷一八）：「長塘湖，在溧陽縣北五十三里，周迴一百五十里，接金壇、宜興縣界，舊名洮湖。」

〔二〕斛：見《野老歌》（卷一）注釋〔四〕。

〔三〕誰能：猶「豈能」。末句借景興慨，當有寄托。

【繫　年】

當作於貞元十二年（七九六）張籍南游湖州、杭州、剡溪返和州途經宣州溧陽時。

## 雀飛多〔一〕

雀飛多，觸網羅，網羅高樹①顛②。汝飛蓬蒿下，〔二〕勿復投身網羅間。粟積倉，禾在田，巢之雛望其母來還。

【校　記】

① 樹：樂府（卷九五）後有「山」字。

② 顛：庫本作「巔」。

【注　釋】

〔一〕雀飛多：張籍自創的新樂府題。《樂府詩集》收入卷九五《新樂府辭六·樂府雜題六》。

〔二〕蓬蒿：蓬草和蒿草。泛指野草。《莊子·逍遥游》：「翱翔蓬蒿之間，此亦飛之至也。」

【集　評】

（明）鍾惺：「音節妙。」（《唐詩歸》卷三〇）

（明）唐汝詢：見《野老歌》（卷一）「集評」。

（清）王夫之：「一色和浹，非故爲險短。」「寄意遠。」（《唐詩評選》卷一）

（清）吴瑞榮：「知機知足，絶無浮響，自鏗然異于衆籟。」（《唐詩箋要後集》卷八）

【同　唱】

王建《空城雀》：「空城雀，何不飛來人家住，空城無人種禾黍。土間生子草間長，滿地蓬蒿幸無主。近村雖有高樹枝，雨中無食長苦飢。八月小兒挾弓箭，家家畏向田頭飛。但能不出空城裏，秋時百草皆有子。報言黄口莫啾啾，長爾得成無横死。」（全詩卷二九八）

## 寄菖蒲①〔一〕

石上生菖蒲，一寸十二節。〔二〕仙人勸我食，令我頭青面如雪。〔三〕逢人寄君一縫②囊，書中不得傳此方。君能來作棲霞侣，與君同入丹玄鄉。〔四〕

【校記】

① 寄菖蒲：全詩校「一本（後）有吟字」。

② 縫：文粹（卷一七下）、席本、全詩、庫本作「絳」。

【注釋】

〔一〕寄菖蒲：張籍自創的新樂府題。詩意源自漢詩。明楊慎《詩話補遺》（卷一）輯漢無名氏古詩：「石上生菖蒲，一寸八九節。仙人勸我飡，令人好顔色。」菖蒲，見《白頭吟》（卷一）注釋〔七〕。此指生於石磧而不沾土的石菖蒲，道家以爲久服可以成仙。《水經注·伊水》（卷一五）：「石上菖蒲，一寸九節，爲藥最妙，服久化仙。」晉葛洪《神仙傳·王興》（卷一〇）：漢武帝元封二年登嵩山，夜見仙人，仙人曰：「吾九疑仙人也。聞中嶽有石上菖蒲，一寸九節，服之可以長生，故來採之。」

〔二〕一寸十二節：謂節密。十二，謂多。菖蒲以節密者爲佳。《藝文類聚·藥香草部上·菖蒲》（卷八一）引《羅浮山記》：「羅浮山中菖蒲，一寸二十節。」

〔三〕仙人：指道士。頭青面如雪：指服食菖蒲的神效。

〔四〕棲霞侶：修道的伴侶。霞，指雲霞出没的山林。丹玄鄉：仙界。宋張君房《雲笈七籤·道教本始部·靈寶略紀》（卷三）：「太上大道君，以開皇元年托胎於西方緑那玉國，寄孕於洪氏之胞……降誕於其國鬱察山浮羅之嶽、丹玄之阿。」

## 山頭鹿〔一〕

山頭鹿，雙①角芟芟尾促促。〔二〕貧兒多租輸不足，夫死未葬兒在獄。〔三〕旱②日熬熬烝野岡③，禾黍不熟④無獄糧。〔四〕縣家惟憂少軍⑤食，誰能令爾無死傷。〔五〕

【校　記】

①雙：樂府（卷九五）、全詩、庫本無此字。

②旱：樂府、全詩作「早」。

③岡：樂府作「崗」。

④熟：樂府、全詩、庫本作「收」。

⑤軍：樂府、陸本作「年」。

【注　釋】

〔一〕山頭鹿：張籍自創的新樂府題。《樂府詩集》收入卷九五《新樂府辭六·樂府雜題六》。

〔二〕芰芰：角長貌。促促：尾短貌。詩以山頭鹿起興。

〔三〕貧兒：窮人。

〔四〕熬熬：乾熱貌。烝：同「蒸」。無獄糧：謂獄中兒子無糧吃。

〔五〕縣家：官家。唐王建《織錦曲》：「大女身爲織錦户，名在縣家供進簿。」誰能：猶「豈能」。二句謂因爲戰爭，官府加重對農民的剥削，不顧農民的死活。

## 憶遠曲〔一〕

水上山沈沈，征途復繞①林。〔二〕途荒人行少，馬跡猶可尋。雪中獨立樹，海口失侣禽。〔三〕離憂如長綫②，千里縈我心。〔四〕

【校　記】

① 復繞：樂府（卷九三）、陸本作「渡遠」。

② 綫：樂府作「綿」。

【注　釋】

〔一〕憶遠曲：張籍自創的新樂府題。《樂府詩集》卷九三收入《新樂府辭四·樂府雜題四》。曲，詩歌（樂府）體裁之一種。詳《雜怨》（卷一）注釋〔一〕。

〔二〕沈沈：又作「沉沉」，山高大貌。二句分别寫行人於水路、陸路旅行的情形。

〔三〕海口：河流通海的出口。失侶禽：孤獨飛翔的鳥。以上四句寫行人旅中的孤寂。

〔四〕離憂：憂傷。《楚辭·九歌·山鬼》：「風颯颯兮木蕭蕭，思公子兮徒離憂。」二句點題。

## 春堤曲〔一〕

野塘鵁鶄飛樹頭，緑蒲紫菱蓋碧流。〔二〕誰家狂客①愛雲水，〔三〕日日獨來城下游。

【校　記】

① 誰家狂客：萬絶（卷二三）、全詩、庫本作「狂客誰家」。

【注　釋】

〔一〕春堤曲：張籍自創的新樂府題。曲，詩歌（樂府）體裁之一種。詳《雜怨》（卷一）注釋〔一〕。

〔二〕鵁鶄：水鳥名，即池鷺。主要活動於湖沼和稻田，以魚、蛙等水生動物爲食。遷徙和生殖期常組成大群，營巢高樹。詳《本草綱目·禽·鵁鶄》（卷四七）。蒲：見《和韋開州盛山十二首·

胡蘆沼》（卷五）注釋〔二〕。

〔三〕狂客：放蕩不羈的人。雲水：雲與水。借指山水美景。二句寫「狂客」的野興。

## 湖南曲〔一〕

瀟湘多別離，風起芙蓉洲。〔二〕江上人已遠，夕陽滿中流。鴛鴦東南飛，〔三〕飛上青山頭。

【注釋】

〔一〕湖南曲：張籍自創的新樂府題。湖南，指今湖南省一帶。唐設湖南觀察使。《舊唐書·地理志二》（卷三八）：「湖南觀察使。治潭州，管潭、衡、郴、連、道、永、邵等州。」曲，詩歌（樂府）體裁之一種。詳《雜怨》（卷一）注釋〔一〕。

〔二〕芙蓉洲：故址在今湖南省慈利縣。《大清一統志·澧州》（卷二八七）：「芙蓉洲：在慈利縣西，澧水之所逕也。洲上多芙蓉，故名。」一説在今湖南省通道縣。《湖廣通志·山川·靖州·通道縣》（卷一二）：「芙蓉江，在縣南七十里，下有芙蓉洲，蓋唐之芙蓉縣溪也。張籍《湖南曲》：『瀟湘多別離，風起芙蓉洲。』」

〔三〕鴛鴦：鳥名。似野鴨，體形較小。棲息於内陸湖泊和溪流邊。晉崔豹《古今注·鳥獸》（卷中）：「鴛鴦，水鳥，鳧類也。雌雄未嘗相離，人得其一，則一思而至死，故曰『匹鳥』。」芙蓉洲附近有鴛鴦浦。《大清一統志·澧州》：「鴛鴦浦：在慈利縣西，一名鴛鴦洲。澧水至此，始入縣界。」

【繫　年】

當作於貞元九年（七九三）秋張籍游湘時。按：詩詠瀟湘送別。

## 春水曲〔一〕

鴨鴨，觜唼唼。〔二〕青①蒲生，春水狹。〔三〕蕩漾木蘭船，〔四〕中有雙少年。少年醉，鴨不起。〔五〕

【校　記】

①青：陸本作「春」。

【注　釋】

〔一〕春水曲：張籍自創的新樂府題。曲，詩歌（樂府）體裁之一種。詳《雜怨》（卷一）注釋〔一〕。

〔二〕觜：啄。唐杜甫《閿鄉姜七少府設鱠戲贈長歌》：「無聲細下飛碎雪，有骨已剁觜春葱。」仇兆鰲注引《杜臆》：「觜春葱，啄鱠如葱之脆。觜音追，啄也。」此謂鴨覓食。唼唼：鴨吃食聲。

〔三〕青蒲：即蒲草。詳《和韋開州盛山十二首·胡蘆沼》（卷五）注釋〔二〕。狹：窄。謂青蒲佔據水面。

〔四〕木蘭船：木蘭樹製造的船。對船的美稱。

〔五〕醉：謂陶醉於美好春色。不起：謂不上岸。

## 送遠曲①〔一〕

吴門向西流水長，〔二〕水長柳暗烟茫茫。行人送客各惆悵，話離叙別傾清觴。〔三〕吟絲竹，鳴笙簧，酒酣性逸歌猖狂。行人告我挂帆去，此去何時返故鄉。殷勤振衣兩相囑，世事近來還②淺促。〔四〕願君看取吴門山，〔五〕帶雪經春依舊緑。行人行處求知親，送君去去徒酸辛。〔六〕

【校　記】

① 庫本題注「舟行」。

②還：席本作「迷」。

【注　釋】

〔一〕送遠曲：樂府齊鼓吹曲古題。《樂府詩集》失收，卷二〇謝朓《齊隨王鼓吹曲》題解：「齊永明八年，謝朓奉鎮西隨王教於荆州道中作：一曰《元會曲》……八曰《送遠曲》，九曰《登山曲》，十曰《泛水曲》。」遠，遠行之人。曲，詩歌（樂府）體裁之一種。詳《雜怨》（卷一）注釋〔一〕。

〔二〕吴門：蘇州古城西門閶門。詳《送從弟戴玄往蘇州》（卷二）注釋〔二〕。

〔三〕清觴：美酒。

〔四〕殷勤：情意深厚。振衣：抖衣去塵，整衣。《楚辭·漁父》：「新沐者必彈冠，新浴者必振衣。」王逸注：「去塵穢也。」此謂恭敬。淺促：倉促。謂世道不寧。

〔五〕看取：見《讌客詞》（卷一）注釋〔三〕。

〔六〕去去：見《送南遷客》（卷二）注釋〔一〕。

【繫　年】

當作於張籍青少年時代居蘇州時。按：詩寫詩人送友的感傷。

## 楚妃怨①〔一〕

湘雲初起江沈沈，君王遥在雲夢林。〔二〕江南雨多旌戟②暗，臺下朝朝春水深。〔三〕章華殿前朝下③國，君心獨自④終無⑤極。〔四〕楚兵滿地兼⑥逐禽，誰用一身騁⑦筋力。〔五〕西江若翻雲夢中，麋鹿死盡應還宫。〔六〕

【校　記】

①怨：樂府（卷二九）、全詩作「歎」。
②戟：樂府、全詩作「旗」。
③下：樂府、陸本、全詩作「萬」。
④自：庫本作「樂」。
⑤終無：席本、全詩作「無終」。
⑥兼：樂府、全詩、庫本作「能」。
⑦騁：樂府、陸本作「繼」。

## 【注釋】

〔一〕楚妃怨：樂府相和歌辭古題。《樂府詩集》收入卷二九《相和歌辭四》，題作「楚妃歎」。同書同卷《吟歎曲》題解引《古今樂録》：「張永《元嘉技録》有吟歎四曲：一曰《大雅吟》，二曰《王明君》，三曰《楚妃歎》，四曰《王子喬》。《大雅吟》、《王明君》、《楚妃歎》，並石崇辭。……《大雅吟》、《楚妃歎》二曲，今無能歌者。古有八曲，其《小雅吟》、《蜀琴頭》、《楚王吟》、《東武吟》四曲闕。」同書同卷《楚妃歎》題解：「劉向《列女傳》曰：『楚姬，楚莊王夫人也。莊王好狩獵畢弋，樊姬諫不止，乃不食禽獸之肉。王嘗與虞丘子語，以爲賢。樊姬笑之，王曰：「何笑也？」對曰：「虞丘子賢矣，未忠也。妾充後宮十一年，而所進者九人，賢於妾者二人，與妾同列者七人。虞丘子相楚十年，而所薦者非其子孫，則族昆弟，未聞進賢退不肖也。妾之笑不亦宜乎？」王於是以孫叔敖爲令尹，治楚三年而莊王以霸。』《樂府解題》曰：『陸機《吴趨行》云：「楚妃且勿歎。」明非近題也。』按謝希逸《琴論》有《楚妃歎》七拍。」元楊維楨《鐵崖古樂府補·〈楚妃曲〉序》（卷一）：「《琴論》有《楚妃歎》七拍。楚妃，樊姬也。余嘗論楚妃之德不妬而善諫。不妬者，進後宫九人；善諫者，止王之獵，笑虞丘子也。古辭未及諫事，惟張籍及之，故吾辭亦取興於獵云。」怨，詩歌（樂府）體裁之一種。詳《雜怨》（卷一）注釋〔一〕。

〔二〕湘：今湖南地區。舊説章華宫在華容（今湖北省監利縣西北），南近長江，江南即爲湘地。江：長江。沈沈：又作「沉沉」，水深貌。雲夢：見《楚宫行》（卷一）注釋〔三〕。「君王」句謂楚莊王遠在雲夢澤打獵。

〔三〕旌戟：指章華臺上的旌旗與其衛兵的棨戟。臺：章華臺。又稱章華宫。詳《楚宫行》（卷一）注釋〔二〕。以上四句寫楚妃於章華臺所見之景。

〔四〕下國：諸侯國。《逸周書·祭公》：「烈祖武王，度下國，作陳周，維皇皇上帝度其心，寘之明德。」孔晁注：「下國，謂諸侯也。」君心：指楚莊王的貪心。終無極：永不滿足。按：章華臺，楚靈王建，時在楚莊王、樊姬之後。

〔五〕滿地：謂多。誰用：猶「豈用」。一身：指楚莊王。二句謂那麽多的楚兵都可以狩獵，何用楚莊王親自上陣呢？

〔六〕西江：長江中下游之稱。麋鹿：麋與鹿。借指野獸。二句爲怨憤語，謂長江水若能傾注雲夢澤，淹死那裏的所有禽獸，楚莊王一定會罷獵回宫。

【繫　年】

當作於貞元九年（七九三）春張籍游荆州時。

## 春日行〔一〕

春日融融池上暖，竹芽①出土蘭心短。〔二〕草堂晨起酒半醒，〔三〕家僮報我園花②滿。頭上皮冠未曾整，〔四〕直入花間不尋徑。樹樹殷勤盡繞行，攀③枝未遍春日暝。不用積金著青天，不用服藥求神仙。〔五〕但願園裏花長好，一生飲酒花間④老。

【校　記】

①芽：樂府（卷六五）、席本、全詩作「牙」。

②園花：樂府、陸本作「園已」；席本作「後園花已」。

③攀：樂府、陸本作「舉」。

④間：樂府、全詩、庫本作「前」。

【注　釋】

〔一〕春日行：樂府雜曲歌辭古題。《樂府詩集》收入卷六五《雜曲歌辭五》。行，詩歌（樂府）體裁之一種。詳《傷歌行》（卷一）注釋〔一〕。

〔二〕竹芽：竹筍。蘭心：蘭草的嫩芽。

〔三〕草堂：見《三原李氏園宴集》（卷一）注釋〔四〕。

〔四〕皮冠：皮製的帽子。

〔五〕積金著青天：積聚的金錢可堆積及天。謂錢多。著，接觸。

【集　評】

（明）陸時雍：見《春江曲》（卷七）「集評」。

## 廢瑟詞〔一〕

古瑟在匣誰復識？玉柱顛倒朱絲黑。〔二〕千年曲譜不分明，樂府無人傳正聲。〔三〕秋蟲暗穿塵作色，腹中不辯①工人名。〔四〕幾時天下復古樂，此瑟重②奏《雲門》曲。〔五〕

【校　記】

① 辯：文粹（卷一八）、席本、全詩、庫本作「辨」。按：當作「辨」。

② 重：文粹、全詩作「還」。

【注　釋】

〔一〕廢瑟詞：張籍自創的新樂府題。瑟，一種古老的撥絃樂器。形似古琴，無徽位。詞，詩歌（樂府）體裁之一種。詳《雜怨》（卷一）注釋〔一〕。

〔二〕玉柱：玉製的絃柱。南朝梁江淹《別賦》：「掩金觴而誰御，横玉柱而霑軾。」李善注：「瑟有柱，以玉爲之。」(《六臣注文選》卷一六)顛倒：謂損壞不堪。朱絲黑：絲絃久棄不用而變黑。絲，熟絲製的瑟絃。

〔三〕樂府：朝廷主管音樂的官署。漢武帝定郊祀禮，始立樂府。參《漢書·禮樂志》(卷二二)。唐代無正式命名爲「樂府」的官署，但太常寺等禮樂機構，例被稱爲「樂府」。正聲：儒家所謂純正的雅樂。相對於俗樂而言。唐劉肅《大唐新語·極諫》：「百戲散樂，本非正聲。此謂淫風，不可不改。」

〔四〕穿：謂蛀蝕。塵作色：塵封而失去本色。腹：指瑟底部用以增强音響效果的木箱。辯：通「辨」。古時工匠常在所製作的樂器上刻入自己的姓名。

〔五〕《雲門》：樂曲名。周朝大司樂用以教公卿大夫子弟的六樂舞之一。《周禮·春官·大司樂》：「大司樂掌成均之法，以治建國之學政，而合國之子弟焉。……以樂舞教國子，舞《雲門》、《大卷》、《大咸》、《大磬》、《大夏》、《大濩》、《大武》。」此借指純正的古代雅樂。二句表達詩人「復古」的文藝思想。

## 洛陽行〔一〕

洛陽宫闕當中州，城上峨峨十二樓。〔二〕翠華西去幾時返？梟①巢乳鳥藏蟄燕。〔三〕御門空鎖五十年，〔四〕税彼農夫修玉殿。六街朝暮鼓鼕鼕，〔五〕禁兵持戟守空宫。百官日②月拜

章③表，〔六〕驛使相續長安道。上陽宫樹黄復緑，野豺入苑食麋鹿。〔七〕陌上老翁雙④淚垂，共説武皇巡幸時。〔八〕

【校　記】

①梟：原本作「島」，據樂府（卷九三）、全詩、庫本改。又，陸本作「鳴」。

②日：樂府、席本、全詩作「月」。按：當作「月」。

③拜章：樂府、庫本作「謝拜」。

④雙：庫本作「空」。

【注　釋】

〔一〕洛陽行：張籍自創的新樂府題。《樂府詩集》收入卷九三《新樂府辭四·樂府雜題四》。洛陽，唐東都。行，詩歌（樂府）體裁之一種。詳《傷歌行》（卷一）注釋〔一〕。

〔二〕宫闕：宫殿。闕，見《楚宫行》（卷一）注釋〔四〕。中州：古豫州（今河南省一帶）地處九州之中，稱爲中州。亦泛指中原地區。漢王充《論衡·對作》：「建初孟年，中州頗歉，潁川、汝南民流四散。」唐封演《封氏聞見記》（卷七）「西風則雨」條：「夫九州之地，洛陽爲土中。」峨峨：高貌。十二：謂數量多。

〔三〕翠華：天子儀仗中以翠羽爲飾的旗幟或車蓋。漢司馬相如《上林賦》：「建翠華之旗，樹靈鼉之鼓。」李善注：「翠華，以翠羽爲葆也。」（《六臣注文選》卷八）此借指帝王的車駕。幾時：猶「何時」。唐皇帝最後一次幸洛陽宫在玄宗開元二十四年（七三六）。《資治通鑑·唐紀·玄宗開元二十五年》（卷二一四）：「自是關中蓄積羨溢，車駕不復幸東都矣！」梟：貓頭鷹一類的鳥。舊傳梟食母，故常指惡鳥。巢：築巢。乳：哺育。唐皮日休《正樂府·惜義鳥》：「他巢若有雛，乳之如一家。」蟄燕：冬季匿伏以避寒的燕子。《晉書·郗鑒傳》（卷六七）：「百姓饑饉，或掘野鼠蟄燕而食之。」

〔四〕「御門」句：謂唐皇帝五十年未幸洛陽宫。

〔五〕六街：唐京城長安的六條中心大街。《資治通鑑·唐紀·睿宗景雲元年》（卷二〇九）：「中書舍人韋元徼巡六街。」胡三省注：「長安城中左、右六街，金吾街使主之；左、右金吾將軍，掌晝夜巡警之法，以執禦非違。」此借指東都洛陽大街。鼓鼕鼕：指左、右金吾擊鼓巡警。鼓，唐時設置在京城街道的警夜鼓。唐劉肅《大唐新語·釐革》：「舊制，京城内金吾曉暝傳呼，以戒行者。馬周獻封章，始置街鼓，俗號『鼕鼕』，公私便焉。」宋宋敏求《春明退朝録》（卷上）：「京師街衢置鼓於小樓之上，以警昏曉。……按唐馬周始建議置鼕鼕鼓，惟兩京有之。後北都亦有鼕鼕鼓，是則京都之制也。」

〔六〕百官：指東都留司官員。拜章表：見《寄令狐賓客》（卷四）注釋〔四〕「拜表」。

〔七〕上陽宫：唐洛陽宫名。《新唐書·地理志二》（卷三八）：「東都……上陽宫在禁苑之東，東接皇城之西南隅，上元中置，高宗之季常居以聽政。」苑：指禁苑。

〔八〕武皇：漢武帝劉徹。此指唐明皇李隆基。

【繫　年】

詩云「御門空鎖五十年」，由唐皇帝最後一次幸東都之開元二十四年（七三六）後推「五十年」爲貞元元年（七八五），知詩作於貞元二、三年間，時張籍游寓洛陽。按：詩寫洛陽宫殿的衰敗，寄托盛世不再的感慨。

## 懷别〔一〕

僕人驅行軒，低昂出我門。〔二〕離堂無留客，席上唯琴樽。古道隨水曲，悠悠繞荒村。遠程未奄息，别念在朝昏。〔三〕端居愁歲永，〔四〕獨此留清①景。豈無經過人，尋嘆門巷静。〔五〕君如天上雨，我如屋下井。〔六〕無因同波流②，願作形與影。〔七〕

【校　記】

① 清：原本及席本、庫本作「輕」，據全詩改。

②流：席本作「留」。

【注釋】

〔一〕懷別：張籍自創的新樂府題。別，別離之人。

〔二〕行軒：高貴者所乘的車。唐王維《送崔五太守》：「長安廄吏來到門，朱文露網動行軒。」低昂：起伏。《楚辭・遠游》：「服偃蹇以低昂兮，驂連蜷以驕驁。」

〔三〕奄息：歇息。漢揚雄《方言》（卷一〇）：「戲泄，歇也。楚謂之戲泄，奄息也。」朝昏：早和晚。謂整日。南朝宋謝靈運《入彭蠡湖口》：「千念集日夜，萬感盈朝昏。」

〔四〕端居：閒居。唐孟浩然《望洞庭湖贈張丞相》：「欲濟無舟楫，端居恥聖明。」

〔五〕經過：拜訪。尋：常常。

〔六〕二句以「天上雨」與「井」水設喻，謂友去我往，彼此隔離。

〔七〕波流：水流。形與影：形體與影子。喻時刻相隨。《莊子・在宥》：「大人之教，若形之於影，聲之於響。」

【繫年】

當作於貞元年間張籍居和州時。或貞元十二年（七九六）秋孟郊相訪離別時作。按：詩寫送別友人的悲傷。

【集　評】

（明）陸時雍：「有古趣。」（《唐詩鏡》卷四一）

## 離婦〔一〕

十載來夫家，閨門無瑕疵。〔二〕薄命不生子，古制有分離。〔三〕托身言同穴，〔四〕今日事乖違。念君終棄捐，誰能强在兹。〔五〕堂上謝姑嫜，長跪請離辭。〔六〕姑嫜見我往，將決復沈疑。〔七〕與我古時釧，留我嫁時衣。高堂拊①我身，哭我於路陲。〔八〕昔日初爲婦，當君貧賤時。晝夜常紡績，不得事蛾眉。辛勤積黄金，濟君寒與饑。洛陽買大宅，邯鄲買侍兒。〔九〕夫婿乘龍馬，出入有光儀。〔一〇〕將爲富家婦，永爲子孫資。〔一一〕誰謂出君門，一身上車歸。有子未必榮，無子坐生悲。爲人莫作女，作女實難爲。

【校　記】

①拊：席本作「撫」。

【注釋】

〔一〕離婦：張籍自創的新樂府題。離婦，遭夫離棄的婦女。

〔二〕閨門：婦女居所。此借指離婦的爲人處世。

〔三〕古制：自古以來的禮制。《大戴禮記·本命》：「婦有七出：不順父母去，無子去，淫去，妒去，有惡疾去，多言去，竊盜去。不順父母去，爲其逆德也；無子，爲其絶世也；淫，爲亂其族也；妒，爲亂其家也；有惡疾，爲其不可與共粢盛也；口多言，爲其離親也；盜竊，爲其反義也。」

〔四〕托身：托付終身。謂出嫁、結婚。同穴：夫妻合葬。《詩·王風·大車》：「穀則異室，死則同穴。」此謂白頭偕老。

〔五〕誰能：猶「豈能」。

〔六〕謝：道歉，謝罪。《戰國策·秦策一》：「嫂蛇行匍伏，四拜自跪而謝。」姑嫜：公婆。參《雜怨》（卷一）注釋〔四〕「舅姑」。長跪：直身而跪。古人席地而坐，坐時兩膝據地，以臀部著足跟；跪則伸直腰股，以示莊敬。

〔七〕決：通「訣」。辭别。《史記·外戚世家》（卷四九）：「姊去我西時，與我決於傳舍中。」司馬貞索隱：「決者，别也。」沈疑：遲疑。「沈」又作「沉」。南朝梁江淹《吴中禮石佛詩》：「幻生太浮詭，長思多沈疑。」

〔八〕高堂：指廳堂。拊：撫摩。以上四句寫公婆送别離婦的痛苦。

〔九〕邯鄲：今河北邯鄲市。戰國時爲趙都，因以代稱趙。

〔一〇〕龍馬：駿馬。《周禮·夏官·庾人》：「馬八尺以上爲龍。」光儀：光彩的儀容。漢禰衡《鸚鵡賦》：「背蠻夷之下國，侍君子之光儀。」

〔一一〕資：依靠。

【集　評】

（清）余成教：見《行路難》（卷一）「集評」。

【同　唱】

王建《去婦》：「新婦去年胼手足，衣不暇縫蠶廢簇。白頭使我憂家事，還如夜裏燒殘燭。當初爲取傍人語，豈道如今自辛苦。在時縱嫌織絹遲，有絲不上鄰家機。」（全詩卷二九八）

新桃①〔一〕

桃生葉②婆娑，〔二〕枝葉四面③多。高未出牆顛，蒿④莧相凌摩。〔三〕植之三年餘，今年⑤初試花。〔四〕秋來未⑥成實，其陰良已嘉。〔五〕青蟬不來鳴，安得迅羽過。〔六〕常⑦恐⑧牽絲虫，

蒙冪成網羅。〔七〕顧托戲童兒⑨，勿折吾⑩柔柯。〔八〕明年結甘⑪實，磊磊充汝家。〔九〕

【校　記】

①新桃：全詩後有「行」字。

②葉：庫本作「何」。

③面：全詩作「向」。

④蒿：陸本作「高」。

⑤年：陸本作「夏」。

⑥未：全詩作「已」。按：全詩非，下文有「明年結甘實」語。

⑦常：陸本作「長」。

⑧恐：全詩作「惡」。

⑨童兒：全詩作「兒童」。

⑩吾：庫本作「我」。

⑪甘：全詩作「其」。

【注　釋】

〔一〕新桃：張籍自創的新樂府題。新桃，開始開花並結果的桃樹。

〔二〕婆娑：枝葉紛披貌。唐杜甫《惡樹》：「方知不材者，生長漫婆娑。」

〔三〕牆頭：牆頭。蒿莧：泛指雜草。蒿，蒿草。莧，莧菜。淩摩：迫近而接觸。

〔四〕初試花：果樹長成後首次開花。

〔五〕陰：緑蔭。

〔六〕青蟬：蟬的一種。色緑而小。唐李賀《南園》其三：「竹裏繰絲挑網車，青蟬獨噪日光斜。」王琦彙解：「《藝文類聚》：蠑，青蟬也。《通志略》：蟬五月以前鳴者，似蠅而差大，青色，或有紅者……聲小而清亮，此則正謂之蜩。」迅羽：迅疾的飛鳥。南朝齊謝朓《野鶩賦》：「落摩天之迅羽，絶歸飛之好音。」二句謂桃樹尚不高大，不能引得青蟬、迅羽。

〔七〕牽絲虫：蜘蛛等吐絲結網的蟲子。蒙冪：謂以絲網蒙蓋。冪，覆蓋。

〔八〕顧托：猶「囑托」。晉袁宏《三國名臣序贊》：「及其臨終顧托，受遺作相，劉后授之無疑心，武侯處之無懼色。」柔柯：柔弱的枝條。

〔九〕磊磊：堆積貌。充：供給。唐杜甫《太子張舍人遺織成褥段》：「客云充君褥，承君終宴榮。」仇兆鰲注：「充，供也。」

## 惜花〔一〕

濛濛庭樹花①，墜地無顏色。〔二〕日暮東風起，飄揚玉階側。殘蕊在猶稀，青條聳復直。爲君結芳實，令君勿嘆息。

【校　記】

①「濛濛」句：庫本作「庭樹花蒙蒙」。

【注　釋】

〔一〕惜花：張籍自創的新樂府題。

〔二〕濛濛：雨霧迷蒙貌。此形容落花紛亂飄墜。庭：見《烏啼引》（卷一）注釋〔六〕。無顏色：謂蔫而失去光澤。

【集　評】

（清）沈德潛評尾聯：「翻出一意，淺人不能道。」（《重訂唐詩别裁集》卷四）

【同　唱】

見《惜花》（卷五）「同唱」。

# 古風二十七首

## 董公詩①〔一〕

董公詩〔一〕

誰主東諸侯，元臣隴西公。〔二〕旄節居汴水，四方皆承風。〔三〕在朝四十年，天下誦其功。相我明天子，政成如太宗。〔四〕東方有艱難，公乃出臨戎。〔五〕單車入危城，慈惠安群凶。〔六〕公謂其黨言，汝材甚驍雄。爲我帳下士，出入衛我躬。〔七〕汝息爲我子，汝親我爲翁。〔八〕衆皆相顧泣，無不和且恭。其父教子義，其妻勉夫忠。〔九〕不自以爲資，奉上但顒顒。〔一〇〕公衣無文采，公食少肥濃②。〔一一〕所憂在萬人，人實我寧空。輕刑寬其政，薄賦弛③租庸。〔一二〕四郡三十城，不知歲饑凶。〔一三〕天子臨朝喜，元老置④在東。〔一四〕今聞揚盛德，就安我大邦。〔一五〕百辟賀明主，皇風恩賜重。〔一六〕朝廷有大事，就決其所從。海内既無虞，君臣方肅雍。〔一七〕端居任僚屬，宴語常從容。〔一八〕翩翩者蒼烏，〔一九〕來巢於林叢。甘瓜生場圃，一蔕實連中。〔二〇〕田有嘉穀異⑤，隴⑥畝穗⑦亦同。〔二一〕賢人佐聖人，德與神明通。〔二二〕感應我淳化，生瑞我地中。〔二三〕昔者此州人，但矜馬與弓。〔二四〕今公施德禮，自然威武崇。〔二五〕公與其⑧百年，受禄

將無窮。〔二六〕

【校　記】

①董公詩：原本題注：「湯中謂此篇與《學仙》，樂天所稱，謂可下誨藩臣，上諷人主。」

②濃：庫本作「醲」。

③弛：原本與席本、庫本作「施」，據全詩改。

④置：席本作「晉」，全詩作「留」。按：據董晉「累請朝，不許」推斷，當作「留」。參注釋〔一四〕。

⑤有嘉穀異：席本、全詩作「有嘉穀隴」，庫本作「隴有嘉穀」。

⑥隴：席本、全詩、庫本作「異」。

⑦穗：庫本作「蕙」。

⑧與其：席本、全詩作「其共」，席本傅增湘校作「與共」。按：傅校是。

【注　釋】

〔一〕董公詩：白居易《讀張籍古樂府》稱之「古樂府」。董公，宣武軍節度使董晉。董晉（七二三—七九九），字混成，河中虞鄉（今山西永濟東）人。明經及第。大曆中拜司勳郎中，歷秘書、太府、太常少卿監，左金吾將軍。貞元初歷太常卿、右散騎常侍、華州刺史、尚書左丞；五年（七八九）遷門下侍郎、同平章事；九年坐罷爲禮部尚書，輔兵部尚書、東都留守；十二年爲汴州刺史、宣武軍節度使；十五年二月卒。

〔二〕主東諸侯：謂擔任宣武軍節度、營田、汴宋觀察使。語出《左傳·成公十六年》：「且爲公族大夫，以主東諸侯。」東諸侯，指宣武軍節度使所領各部將領與宋、亳、潁三州刺史。宣武軍治汴州（今河南開封市），在兩京之東，故云。《舊唐書·地理志一》（卷三八）：「宣武軍節度使。治汴州，管汴、宋、亳、潁四州。」元臣：重臣。元，重要的。隴西公：董晉爵號。韓愈《董公行狀》：「階累升爲金紫光禄大夫，勳累升爲上柱國，爵累升爲隴西郡開國公。」

〔三〕旌節：旌與節。唐制，節度使賜雙旌雙節。《舊唐書·職官志二》（卷四三）：「旌節之制，命大將帥及遣使於四方，則請而佩之。旌以專賞，節以專殺。」另參《送僧游五臺兼謁李司空》（卷二）注釋〔二〕「雙節」。汴水：唐廣濟渠東段。流經汴州。承風：謂接受教化。《楚辭·遠游》：「聞赤松之清塵兮，願承風乎遺則。」韓愈《董公行狀》：董晉治汴，「四方至者歸以告其帥，小大威懷。有所疑，輒使來問；有交惡者，公與平之」。

〔四〕「相我」句：謂董晉貞元五年至九年爲相。太宗：指唐帝李世民。在位期間勵精圖治，政治清明，經濟繁榮，國力强盛，史稱「貞觀之治」。

〔五〕二句謂汴州李迺爲亂，董晉受命任宣武軍節度使。《舊唐書·董晉傳》（卷一四五）：「（貞元十二年）汴州節度李萬榮疾甚，其子迺爲亂，以晉爲檢校左僕射、同平章事，兼汴州刺史、宣武軍節度營田、汴宋觀察使。」

〔六〕群凶：指爲亂者。《舊唐書·董晉傳》：「晉既受命，唯將幕官傔從等十數人，都不召集兵馬。……既入，乃委惟恭以軍政，衆服晉明於事體機變，而未測其深淺。……晉謙恭簡儉，每事因循多可，故亂兵粗安。（陸）長源好更張云爲，數請改易舊事，務從削刻。晉初皆然之，及案牘已成，晉乃命且罷。」

〔七〕躬：身，身體。

〔八〕息：子女。親：父母。我爲翁：「爲我翁」之倒裝。

〔九〕以上十四句寫董晉臨危受命，平息汴州之亂。

〔一〇〕「不自」句：謂不居功。顒顒：肅敬貌。《後漢書·朱儁傳》（卷七一）：「將軍君侯，既文且武，應運而出，凡百君子，靡不顒顒。」

〔一一〕文采：謂衣服華美。《管子·七臣七主》：「主好宫室則工匠巧，主好文采則女工靡。」肥濃：美味。亦作「肥膿」、「肥醲」。漢枚乘《七發》：「甘脆肥膿，命曰腐腸之藥。」李善注：「膿，厚之味也。」（《六臣注文選》卷三四）

〔一二〕弛租庸：減輕賦役。租庸，古代交納穀帛的税制。《舊唐書·食貨志上》（卷四八）：「賦役之法：每丁歲入租粟二石。……凡丁，歲役二旬。若不役，則收其傭，每日三尺。」

〔一三〕四郡：指汴、宋、亳、潁四州。參注釋〔二〕。三十城：指四州所轄二十八縣。《舊唐書·地理志一》（卷三八）載，天寶間汴州領縣六，宋領十、亳領八、潁領四，計二十八縣。此舉其概數。以上八句寫董晉執政爲民，造福一方。

〔一四〕元老：年輩、資望皆高的大臣。《朝野類要·稱謂》（卷二）：「元老，國之老舊名臣也。」「元老」句謂董晉多次請求回朝，德宗皆不許。《董公行狀》：「累請朝，不許。及有疾，又請之，且曰：『人心易動，軍旅多虞，及臣之生，計不先定，至于他日，事或難期。』猶不許。」

〔一五〕大邦：大的州郡。此指宣武軍。

〔一六〕百辟：見《送鄭尚書赴廣州》（卷四）注釋〔二〕。賀明主：謂祝賀德宗得人而天下安定。皇風：皇帝的恩澤。漢班固《東都賦》：「覲明堂，臨辟雍，揚緝熙，宣皇風。」重：多。音蟲。《左傳·成公二年》：「重器備，椁有四阿，棺有翰檜。」杜預注：「重，猶多也。」

〔一七〕無虞：没有憂患，太平無事。《大戴禮記·文王官人》：「營之以物而不虞。」王聘珍解詁：「虞，憂也。」肅雍：莊嚴雍容，肅穆和諧。《詩·周頌·清廟》：「於穆清廟，肅雍顯相。」毛傳：「肅，敬。雍，和。」此形容氣氛和樂。

〔一八〕端居：閒居。任：聽任。宴語：見《同錦州胡郎中清明日對雨西亭宴》（卷二）注釋〔四〕。二句謂董晉理政有方，無爲而治。

〔一九〕翩翩：飛行輕快貌。蒼烏：傳説中的瑞鳥。《藝文類聚·祥瑞部下》（卷九九）「烏」條：「《孝經援神契》曰：『德至鳥獸，則白烏下。』《禮斗威儀》曰：『江海不揚波，東海輸之蒼烏。』又曰：『君乘木而王，其政升平，南海輸以蒼烏。』」

〔二〇〕「一蒂」句：謂甘瓜同蒂。古人以爲瑞兆。《魏書・靈徵志下》（卷一一二下）：「高祖太和三年十月，徐州獻嘉瓠，一蒂兩實。」

〔二一〕嘉穀：嘉禾。傳説中奇異的禾。古人以爲瑞兆。隴畝：隔隴的田塊。隴，通「壟」，田埂。《尚書・周書・微子之命》：「唐叔得禾，異畝同穎，獻諸天子。王命唐叔歸周公于東，作《歸禾》。周公既得命禾，旅天子之命，作《嘉禾》。」孔傳：「唐叔，成王母弟。食邑内得異禾也。……禾各生一壟而合爲一穗。」「異畝同穎，天下和同之象，周公之德所致。」孔穎達疏：「此以善禾爲書之篇名，後世同穎之禾遂名爲『嘉禾』，由此也。」

〔二二〕神明：神靈。「德與」句謂順合天意。語出《周易・繫辭下》：「陰陽合德，而剛柔有體，以體天地之撰，以通神明之德。」孔穎達疏：「萬物變化，或生或成，是神明之德。」

〔二三〕感應：神明對人事做出反響。淳化：敦厚的教化。漢張衡《東京賦》：「清風協於玄德，淳化通於自然。」薛綜注：「淳厚之化，通於神明也。」（《六臣注文選》卷三）生瑞：産生祥瑞。指上文所謂蒼烏來巢等。《董公行狀》：「職事修，人俗化，嘉禾生，白鵲集，蒼烏來巢，嘉瓜同蔕聯實。」

〔二四〕矜馬弓：謂崇尚勇武。矜，崇尚。

〔二五〕德禮：道德與禮教。《論語・爲政》：「道之以德，齊之以禮，有恥且格。」朱熹集注：「愚謂政者，爲治之具。刑者，輔治之法。德禮則所以出治之本，而德又禮之本也。」威武崇：謂董晉樹立起威武崇重的形象。

〔三六〕二句謂倘董晉長期治理宣武軍，其百姓將受益無窮。

【繫　年】

作於貞元十三年（七九七）或次年，時張籍依韓愈於汴州（韓愈佐董晉幕）。按：詩頌董晉臨危受命，佈施教化，治亂有方，爲社稷重臣。

【集　評】

白居易《讀張籍古樂府》：「張君何爲者，業文三十春。尤工樂府詩，舉代少其倫。爲詩意如何，六義互鋪陳。風雅比興外，未嘗著空文。讀君《學仙》詩，可諷放佚君。讀君《董公詩》，可誨貪暴臣。讀君《商女》詩，可感悍婦仁。讀君《勤齊》詩，可勸薄夫敦。上可裨教化，舒之濟萬民。下可理情性，卷之善一身。始從青衿歲，迨此白髮新。日夜秉筆吟，心苦力亦勤。時無采詩官，委棄如泥塵。恐君百歲後，滅没人不聞。願藏中秘書，百代不湮淪。願播内樂府，時得聞至尊。言者志之苗，行者文之根。所以讀君詩，亦知君爲人。如何欲五十，官小身賤貧。病眼街西住，無人行到門。」（全詩卷四二四）

## 學仙〔一〕

樓觀開朱門，〔二〕樹木連房廊。中有學仙人，少年休穀糧。〔三〕高冠如芙蓉，霞月披①衣裳。〔四〕六時朝上清，〔五〕佩玉紛鏘鏘。自言天老書，秘覆②雲錦囊。〔六〕百年度一人，妄泄有災殃。〔七〕每占有仙相，〔八〕然後傳此方。先生坐中堂，弟子跪四廂。〔九〕金刀截身髮，結誓焚靈香。〔一〇〕弟子得其訣，清齋入空房。〔一一〕守神保元氣，動息隨天罡。〔一二〕爐燒丹砂盡，晝夜候火光。〔一三〕藥成既服食，計日乘鸞凰。〔一四〕虛空無靈應，終歲安所望。勤勞不能成，疑慮積心腸。虛羸生疾癩③，〔一五〕壽命多夭傷。身歿懼人見，夜埋山谷傍。求道慕靈異，不如守尋常。〔一六〕先王知其非，戒之在國章。〔一七〕

【校記】

①披：庫本作「被」。

②覆：席本作「彼」。

③癩：席本、全詩作「疹」。

【注釋】

〔一〕學仙：白居易《讀張籍古樂府》稱之「古樂府」。學仙，學習道家所謂長生不老之術。

〔二〕樓觀：道觀名。故址在盩厔縣（今陝西周至縣）。《元和郡縣圖志·京兆府·盩厔縣》（卷二）：「樓觀，在縣東三十七里。本周康王大夫尹喜宅也，穆王爲召幽逸之人，置爲道院，相承至秦、漢，皆有道士居之。晉惠帝時重置。其地舊有尹先生樓，因名樓觀，武德初，改名宗聖觀。」

〔三〕休穀糧：即辟穀。詳《贈辟穀者》（卷二）注釋〔一〕。

〔四〕霞月：道士服飾上的圖案。借指道教法服。道徒等次不同，著服形制各不相同。唐道士張萬福《三洞法服科戒文》：「衣服者，身之章也。隨其稟受品次不同，各有科儀。」并明確規定了法服的「九等」、「七種」形制。如「九等」之「九者」，「冠七寶之冠，衣九光霞帔、飛青華裙」；「七種」之「一者」「初入道門，平冠黄帔」，「二者」「芙蓉玄冠，黄裙絳褐」。

〔五〕六時：道教將一日十二時分爲陽六時與陰六時，分别謂十二地支所代表時辰中的前六時、後六時。陽六時，陽氣上升，陰氣衰退，宜於煉内丹；陰六時則相反。晉葛洪《抱朴子·内篇·釋滯》：「一日一夜有十二時，其從半夜至日中六時爲生炁，從日中至夜半六時爲死炁。死炁之時，行炁無益也。」此當謂陽六時。上清：道家所謂仙界三清境之一。宋張君房《雲笈七籤·道教本始部·道教三洞宗元》（卷三）：「其三清境者，玉清、上清、太清是也。亦名三天。其三天者，清微天、禹餘天、大赤天是也。……靈寶君治在上清境，即禹餘天也。」

〔六〕天老：傳説中黄帝的輔臣。道家附會爲神仙。《後漢書·張衡傳》（卷五九）：「方將師天老而友地典，與之乎高睨而大談。」李賢注引《帝王紀》曰：「黄帝以風后配上台，天老配中台，五聖配下台，謂之三公。」晉李石《續博物志》（卷四）：「黄帝七輔，風后受金法，天老受天籙。」雲錦囊：道家盛經的織有雲紋圖案的絲袋。《太平御覽·道部·傳授下》（卷六七九）引《道君列紀》：「道君命五老上真開紫蕊玉笈雲錦囊，出靈書紫文上經，以付青童君。」「秘覆」句謂秘密盛於雲錦囊中。

〔七〕度：超度。謂成仙。泄：謂泄漏天書。

〔八〕仙相：道教謂成仙者所具有的骨相。宋張君房《雲笈七籤·上清黄庭内景經》（卷一一）：「子有仙相，得吾此書……恒誦詠之者，則神室明正，胎真安寧，靈液流通，百關朗清。」

〔九〕先生：道士之稱。中堂：廳堂正中。四廂：四周。

〔一〇〕金刀：剪刀。唐白居易《題令狐家木蘭花》：「膩如玉指塗朱粉，光似金刀剪紫霞。」截髮結誓：道教早期的一種傳經儀式。道徒受經前，須截髮歃血爲盟，誓不傳泄；後因尚「孝」而以齋獻錦羅香鈕等物替代截髮。宋張君房《雲笈七籤》卷一二引《上清黄庭内景經·沐浴章》：「《黄庭内經》玉書暢，授者曰師受者盟。雲錦鳳羅金鈕纏，以代割髮肌膚全。攜手登山歃液丹，金書玉景乃可宣。」卷一一引務成子對該經的「注敘」：「結盟立誓，期以勿泄。古者盟用玄雲之錦九十尺、金簡鳳文之羅四十尺、金鈕九雙，以代割髮歃血勿泄之約。」同書《道教經法傳授部·玄都九真盟科九品傳經録》（卷四）引《玄都上品》：「授《九真中經》，舊科落髮爲盟，今以白絹九十尺准盟，法於九真之數」，傳「《白羽黑翮飛行羽經》，上金二兩、青紋三十二尺，以代截髮歃血之誓」。

〔一二〕清齋：道教的一種儀式。舉行法事活動前潔身靜心以示誠敬。宋張君房《雲笈七籤·天地部·朝禮訣法》（卷二二）：「欲行此道，每至八節月朔日，沐浴清齋，入室燒香，朝禮諸天。」

〔一三〕守神：謂清淨心地，排除干擾，一種意念修煉。亦即「存神」。宋張君房《雲笈七籤·魂神部·受生天魂法》（卷五五）：「凡人不知存神，動止任意，意愚事僻，神散形枯」；「仙真聖人守神無替，常存自身，名在左契。」天罡：道教稱北斗叢星中三十六星之神。

〔一三〕丹砂：朱砂。礦物名。色深紅，道教徒用以化汞煉丹。晉葛洪《抱朴子·内篇·金丹》：「凡草木燒之即燼，而丹砂燒之成水銀，積變又還成丹砂。」宋唐慎微《證類本草》（卷三）：「丹砂，味甘，微寒……久服通神明，不老輕身。」候火光：謂觀察火候。道家煉丹講究火候。《抱朴子·内篇·金丹》：「九丹誠爲仙藥之上，然合作之，所用雜藥甚多。……當起火晝夜數十日，伺候火力，不可令失其適，勤苦致難，故不及合金液之易也。」

〔一四〕乘鸞凰：謂成仙。漢劉向《列仙傳》載，春秋秦穆公時人蕭史善吹簫，能致孔雀白鶴於庭。穆公以女弄玉妻之。蕭史日教弄玉吹簫作鳳鳴，後鳳凰來集其屋。穆公築鳳臺，使蕭史夫婦居其上，數年後，皆隨鳳凰飛去。鸞，傳説中鳳凰一類的鳥。《漢書·息夫躬傳》（卷四五）：「鷹隼横厲，鸞俳佪兮！」顔師古注：「鸞，神鳥也，赤靈之精，赤色，五采，雞形，鳴中五音。」凰，鳳凰，見《古叙歎》（卷一）注釋〔二〕。

〔一五〕瘝：疾病，音趁。

〔一六〕靈異：神仙。南朝齊謝朓《敬亭山》：「隱淪既已托，靈異居然棲。」李周翰注：「靈異，靈仙也。」（《六臣注文選》卷二七）守尋常：謂過平常人的生活。

〔一七〕先王：前代君王。《增訂注釋全唐詩》以爲指唐玄宗。國章：國法。唐沈佺期《被彈》：「爾何按國章，無罪見呵叱。」《唐會要》卷四九《雜録》載，唐玄宗曾對佛、道採取了一些限制措施。

【繫年】

白居易元和九年所作《讀張籍古樂府》曾稱頌此詩，知其作於元和九年（八一四）前，或貞元末，或元和初。按：詩揭示學仙的虚妄與戕害人命，以儆戒世人與帝王。

【集評】

白居易《讀張籍古樂府》：見《董公詩》（卷七）「集評」。

## 沈①千運舊②居〔一〕

汝北君子宅，我來見頹墉。〔二〕亂離子孫盡，〔三〕地屬鄰里翁。土木被丘③墟，〔四〕蹊④路不相⑤通。舊井蔓草合，牛羊墜其中。君⑥辭天子書，放意任體躬。〔五〕一生不自力，家與逆旅同。〔六〕高議切星辰，餘聲激瘖聾。〔七〕方將旌舊閭，百歲⑦可封崇⑧。〔八〕嗟其未積年，已爲荒林叢。時豈⑨無知音⑩，莫⑪能敦⑫此風。〔九〕浩蕩竟⑬無覩，我將安所從。〔一〇〕

【校記】

① 沈：紀事（卷二二）作「過」。
② 舊：席本作「故」。
③ 丘：庫本作「兵」。
④ 蹊：全詩作「谿」。
⑤ 相：全詩作「連」。
⑥ 君：紀事作「居」。
⑦ 歲：全詩作「世」。

⑧可封崇：紀事作「不可封」。

⑨豈：紀事作「當」。

⑩音：紀事、席本作「者」。

⑪莫：全詩作「不」。

⑫敦：全詩作「崇」。

⑬竟：紀事作「意」。

【注釋】

〔一〕沈千運：生卒年不詳，聞一多《唐詩大系》繫於「七〇〇—七五九？」。吴興（今浙江湖州）人，家汝北，行第四，時號「沈四山人」。天寶中，數舉不第，游襄、鄧間及濮上，後還山中別業。肅宗征致，辭未應。與元結、高適友善，有詩酬和。乾元三年（七六〇），元結編《篋中集》，推爲首。工舊體詩，力矯時習，氣格高古。今存詩五首。

〔二〕汝北：汝水北岸。具體所指不詳。孫望《〈篋中集〉作者事輯》「沈千運」條謂疑指襄城（今河南襄城縣）。汝水，淮河支流，在今河南境。楊守敬《水經注疏·汝水》（卷二一）：「今汝水自嵩縣東北流逕伊陽縣，又東南逕汝州寶豐縣、郟縣、襄城縣、舞陽縣，至郾城縣，皆故道。」頽墉：殘垣斷壁。墉，牆壁。

〔三〕亂離：遭戰亂而流離。魏王粲《贈蔡子篤》：「悠悠世路，亂離多阻。」亂，當指建中三年（七八二）至貞元二年（七八六）淮西李希烈之亂。《舊唐書·李希烈傳》（卷一四五）：「（建中三年秋）令討襲正己。希烈遂率所部三萬人移居許州」，「是歲長至日」，「僭稱建興王、天下都元帥。四年，希烈遣其將襲陷汝州」，「八月，希烈率衆二萬圍襄城」，「大破曜軍於襄城」，「乘勝攻陷汴州」，「貞元二年三月，因食牛肉遇疾，其將陳仙奇令醫人陳仙甫置藥以毒之而死」。

〔四〕土木：指草木。丘墟：廢墟。《管子·八觀》：「衆散而不收，則國爲丘墟。」

〔五〕體躬：自身。躬，身體。二句謂肅宗征召，沈千運辭不應。《唐才子傳·沈千運》：「肅宗議備禮征致。」

〔六〕自力：謂盡自己之力。《三國志·魏書·武帝紀》（卷一）：「太祖乃自力勞軍，令軍中促爲攻具。」逆旅：旅館。《左傳·僖公二年》：「今虢爲不道，保於逆旅。」杜預注：「逆旅，客舍也。」二句謂沈千運不營家計，家室空空如逆旅。

〔七〕切：觸及。唐韓愈《送僧澄觀》：「構樓架閣切星漢，誇雄鬬麗止者誰？」「高議」句謂沈千運議論高明。激喑聾：振聾發聵。

〔八〕封崇：增大加高。《國語·周語下》：「封崇九山，決汩九川。」韋昭注：「封，大也；崇，高也。除其壅塞之害，通其水泉，使不墮壞，是謂封崇。」古以封墓軾閭表示對賢者的禮遇和尊崇。二句謂本應旌表里門，增修墳墓，使其爲世代景仰。

〔九〕敦：崇尚。此風：指沈千運的思想、行爲楷範。

〔一〇〕無覩：謂不見沈千運舊居。從：往。晉葛洪《〈抱朴子·内篇〉序》：「故權貴之家，雖咫尺弗從也。知道之士，雖艱遠必造也。」

【繫年】

據詩所寫沈舊居敗狀及「亂離子孫盡」語推斷，時當在李希烈亂平後不久，或作於貞元二年（七八六）張籍寓居洛陽期間南游「汝北」時。按：明徐象梅《兩浙名賢録·文苑》（卷四五）「沈千運」條：「沈千運，吴興人……王季友、張籍集中皆有過吴興沈千運舊居詩。」斷籍詩作於吴興（今浙江湖州市），然未明證據。又按：詩寫沈千運舊居的敗廢，表達詩人對沈千運的崇敬之情與對世道衰微的慨嘆。

【集評】

胡適：「（沈千運）代表天寶以前的嚴肅文學的運動，影響了元結、孟雲卿一班人，孟雲卿似乎又影響了杜甫。張籍這樣崇敬沈千運，故他自己的文學也屬于這嚴肅認真的一路。」（《白話文學史》第一五章）

## 懷友

人生有行役，誰能如草木。〔一〕別離感中懷，乃爲我①桎梏。〔二〕百年受命短，光景良不足。〔三〕念我別離者，願懷日月促。〔四〕平地施道路，車馬往不復。空知爲良田，秋望禾黍熟。〔五〕端居無儔侶，日夜禱耳目。〔六〕立身難自覺，〔七〕常恐②憂與辱。窮賤無閒暇，疾癇③多嗜欲。我思④攜手人，逍遥任心腹。〔八〕

【校 記】

①爲我：庫本作「我爲」。

②恐：席本作「懼」，原本校同。

③癇：石倉（卷五九）作「病」，席本、庫本作「疹」，全詩作「痛」。

④我思：席本作「思我」。

【注 釋】

〔一〕行役：見《遠别離》（卷一）注釋〔四〕。如草木：謂像草木一樣無情。《三國志·魏書·管輅傳》(卷二九):「况軨心非草木,敢不盡忠?」

〔二〕中懷:心中。舊題漢蘇武詩:「幸有絃歌曲,可以喻中懷。」桎梏:喻沉重且無法排遣的離別悲傷。

〔三〕光景:光陰。唐李白《相逢行》:「光景不待人,須臾髮成絲。」

〔四〕懷:愛惜。三國曹植《白馬篇》:「棄身鋒刃端,性命安可懷?」

〔五〕以上四句謂平地雖有道路,但朋友不能乘車馬相會,徒困於田地稼穡之中。

〔六〕端居:閒居。譸耳目:期望有親信的人。耳目,親信的人。《尚書·虞書·益稷》:「帝曰:『臣作朕股肱耳目。』」

〔七〕自覺:覺悟到自我的不足。《孔子家語·致思》:「吾有三失,晚而自覺。」

〔八〕攜手人:志同道合者。指所念之友。任心腹:推心置腹,交流思想情感。心腹,衷情真意。《尚書·商書·盤庚下》:「今予其敷心腹腎腸,歷告爾百姓于朕志。」

## 寄韓愈〔一〕

野館非我室,新居未能安。〔二〕讀書避塵雜,方覺此地閒。〔三〕過郭多園墟,桑果相接連。〔四〕獨游竟寂寞,如寄空雲山。〔五〕夏景常晝毒①,〔六〕密林無鳴蟬。臨溪一盥濯,清去肢體煩。出林望曾城,君子在其間。〔七〕戎府草章記,阻我此游盤。〔八〕憶昔②西潭時③,〔九〕並持釣

魚竿。共④忻⑤得魴鯉，烹鱠于我前。〔一〇〕幾朝還復來，嘆息時獨言。〔一一〕

【校　記】

① 常晝毒：石倉（卷六〇）作「晝常毒」，庫本作「常晝痳」。按：此詩石倉誤編入王建詩。

② 昔：席本作「時」。

③ 時：席本作「垂」。

④ 共：石倉作「乍」。

⑤ 忻：席本作「欣」。

【注　釋】

〔一〕韓愈：見《酬韓庶子》（卷二）注釋〔一〕。

〔二〕野館：鄉村旅館。新居：即上所謂「野館」。當在汴州城郊，張籍寓汴時離韓愈城西館後所賃。參注釋〔九〕。

〔三〕二句化用晉陶淵明《歸園田居》其一詩句「户庭無塵雜，虚室有餘閑」。

〔四〕園墟：園林與庭院。晉何劭《贈張華》：「在昔同班司，今者並園墟。」張銑注：「墟，庭落之通言。」（《六臣注文選》卷二四）果：果樹。

〔五〕竟：始終。雲山：見《哭元九少尹》（卷四）注釋〔二〕。

〔六〕夏景：夏天的日光。唐皮日休《銷夏灣》：「我來此游息，夏景方赫曦。」晝：中午。《孟子·滕文公上》（卷五上）孫奭疏：「晝，日中也；宵，夜中也。」

〔七〕曾城：重城。見《登樓寄胡家兄弟》（卷六）注釋〔三〕。曾，通「層」。《世説新語·言語第二》：「遥望層城，丹樓如霞。」此指汴州城。君子：指韓愈。

〔八〕草章記：起草軍中文書。韓愈貞元十二年（七九六）七月入汴州宣武軍節度使董晉幕，十四年春爲觀察推官，十五年二月因汴州軍亂離任。游盤：猶「游樂」。晉潘岳《西征賦》：「厭紫極之閑敞，甘微行以游盤。」二句謂韓愈佐軍幕而不能與詩人同游此地。

〔九〕西潭時：指張籍依韓愈於汴州「城西」「館」時期。貞元十三年冬十月，張籍「北游」遇韓愈，韓愈「館置城西」，與李翺一同學古文。韓愈《此日足可惜贈張籍》：「維時月魄死，冬日朝在房。驅馳公事退，聞子適及城。命車載之至，引坐於中堂。開懷聽其説，往往副所望。……留之不遣去，館置城西旁。」

〔一〇〕魴：鯿魚的古稱。鱠：同「膾」，切細的魚肉。

〔一一〕幾朝：猶「何日」。時：常。

**【繫　年】**

詩云「戎府草章記，阻我此游盤」，時韓愈在軍幕，當作於貞元十三年冬至次年冬張籍依韓愈於汴州期間；又云「夏景常晝毒」，知時爲貞元十四年（七九八）夏。參注釋〔九〕與《别段生》（卷一〇）「繫年」。按：詩寫詩人獨處「野館」的孤寂與對韓愈的思念。

**【集　評】**

（明）陸時雍：「髣髴近韓。」（《唐詩鏡》卷四一）

## 别段生〔一〕

與子骨肉親，願其①長相隨。況離父母傍，從我學書詩②。〔二〕同在道路中③，講誦④亦未虧⑤。爲文于我前，日夕生光儀。〔三〕行役多疾瘨⑥，賴此相扶持。〔四〕貧賤事俱難⑦，今日有别離。我去秦城中，子留汴水湄。〔五〕離情兩飄斷，豈⑧異風中絲。〔六〕幼⑨年獨爲客，舉動難爲⑩宜。〔七〕努力自修勵，長⑪如見我時。我時⑫登山岡，再揖⑬問還期。還期在新年，勿怨歡會遲。

【校 記】

①其：全詩作「言」，庫本作「共」。

②書詩：原本作「詩書」，據席本、全詩、庫本改。作「書詩」叶韻。

③中：全詩作「間」。

④誦：全詩作「論」。

⑤虧：原本、庫本作「窺」，據全詩改。

⑥癲：全詩作「疢」，席本、庫本作「疹」。

⑦俱難：全詩作「難拘」。

⑧豈：全詩作「不」。

⑨幼：陸本作「初」。

⑩爲：全詩作「得」。

⑪長：全詩作「常」。

⑫我時：全詩作「送我」。按：據前句有「我時」推斷，當作「送我」。

⑬揖：全詩作「拜」。

【注　釋】

〔一〕段生：生平不詳。據此詩可知，爲張籍弟子。

〔二〕書詩：《尚書》與《詩經》。此泛指五經與詩文之藝。張籍精於經學，《新唐書·藝文志一》（卷五七）載，著有「《論語注辨》二卷」。

〔三〕光儀：猶「光輝」。二句謂段生詩文精美，日夜創作不輟。

〔四〕行役：見《遠别離》（卷一）注釋〔四〕。扶持：服侍，照顧。《孟子·滕文公上》：「出入相友，守望相助，疾病相扶持。」

〔五〕秦城：長安。長安古爲秦地。汴水湄：指汴州城（今河南開封）。汴水，唐廣濟渠東段，流經汴州。湄，岸邊。《詩·秦風·蒹葭》：「所謂伊人，在水之湄。」孔穎達疏：「謂水草交際之處，水之岸也。」

〔六〕絲：飄浮於空中的蛛絲。二句以游絲作比，謂即將分别。

〔七〕二句謂段生年輕而客旅汴州，言談舉止難免不周。

【繫　年】

當作於貞元十四年（七九八）秋冬之際張籍離汴赴京應舉時。羅聯添《張籍年譜》「貞元十四年」：「《登科記考·凡例》云：『鄉貢進士例於十月集户部，（翌年）正月乃就禮部試。』本年秋，籍在汴州獲雋，距集期甚迫，當即入京會集，似無暇歸里。《别段生》云：……知爲本年籍赴京師贈别之作。」當是。按：詩寫詩人同段生的師生情誼及離别前對段生的囑咐與勉勵。

【集　評】

（明）鍾惺：「一團厚道，古人之心，古人之言。」（《唐詩歸》卷三〇）

## 贈姚忬〔一〕

漏天日無光，澤土松不長。〔二〕君今職下位，志氣安得揚。白①髮文思壯，才爲國賢良。無人識高韻，〔三〕薦于天子傍。況我愚朴②姿，强趨利名場。〔四〕遠同③干貴人，身舉固難彰。〔五〕昔逢汴水濱，今會習池陽。〔六〕豈無再來期，顧恐非此方。〔七〕願爲石中泉，不爲瓦上霜。〔八〕離别勿復道，所貴不相忘。

【校　記】

① 白：庫本作「束」。

② 朴：庫本作「村」。

③同：庫本作「行」。按：尋詩意，當作「行」。

【注釋】

〔一〕姚忿：生平不詳。孟郊有《答姚忿見寄》、《贈姚忿别》。據此詩知其與張籍相識於汴水之濱，時當在貞元十三、十四年籍居汴州依韓愈期間，時孟郊亦寓汴州。

〔二〕漏天：天瀉漏。謂久雨。《太平寰宇記·巂州·越巂縣》（卷八〇）：「秋夏常雨，故曰漏天。」澤土：雨水長期浸泡的土地。不長：謂生長不高。二句比喻姚忿命運不濟。

〔三〕高韻：高雅的詩文。

〔四〕愚朴：敦厚質樸。《墨子·非命中》：「雖昔也三代之僞民，亦猶此也，繁飾有命，以教衆愚樸人久矣。」姿：資質。《漢書·谷永傳》（卷八五）：「疏通聰敏，上主之姿也。」顔師古注：「姿，材也。」利名場：指官場。

〔五〕身舉：謂仕途晉升。彰：彰顯。謂登高位。二句婉言自己無力舉薦姚忿。

〔六〕汴水濱：當指汴州。汴水，唐廣濟渠東段，流經汴州。習池陽：指襄陽。習池，習郁池。在襄陽東南。《太平寰宇記·襄州·襄陽縣》（卷一四五）：「習郁池，在縣東南十五里。《襄陽記》云：『峴南八百步，西下道百步，有習家魚池。郁將死，敕其長子葬于池側，池中起釣臺，尚在。』按郁即鑿齒之先也。」

〔七〕非此方：謂以後出使未必再至襄陽。

〔八〕石中泉：喻純潔永久的事物。瓦上霜：喻易逝的事物。唐白居易《寓意詩五首》其二：「富貴來不久，倏如瓦溝霜。」二句寫詩人希望友誼長存。

【繫　年】

詩云「況我愚朴姿，强趨利名場」，知張籍時已爲官；又云「今會習池陽」，知作於襄陽；又云「願爲石中泉，不爲瓦上霜」，當即景設喻，時爲深秋或冬。合上知詩作於大和元年（八二七）籍以主客郎中使襄陽時，詳《使回留别襄陽李司空》（卷二）「繫年」。又據「離别勿復道，所貴不相忘」語知時張籍使回，季節爲冬。

## 傷①于鵠〔一〕

西②山無逸人，忽覺大國貧。〔二〕良玉③沈幽泉，〔三〕名爲天下④珍。野性疏時俗，再命⑤乃從軍⑥。〔四〕氣高終不合，去如鏡上塵。〔五〕我初有⑦章句，相合⑧者惟⑨君。〔六〕今來吊嗣子，對隴燒斯⑩文。〔七〕耕者廢其耜，爨者絶其薪。〔八〕笥⑪無新衣裳，曷用光我身。奠回⑫徒再拜⑬，昔意⑭安能陳。徒保⑮金石韻，〔九〕千載人所聞。

【校　記】

①傷：陸本、全詩作「哭」。
②西：陸本、全詩作「青」。
③玉：陸本作「士」。
④下：陸本作「子」。
⑤命：陸本、全詩作「拜」。
⑥軍：庫本作「君」。
⑦有：庫本作「爲」。
⑧合：陸本作「明」。
⑨惟：席本作「唯」，庫本作「有」。
⑩斯：陸本、全詩作「新」。
⑪笥：全詩作「苟」。
⑫回：全詩作「酒」。
⑬再拜：陸本、全詩作「拜手」。
⑭昔意：陸本、全詩作「哀懷」。
⑮徒保：庫本作「遺存」。

【注　釋】

〔一〕于鵠：見《贈王建》（卷六）注釋〔二〕。

〔二〕西山：首陽山。在今山西省永濟市南。相傳伯夷、叔齊隱居於此。《史記·伯夷列傳》（卷六一）：「武王已平殷亂，天下宗周，而伯夷、叔齊恥之，義不食周粟，隱於首陽山，采薇而食之。及餓且死，作歌。其辭曰：『登彼西山兮，采其薇矣。……』」司馬貞索隱：「西山即首陽山也。」此借指隱士隱居之地。逸人：即「逸民」。遁世隱居的人。唐避太宗諱改「民」爲「人」。清錢大昕《廿二史考異·後漢書二·法雄傳》（卷一一）：「子真，在《逸人傳》。『逸人』即『逸民』。章懷避諱，改爲『人』字。」《漢書·律曆志序》（卷二一上）：「謹權量……舉逸民，四方之政行矣。」顔師古注：「逸民，謂有德而隱處者。」此指于鵠。「西山」句謂于鵠卒。大國貧：謂國家缺少良才。三國曹植《贈丁翼》：「大國多良材，譬海出明珠。」

〔三〕良玉：美玉。此喻于鵠。幽泉：指死後的世界。南朝梁江淹《傷愛子賦》：「傷弱子之冥冥，獨幽泉兮而永閟。」

〔四〕野性：喜愛林泉村野的性情。唐韜光《謝白樂天招》：「山僧野性好林泉，每向巖阿倚石眠。」

〔五〕再命：兩次受命。從軍：指佐山南東道、荆南節度幕。

〔六〕「去如」句：謂視如擦去污鏡之塵一般離開軍幕。

相合：指審美喜好相同。

〔七〕嗣子：嫡長子。此泛指兒女。隴：通「壟」，墳墓。

〔八〕廢其耜：謂停止耕作。絶其薪：謂停止燒火做飯。二句化用《陌上桑》詩句「耕者忘其犁，鋤者忘其鋤」，寫人們心情無比悲痛。

〔九〕保：保存。金石韻：優美的詩文。《隋書·音樂志中》（卷一四）：「文辭金石韻，毫翰風飈竪。」此指于鵠所遺詩文。

【繫年】

于鵠元和十年十二月尚在世（詳卷二《送宫人入道》「繫年」），當卒於元和十一年或稍後。時張籍在國子助教或廣文博士任。按：詩寫于鵠高潔的品性、與詩人的深厚友情，以及詩人吊唁的悲傷。

## 獻從兄〔一〕

悠悠旱天雲，不遠如飛塵。〔二〕賢達失其所，沈飄同衆人。〔三〕擢秀登王畿，出爲良使賓。〔四〕名高滿朝野，幼賤誰不聞。一朝遇讒邪，流竄八九春。詔書近遷移，組綬未及身。〔五〕冬井無寒冰，玉潤難爲焚。〔六〕虚懷日迢①遥，榮辱常保純。我念出游時，每②吟康樂文。〔七〕願

言靈溪期，聊欲相依因。〔八〕

【校　記】

① 迢：席本作「超」。

② 每：全詩作「匆」。

【注　釋】

〔一〕從兄：堂兄。唐詩中亦稱同姓同輩而年長者，如李白《贈從兄襄陽少府皓》、《對雪獻從兄虞城宰》。此所指不詳。尋繹詩句「每吟康樂文」，當爲籍堂兄。

〔二〕悠悠：飄忽不定貌。如飛塵：謂雲不雨。二句以旱天雲不能雨潤萬物，比喻從兄賢達卻不能澤被於民。唐白居易《和答詩十首・答四皓廟》：「如彼旱天雲，一雨百穀滋。澤則在天下，雲復歸希夷。」

〔三〕沈飄：沉潛，飄泊。二句謂從兄遭讒被貶，仕途不達，未能盡其才用。

〔四〕擢秀：才能出衆。晉趙至《與嵇茂齊書》：「吾子植根芳苑，擢秀清流。」登王畿：謂入京爲官。南朝宋顔延之《秋胡行》其二：「脱巾千里外，結綬登王畿。」此謂從兄進士及第而入仕。王畿，王城周圍千里的地域。《周禮・夏官・職方氏》：「乃辨九服之邦國，方千里曰王畿。」亦指帝京。使：指節度、觀察、處置等使。「出爲」句謂從兄受辟爲節度使賓佐。

〔五〕近遷移：量移。遠謫官吏調遷近處任職。組綬：佩玉用以繫玉的絲帶。《魏書·高祖紀下》（卷七下）：「（太和十年）八月乙亥，給尚書五等品爵已上朱衣、玉珮、大小組綬。」唐制同。

〔六〕玉潤：喻品德美好。《禮記·聘義》：「夫昔者，君子比德於玉焉；溫潤而澤，仁也。」難爲焚：不怕火燒。《淮南子·俶真訓》：「譬若鍾山之玉，炊以鑪炭，三日三夜而色澤不變，則至德天地之精也。」二句謂從兄心如井水，經「冬」不寒；德如温玉，歷「火」不變。

〔七〕出游：當指從前隨從兄漫游。康樂：南朝宋謝靈運。《宋書·謝靈運傳》（卷六七）：「襲封康樂公……性奢豪，車服鮮麗，衣裳器物，多改舊制，世共宗之，咸稱謝康樂也。」謝靈運有從弟謝惠連，幼聰慧，深受靈運愛賞。二句以康樂、惠連比況從兄與詩人自己。

〔八〕願言：思念殷切貌。《詩·衛風·伯兮》：「願言思伯，甘心首疾。」鄭玄箋：「願，念也。我念思伯，心不能已。」靈溪期：共游名山秀水的約定。靈溪，見《宿天竺寺寄靈隱寺僧》（卷六）注釋〔二〕。此借指秀美的山水。期，約定。相依因：相互依靠。

**【繫年】**

據詩末四句斷，當作於元和元年（八〇六）後張籍居京爲官時期。

## 南歸〔一〕

促促念道路，四支不常寧。〔二〕行車未及家，天外非盡程。〔三〕骨肉望①我歡，〔四〕鄉里望我榮。豈知東與西，憔悴竟無成。天寒②苦夜長，窮者不念明。懼③離其寢寐④，百憂傷性靈。〔五〕世道多險薄，相勸異⑤忠⑥誠。〔六〕遠游無知音，不如商賈行。達人有常志，愚夫勞無⑦營。〔七〕舊山幸未賣⑧，言歸樂此生。〔八〕

【校　記】

①望：陸本、全詩作「待」。
②天寒：陸本、全詩作「人言」。
③懼：庫本作「惟」。
④寐：庫本作「床」。
⑤異：全詩作「畢」。
⑥忠：陸本、全詩作「中」。
⑦無：陸本、全詩作「所」。

⑧ 幸未賣：陸本、全詩作「行去遠」。

**【注　釋】**

〔一〕南歸：據詩所謂「骨肉望我歡，鄉里望我榮。豈知東與西，憔悴竟無成」判斷，當指貞元十二年（七九六）詩人由薊北歸蘇州。

〔二〕促促：匆匆。唐劉禹錫《途中早發》：「中庭望啟明，促促事晨征。」念道路：以道路爲念。謂急於趕路。支：通「肢」。

〔三〕天外：謂道路遥遠，似延伸到天外。非盡程：未盡歸程。

〔四〕歡：歡聚。

〔五〕二句寫「窮者不念明」的原因。

〔六〕異：猶言「違背」、「不守」。

〔七〕達人：通達事理的人。《左傳·昭公七年》：「聖人有明德者，若不當世，其後必有達人。」孔穎達疏：「謂知能通達之人。」常志：堅定不移的志向。愚夫：詩人自謙。無營：無所經營。謂無所得。

〔八〕舊山：見《羈旅行》（卷一）注釋〔六〕。言：語助詞，無義。

【繫　年】

當作於貞元十二年（七九六）張籍由薊北南歸蘇州途中，季節或爲夏。按：詩寫詩人東西奔波而無所成就的悲傷與對世道險薄的感慨。

## 卧疾

身病始知道①，卧②讀《神農經》。〔一〕空房③夜留燈④，四壁青⑤熒熒。〔二〕羇旅逐⑥人歡，貧賤還自輕。今來問良醫，乃知病所生。僮僕各相憂⑦，杵臼無停⑧聲。見我形憔悴，勸藥⑨語丁寧。〔三〕春雨枕席冷，窗前新禽鳴。開門起無力，遥愛⑩鷄犬行。〔四〕服藥察耳目⑪，〔五〕漸覺如酒醒⑫。方悟養生者⑬，不⑭爲憂患並⑮。〔六〕

【校　記】

① 始知道：全詩作「多思慮」。

② 卧：全詩作「亦」。

③ 房：全詩作「堂」。

④ 夜留燈：全詩作「留燈燭」。

⑤ 青：陸本作「深」。

⑥ 逐：全詩作「隨」。

⑦ 相憂：全詩作「憂愁」。

⑧ 停：陸本作「定」。

⑨ 勸藥：石倉（卷六〇）作「藥石」。按：此詩石倉誤編入王建詩。

⑩ 愛：陸本作「念」。

⑪ 「服藥」句：陸本作「彊藥察耳目」，石倉作「强顔進一匕」。

⑫ 「漸覺」句：陸本、全詩作「漸如醉者醒」。

⑬ 「方悟」句：陸本、全詩作「顧非達性命」。

⑭ 不：陸本、全詩作「猶」。

⑮ 並：陸本、全詩作「生」。

【注　釋】

〔一〕知道：深明世間道理。《管子·戒》：「聞一言以貫萬物，謂之知道。」《神農經》：古代醫藥典籍。相傳爲神農氏所著。《漢書·藝文志》（卷三〇）：「《神農》二十篇。」唐時流行《神農本草經》。《新唐書·于志寧傳》（卷一〇四）：「志寧與司空李勣修定《本草》並圖，合五十四篇。

帝曰：『《本草》尚矣，今復修之，何所異邪？』對曰：『昔陶弘景以《神農經》合雜家《别録》注諂之，江南偏方，不周曉藥石，往往紕繆，四百餘物，今考正之，又增後世所用百餘物，此以爲異。』……其書遂大行。」神農，傳説中的太古帝王。相傳曾嘗百草，發現藥材，教人治病。

〔二〕熒熒：光閃爍貌。漢秦嘉《贈婦詩》：「飄飄帷帳，熒熒華燭。」

〔三〕丁寧：言語懇切貌。唐王建《送人》：「丁寧相勸勉，苦口幸無尤。」

〔四〕「遥愛」句：謂喜看遠處鷄犬行走。狀寫病居的孤寂。

〔五〕察耳目：使耳聰目明。察，明辨。漢賈誼《新書·道術》（卷八）：「纖微皆審謂之察。」

〔六〕並：吞並。謂困擾。

【集　評】

（明）唐汝詢：「叙病極慘，諭病極當，作客者宜豫防。又，首五字會一詩意。『察耳目』三字，是卧疾真性情。」（明周珽輯《删補唐詩選脉箋釋會通評林》卷一二）

（明）周珽：「病中苦思苦趣淵沉，閒静妙處全在迴味不盡。」（同上）

（明）譚元春：「『留燈』二字，形神悄然，不能再讀。」（同上）

（明）鍾惺：「以『羈旅』二句，爲致病之本，真境可憐。『遥愛雞犬行』，病中妙語，苦境。苦極便妙！」（同上）

## 贈①孟郊〔一〕

歷歷天上星，沈沈水中萍。〔二〕幸當清秋夜，流影及微形。〔三〕君生衰俗間，立身如《禮經》。〔四〕淳意發高文②，獨有金石聲。〔五〕才③名振京國，歸省東南行。〔六〕停車楚城下，顧我不念程。〔七〕寶鏡曾墮④水，〔八〕不磨難⑤自明。苦節居貧賤，所知賴友生。〔九〕歡會方别離，戚戚憂慮并。〔一〇〕安得在一方，終老無送迎。〔一一〕

【校　記】

① 贈：全詩後有「别」字。

② 「淳意」句：全詩作「純誠發新文」。

③ 才：陸本作「懼」。

④ 墮：席本、全詩作「墜」。

⑤ 難：全詩作「豈」。

【注　釋】

〔一〕孟郊：見《贈王建》（卷六）注釋〔二〕。

〔二〕歷歷：見《别客》（卷六）注釋〔二〕。沈沈：茂盛貌。南朝齊謝朓《始出尚書省》：「衰柳尚沈沈，凝露方泥泥。」李周翰注：「沈沈，茂盛也。」（《六臣注文選》卷三〇）

〔三〕流影：又作「流景」。閃耀的光芒。唐李白《王昭君二首》其一：「漢家秦地月，流影照明妃。」此指星光。微形：微小之物。此指浮萍。以上四句比興，「天上星」喻孟郊，「水中萍」詩人自喻；「流影」句喻孟郊來訪。

〔四〕《禮經》：即《儀禮》。清皮錫瑞《經學通論・三・三禮》：「《三禮》之名，起於漢末，在漢初但曰《禮》而已。漢所謂《禮》，即今十七篇之《儀禮》，而漢不名《儀禮》。專主經言，則曰《禮經》；合記而言，則曰《禮記》。許慎、盧植所稱《禮記》，皆即《儀禮》與篇中之記，非今四十九篇之《禮記》也。其後《禮記》之名爲四十九篇之記所奪，乃以十七篇之《禮經》别稱《儀禮》。」

〔五〕淳意：謂情意淳厚。金石聲：鏗鏘有力之聲。多喻優美動人的文辭。《晉書・孫綽傳》（卷五六）：「嘗作《天台山賦》，辭致甚工，初成，以示友人范榮期，云：『卿試擲地，當作金石聲也。』」

〔六〕京國：京城。「才名」句謂孟郊進士及第。東南行：孟郊故鄉湖州武康（今浙江德清），位於長安東南，故謂。

〔七〕楚城：指和州（治今安徽和縣）。《太平寰宇記・和州》（卷一二四）：「和州……春秋時楚地……戰國時猶爲楚地。」張籍貞元十二年（七九六）春遷居和州。顧：探望。

〔八〕「寶鏡」句：張籍以寶鏡自喻，謂求薦進舉失意。

〔九〕苦節：儉約過甚。《周易・節》：「苦節，不可貞。」孔穎達疏：「節須得中。爲節過苦，傷於刻薄，物所不堪，不可復正，故曰『苦節，不可貞』也。」友生：朋友。《詩・小雅・常棣》：「雖有兄弟，不如友生。」此指孟郊。二句謂唯有孟郊了解詩人的困苦與失意。

〔一〇〕戚戚：憂傷貌。并：聚合。

〔一一〕在一方：謂同在一處。無送迎：謂没有離别。

【繫年】

詩云「才名振京國，歸省東南行」，知孟郊時及第東歸。詩當作於張籍與孟郊同游和州桃花塢時，即貞元十二年（七九六）秋。參《寄漢陽故人》（卷二）注釋〔二〕。按：詩盛贊孟郊的道德文章，抒發詩人對其枉道相訪的感激之情以及與孟郊離别的悲傷。

【集評】

（明）周敬：「起四句，有想頭；次四句，分明描出東野小像。非真交之之友，狀不透。」（明周珽輯《删補唐詩選脉箋釋會通評林》卷一二）

（明）唐汝詢：「氣古調深，贈答中妙作〇首四語，自蘇子卿『燭燭晨明月』作法。『寶鏡』四語是

興。」(同上)

(明)吴山民:「非孟東野語堪當此,諸語又能孟東野口吻,妙!」(同上)

(明)譚元春評「淳意」句:「古人文章交游,從人品上著眼如此。」(《唐詩歸》卷三〇)

(明)鍾惺評末二句:「真朋友實有此想。」(同上)

(清)余成教:見《行路難》(卷一)「集評」。

## 城南[一]

漾漾南澗水,[二]來作曲池流。言尋參差島,[三]曉榜輕盈舟。萬繞不再止,千尋盡孤幽。[四]藻澀訝人重,萍分指魚游。[五]繁苗毯下垂,密箭翻迴輈。[六]曝鼈亂自墜,陰藤斜相鉤。卧蔣黑米吐,翻芰紫角稠。[七]橋低競俯僂,亭近閒夷猶。[八]目爲逐勝朗,手因掇芳柔。[九]漸喜游來極,忽疑歸無由。[一〇]氣狀雖可覽,纖微諒難搜。[一一]未聽主人賞,徒愛清華秋。[一二]

【注　釋】

〔一〕城:指京師長安。

〔二〕南澗:即南谿。詳《同韓侍郎南谿夜賞》(卷六)注釋〔一〕。

〔三〕言：語助詞。無義。

〔四〕不再止：謂不停船。再，第二次。千尋：謂到處探尋。孤幽：寂靜幽美之景。

〔五〕藻澀：水藻錯綜交織。訝：迎接。《周禮·秋官·序官》：「訝士中士八人。」鄭玄注：「訝，迎也，士官之迎四方賓客。」重：謂行船阻力大。萍分：浮萍被行船撥開。指：引導。

〔六〕毯：喻成片的茂密的浮萍。箭：指水生箭狀植物。迴輈：迴轉的車輪。輈，車。「密箭」句謂舟過之後，被壓倒的箭狀植物紛紛直立，似車輪迴轉。

〔七〕蔣：菰。見《重平驛作》（卷六）注釋〔二〕。《説文解字》：「菰，蔣也。」黑米：菰所結之籽。可煮食。南朝梁庾肩吾《奉和太子納涼梧下應令詩》：「黑米生菰葉，青花出稻田。」芰：菱。唐杜甫《佐還山後寄三首》其三：「隔沼連香芰，通林帶女蘿。」仇兆鰲注引《武陵記》：「兩角曰菱，三角四角曰芰。」

〔八〕俯僂：低頭曲背。《左傳·昭公七年》：「一命而僂，再命而傴，三命而俯。」杜預注：「俯共（恭）於傴，傴共於僂。」閒：安靜。謂不説話。猶豫之狀。夷猶：猶豫。《楚辭·九歌·湘君》：「君不行兮夷猶。」王逸注：「夷猶，猶豫也。」

〔九〕掇芳：採花。柔：滋潤。《國語·鄭語》：「祝融亦能昭顯天地之光明，以生柔嘉材者也。」韋昭注：「柔，潤也。」

〔一〇〕極：盡興。歸無由：謂不知歸路。

〔二〕氣狀：氣象，景象。南朝梁沈約《謝齊竟陵王示〈華嚴〉、〈瓔珞〉啟》：「莫不雕風烟之氣狀，流日月之英華。」纖微：細微之美。

〔三〕主人：所指不詳。賞：稱贊。清華秋：清秀美麗的秋景。

【繫年】

當作於元和元年（八〇六）以後張籍居京爲官期間。按：羅聯添《張籍年譜》繫於長慶四年（八二四）秋，以爲末句「『主人』謂退之」，時韓愈養病長安城南莊，張籍恰逢水部秩滿，待授他官，遂「日與退之游泛南溪」，「秋，有《城南》詩」。當非。此詩與張籍《祭退之》中有關韓、張共泛「南溪」的描寫多不合。《祭退之》云：「黄子陂岸曲，地曠氣色清。新池四平漲，中有蒲荇香。北臺臨稻疇，茂柳多陰涼。板亭坐垂釣，煩苦稍已平。共愛池上佳，聯句舒遐情。偶有賈秀才，來茲亦間並。移船入南溪，東西縱篙撑。劃波激船舷，前後飛鷗鶬。回入潭瀨下，網截鯉與魴。踏沙掇水蔬，樹下烝新粳。日來相與嬉，不知暑日長。」一者，韓、張在城南莊是「共愛池上佳，聯句舒遐情」、「日來相與嬉，不知暑日長」（時爲暑），此詩則謂「未聽主人賞，徒愛清華秋」（時爲秋）。二者，韓、張泛「南溪」是「東西縱篙撑」（行船用「篙」），此詩則謂「曉榜輕盈舟」（行船用「榜」）。三者，韓、張泛「南溪」是「劃波激船舷」、「踏沙掇水蔬」（「南溪」水面清淨，且有沙岸），此詩則謂「藻溜訝人重，萍分指魚游」（溪中佈滿藻、萍）。四者，韓、張所泛「南溪」無島無橋，此詩則謂「言尋參差島」、「橋低競俯僂」。可見，二詩所寫事件、水域並不相同。又，此詩所寫與孟郊《游城南韓氏莊》（見卷七《祭退之》注釋〔三三〕）所寫韓愈莊中池沼亦不相同。又按：詩寫長安城南某池沼的美景與詩人游覽的興致。

【集　評】

錢鍾書：「（張籍）風格亦與韓殊勿類，集中且共元白唱酬爲多。惟《城南》五古似韓公雅整之作，《祭退之》長篇尤一變平日輕清之體，朴硬近韓面目，押韻亦略師韓公《此日足可惜》。」（《談藝録·張文昌詩》）

## 夜懷

窮居積遠念，轉轉迷所歸。〔一〕幽蕙零落色，〔二〕暗螢參差飛。病生秋風簟，〔三〕淚墮明月①衣。無愁坐寂寞，重使奏清徽。〔四〕

【校　記】

① 明月：席本、全詩作「月明」。

【注　釋】

〔一〕遠念：深遠的思慮。轉轉：見《使至藍谿驛寄太常王丞》（卷二）注釋〔二〕。

〔二〕幽蕙：蕙蘭。葉似草蘭而稍瘦長，暮春開花，氣遜於蘭。晉葛洪《抱朴子・外篇・博喻》：「英偉不群，而幽蕙之芬駭；峻概獨立，而衆禽之響振。」

〔三〕篁：見《和左司元郎中秋居十首》其一（卷二）注釋〔三〕「筒篁」。

〔四〕清徽：指聲音清美的琴。徽，琴面指示音節的標識。宋朱熹《雜著・琴律説》：「蓋琴之有徽，所以分五聲之位，而配以當位之律，以待抑按而取聲。而其布徽之法，則當隨其聲數之多少，律管之長短，而三分損益，上下相生以定其位。」（《晦庵集》卷六六）

【繫　年】

詩所寫詩人境況與《病中寄白學士拾遺》（卷七）、《雨中寄元宗簡》（卷七）所寫相似，三詩寫作時間當相近，即同作於元和五年秋。詳《病中寄白學士拾遺》「繫年」。時張籍在太常寺太祝任。

按：羅聯添《張籍年譜》繫於元和四年（八〇九）。

## 奉和舍人叔直省時思琴〔一〕

藹藹紫微①直，〔二〕秋意深無窮。滴瀝仙②閣漏，〔三〕肅穆禁池風。竹月泛涼影，萱露澹幽

叢。〔四〕地清物態勝，宵閒琴思通。〔五〕時屬雅音際，迥凝虚抱中。〔六〕達人掌樞近，常③與隱默同。〔七〕

【校　記】

①微：全詩作「薇」。

②仙：庫本作「先」。

③常：庫本作「亦」。

【注　釋】

〔一〕舍人叔：張弘靖（七六〇—八二四）。字元理，蒲州人，祖嘉貞、父延賞皆爲相。以蔭爲河南參軍，擢監察御史，累遷户部侍郎、河中節度使。元和九年，拜刑部尚書、同中書門下平章事，旋加中書侍郎平章事，封高平縣侯，出爲太原節度使。長慶元年（八二一）爲幽州、盧龍節度使，以不善治軍，軍亂被囚，貶撫州刺史，終太子少師。舍人，見《酬白二十二舍人早春曲江見招》（卷二）注釋〔一〕。張弘靖元和初在中書舍人任。詳「繫年」。叔，對張弘靖的尊稱。蓋弘靖同姓而輩長。直省：於中書省當直。直，少部分官員留在本司值班，時稱「當直」；當直官員例在省（衙）内住宿，又稱「宿直」。思琴：思聞琴聲。

〔二〕藹藹：月光微暗貌。漢司馬相如《長門賦》：「望中庭之藹藹兮，若季秋之降霜。」李善注：「藹藹，月光微闇之貌。」（《六臣注文選》卷一六）紫微：亦作「紫薇」。中書省的别稱。詳《新除水曹郎答白舍人見賀》（卷四）注釋〔五〕。

〔三〕滴瀝：滴漏聲。仙閣：稱宫殿。此指中書省。漏：見《沙堤行呈裴相公》（卷一）注釋〔二〕「玉漏」。

〔四〕「竹月」句謂竹林中月光摇曳，竹影斑駁。萱：草本植物。俗稱金針菜、黄花菜。古人以爲此草可使人忘憂，又稱忘憂草。澹：恬静。此爲使動用法。幽叢：指叢植的萱草。

〔五〕清：潔淨。物態勝：景色優美。閒：安静。琴思通：起聽琴之思。

〔六〕雅音：清雅的樂聲。迥：歷時久。虚抱：虚懷，胸懷。二句謂時宜聽琴，琴思久積不散。

〔七〕達人：見《南歸》（卷七）注釋〔七〕。此指張弘靖。樞近：接近皇帝的樞要職位。此指中書舍人。隱默：安静恬退之士。

【繫　年】

據詩内容可知，時在元和元年張籍入仕之後，季節爲秋。《舊唐書·韋貫之傳》（卷一五八）：「元和元年……與中書舍人張弘靖考制策。」《册府元龜·貢舉部·清正》（卷六五一）載同，知張弘靖元和元年在中書舍人任。《舊唐書·憲宗本紀上》（卷一四）：「（元和四年）十二月壬申朔，以户部侍郎張弘靖爲陝府長史、陝虢觀察陸運等使。」知弘靖元和四年十二月前離舍人任。又，嚴耕望《唐僕尚丞郎表》卷十六《輯考五下・禮侍》「張弘靖」條：「自(元和)元年至四年春知貢舉時皆官中舍，放榜後遷工侍，同年又遷户侍，十二月出爲陝虢觀察使。」當是。合上知詩作於元和元年至三年某秋。時張籍在太常太祝任。按：詩寫張弘靖宿直中書省所見清美的夜景及其引發的琴思。

## 【唱和】

張弘靖原作《直夜思聞雅琴》佚。

吕温《奉和張舍人閣中直夜思聞雅琴因書事通簡僚友》：「迢遞天上直，寂寞丘中琴。憶爾山水韻，起予仁智心。凝情在正始，超想疎煩襟。凉生子夜後，月照禁垣深。遠風霭蘭氣，微露清桐陰。方襲緇衣慶，永奉南薰吟。」(全詩卷三七〇)

權德輿《奉和張舍人閣老閣中直夜思聞雅琴因以書事通簡僚友》：「紫垣宿清夜，藹藹復沈沈。圓月衡漢淨，好風松滌深。軒窗韻虚籟，蘭雪懷幽音。珠露銷暑氣，玉徽結遐心。盛才本殊倫，雅誥方在今。佇見舒彩翮，翻飛歸鳳林。」(全詩卷三二一)

鮑溶《竊覽都官李郎中和李舍人益酬張舍人弘静(按：當作靖)夏夜寓直思聞雅琴見寄》：「朝草天子奏，夜語思憂琴。因聲含香氣，其韻流水音。仙樂朱鳳意，靈芝紫鸞心。翻然遠求友，豈獨雙歸林。松吹暑中冷，星花池上深。倘俾有聲樂，請以絲和金。」(全詩卷四八六)

## 野寺後池寄友

佛寺連野水，池幽夏景清。繁木蔭夫渠①，時有水禽鳴。〔一〕通溪岸塹斷，分渚流復縈。〔二〕伴②僧鐘磬罷，〔三〕月來池上明。友人竟不至，東北見高城。獨游自寂寞，況此恨盈盈。

【校　記】

① 夫渠：席本、全詩、庫本作「芙蕖」。

② 伴：庫本作「唄」。

【注　釋】

〔一〕夫渠：即「芙蕖」。

〔二〕分渚：渚分水流。渚，水中的小塊陸地。縈：迴旋。

〔三〕鐘磬罷：謂做完佛事活動。鐘磬，鐘和磬。佛教法器。

【集　評】

（明）陸時雍：「三、四清和。」（《唐詩鏡》卷四一）

## 寄别者①

寒天正飛雪，行人心切切。〔一〕同爲萬里客，中路忽離别。别君汾水東，望君汾水西。〔二〕積雪無平岡，空山無人蹊。〔三〕羸馬時倚轅，〔四〕行行未遑食。下車勸童②僕，相顧莫嘆息。詎知佳期隔，〔五〕離念終無極。

【校　記】

① 者：原本目録、庫本無此字。

② 童：席本、全詩作「僮」。

【注　釋】

〔一〕切切：憂傷貌。南朝梁江淹《傷愛子賦》：「形惸惸而外施，心切切而内圮。」

〔二〕汾水：汾河。源出今山西省寧武縣管涔山，至河津市西入黄河。二句寫詩人於汾水東岸别友，西過汾水尚回首眺望。

〔三〕無人蹊：謂找不著行走的小徑。

〔四〕倚轅：停止前行。謂馬極度疲勞。

〔五〕佳期：與友重逢之日。

【繫　年】

據「同爲萬里客」知作於張籍早年求學或漫游時。按：詩寫詩人旅途别友的悲傷。

## 病中寄白學士拾遺〔一〕

秋亭病客眠，庭樹滿枝蟬。涼風繞砌起，斜影入床前。梨晚漸紅墜①，菊寒無黄鮮。倦游寂寞日，〔二〕感嘆蹉跎年。塵歡久消委，華念獨迎延。〔三〕自寓城闕下，識君弟事焉。〔四〕君爲天子識，我方沈病纏。〔五〕無因會同語，悄悄中懷煎。〔六〕

【校　記】

① 墜：庫本作「墮」。

【注釋】

〔一〕白學士拾遺：白居易。詳《酬白二十二舍人早春曲江見招》（卷二）注釋〔一〕。白居易元和二年（八〇七）冬至六年四月爲翰林學士。詳《寄白學士》（卷六）注釋〔一〕。拾遺，門下省屬官。《唐會要・左右補闕拾遺》（卷五六）：「垂拱元年二月十九日敕：『……置左、右補闕各二員，從七品，左、右拾遺各二人，從八品上，掌供奉諷諫，行列次立于左、右史之下。』」此指左拾遺。唐丁居晦《重修承旨學士壁記》：「白居易，元和……三年四月二十八日，遷左拾遺。五年五月五日，改京兆府户曹參軍。」

〔二〕倦游：厭倦於游宦。《史記・司馬相如列傳》（卷一一七）：「長卿故倦游。」裴駰集解引郭璞曰：「厭游宦也。」

〔三〕塵歡：世間的歡樂。消委：消失。華念：指白居易對詩人的顧念。華，敬詞。美稱與對方有關的事物。迎延：謂白居易接納自己。

〔四〕城闕，見《使至藍谿驛寄太常王丞》（卷二）注釋〔四〕。張籍元和元年（八〇六）入仕後，寓居長安街西延康坊。弟事焉：以侍奉兄長之禮相待。張籍年長於白居易，故謂。

〔五〕「君爲」句：謂白居易受憲宗賞識而拜左拾遺並充翰林學士。沈病：亦作「沉病」。久病，重病。

〔六〕悄悄：憂傷貌。《詩・邶風・柏舟》：「憂心悄悄，愠于群小。」毛傳：「悄悄，憂貌。」

【繫　年】

白居易答詩《酬張太祝晚秋卧病見寄》在白集中編於《曲江感秋（五年作）》之後，知此詩作於元和五年（八一〇）晚秋，時張籍在太常太祝任。按：元和五年五月五日白居易由左拾遺改京兆府户曹參軍，籍詩題所謂「拾遺」當以舊官相稱。羅聯添《張籍年譜》繫於元和四年。

【唱　和】

白居易《酬張太祝晚秋卧病見寄》：「高才淹禮寺，短羽翔禁林。西街居處遠，北闕官曹深。君病不來訪，我忙難往尋。差池終日别，寥落經年心。露濕緑蕪地，月寒紅樹陰。況兹獨愁夕，聞彼相思吟。上歎言笑阻，下嗟時歲侵。容衰曉窗鏡，思苦秋弦琴。一章錦繡段，八韻瓊瑶音。何以報珍重，慚無雙南金。」（全詩卷四三二）

## 雨中寄元宗簡〔一〕

秋堂羸病起，盥漱風雨朝。竹影冷疏澀，榆葉暗飄蕭。〔二〕街徑多墜果，牆隅有蜕蜩。〔三〕延瞻游步阻，〔四〕獨坐閒思饒。君居應如此，恨言相去遥。〔五〕

【注　釋】

〔一〕元宗簡：見《和左司元郎中秋居十首》其一（卷二）注釋〔一〕。

〔二〕疏澀：稀疏而黯淡。榆：落葉喬木。果稱榆莢、榆錢。飄蕭：飛揚、飄落貌。

〔三〕蜕蜩：蟬自幼蟲變爲成蟲時脱下的殼。

〔四〕延瞻：引頸瞻望。游步阻：謂因雨而不能出門漫步。

〔五〕言：助詞，無義。

## 惜花

春潭足芳樹，水清不如素。〔一〕幽人愛華景，一一空山暮。〔二〕月出潭氣白，游魚暗衝石。〔三〕夜深春思多，酒醒山寂寂。

【注　釋】

〔一〕芳樹：芬芳秀美的花木。素，白色生絹。

〔二〕幽人：幽居之人。指詩人與友人。華景：美景。「一一」句：謂幽人惜花，皆暮而不歸。

〔三〕衝：撞，碰。

【同　唱】

見《惜花》(卷五)「同唱」。

## 別于鵠〔一〕

離燈及晨輝①，行人起復思。〔二〕出門兩相顧，青山路逶迤。

【校　記】

①輝：庫本作「暉」。

【注　釋】

〔一〕于鵠：見《贈王建》(卷六)注釋〔二〕。

〔二〕「離燈」句：謂二人停燈話別至天明。思：悲傷。《禮記·樂記》：「亡國之音，哀以思，其民困。」

## 祭退之〔一〕

嗚呼吏部公，其道誠巍昂。〔二〕生爲大賢姿，〔三〕天使光我唐。德義動鬼神，鑑用不可詳。〔四〕獨得雄直氣，發爲古文章。〔五〕學無不該貫，〔六〕吏治得其方。三次論諍退，〔七〕其志亦①剛强。再使平山東，不言所諆②臧。〔八〕薦待皆寒羸，〔九〕但取其才良。親朋有孤稚，婚③姻有辦營。〔一〇〕如彼天有斗，人可爲信常。〔一一〕如彼歲有春，物宜得④華昌。〔一二〕哀哉未申施，中年遽殂喪。〔一三〕朝野良共哀，矧⑤於知舊腸。〔一四〕籍在江湖間，獨以道自將。〔一五〕學詩爲衆體，〔一六〕久乃溢笈囊。略無相知人，黯如霧中行。〔一七〕北游偶逢公，盛語相稱明。〔一八〕名因天下聞，傳者入歌聲。〔一九〕公領試士司，首薦到上京。〔二〇〕一來遂登科，不見苦貢場。〔二一〕觀我性朴直，乃言及平生。〔二二〕由慈⑥類⑦朋黨，骨肉無以當。坐令其子拜，常呼幼時名。〔二三〕追招不隔日，〔二四〕繼踐公之堂。出則連轡馳，寢則對榻床。搜窮古今書，事事相酌⑧量。有花必同尋，有月必同望。爲文先見草，〔二五〕釀熟偕⑨共觴。新果及異鮭，〔二六〕無不相待嘗。到今三十年，曾不少異更。〔二七〕公文爲時帥⑩，我亦有微聲。而後之學者，或號爲「韓張」。我官麟臺中，公爲大司成。〔二八〕念此委末秩，〔二九〕不能力自揚。特狀爲博士，始獲升朝行。〔三〇〕未幾享其資，遂忝南宮郎。〔三一〕是事賴拯扶，〔三二〕如屋有棟梁。去夏公請告，養疾⑪城南庄。〔三三〕籍時官休罷，兩月同游翔。〔三四〕黄子陂岸曲，地曠氣色清。〔三五〕新池四平漲，中有蒲荇香。〔三六〕北臺臨稻疇，茂柳多陰涼。板亭坐垂釣，煩苦稍已平。共愛池上佳，聯句舒遐情。〔三七〕偶有賈秀才，來兹亦間⑫並。〔三八〕移船入南溪，東西縱篙撑⑬。劃波激船舷，前後飛鷗鶬。〔三九〕回入潭瀨下，網截鯉與魴。〔四〇〕踏沙掇水蔬，樹下烝新粳⑭。〔四一〕日來相與嬉，不知暑日長。柴翁攜童兒，〔四二〕聚觀於岸傍。月中登高灘，星漢交垂芒。釣車擲長綫，〔四三〕有獲齊歡驚。夜闌乘馬歸，衣上草露光。公爲游谿詩，〔四四〕唱咏多慨慷。自期此可老，結社於其鄉。〔四五〕籍受新官詔，拜恩當入城。〔四六〕公因同歸還，居處隔一坊。〔四七〕中秋十六夜，魄圓天差晴。〔四八〕公既相邀留，坐語於階楹。乃出二侍女，合彈琵琶筝。臨風聽繁絲，忽遽聞再更。〔四九〕顧我數來過，〔五〇〕是夜涼難忘。公疾浸日加，孺人視藥湯。〔五一〕來候不得宿，出門每迴遑。〔五二〕自是將重危，車馬候縱横。〔五三〕門僕皆逆遣，獨我到寢房。公有曠達識，生死爲一綱。〔五四〕及當臨終晨⑮，意色亦不荒。〔五五〕贈我珍重言，傲然委衾裳。〔五六〕公比欲爲書，遺約有修章。〔五七〕令我署其末，以爲後事程。〔五八〕家人號於前，其書不果成。子符奉其言，甚於親使令。〔五九〕《魯論》未訖注，〔六〇〕手跡今微茫。新亭成未登，閉在莊西廂。〔六一〕書札與詩文，重疊我笥盈。頃息萬事盡，腸情多摧傷。舊塋盟津北，野窆動鼓鉦。〔六二〕柳車一出門，終天無迴箱。〔六三〕籍貧無贈賫，曷用申哀誠。〔六四〕衣器陳下帳，醪餌奠堂皇⑯。〔六五〕明

靈庶鑑知，髣髴斯來饗。〔六六〕

## 【校　記】

①亦：席本作「益」。
②所諆：席本作「謀所」，全詩、庫本作「所謀」。
③婚：庫本作「昏」。
④宜得：席本傅增湘校作「得其」。按：傅校當是。
⑤矧：席本作「況」。
⑥由慈：全詩作「由兹」，庫本作「仁慈」。
⑦類：原本作「髏」，據全詩改。
⑧酌：席本作「斟」。
⑨偕：席本作「皆」。
⑩帥：席本、全詩作「師」。
⑪疾：庫本作「病」。
⑫間：席本、全詩作「同」。
⑬撐：原本、庫本作「根」，據全詩改。

⑭ 粳：席本、全詩、庫本作「秔」。
⑮ 晨：庫本作「辰」。
⑯ 皇：庫本作「隍」。

【注　釋】

〔一〕退之：韓愈之字。韓愈，見《酬韓庶子》（卷二）注釋〔一〕。
〔二〕吏部公：韓愈卒前任吏部侍郎，故以稱之。唐皇甫湜《韓文公墓志銘（并序）》：「長慶四年八月，昌黎韓先生既以疾免吏部侍郎……其年十二月丙子，遂薨。」巍昂：高大。第三句至「物宜得華昌」皆寫「其道」「巍昂」。
〔三〕大賢：才德超群的人。《孟子·離婁上》：「天下有道，小德役大德，小賢役大賢。」
〔四〕德義：道德大義。此謂行德義，揚善去惡。《國語·晉語七》：「悼公與司馬侯升臺而望……公曰：『何謂德義？』對曰：『諸侯之爲，日在君側，以其善行，以其惡戒，可謂德義矣。』」韋昭注：「善善爲德，惡惡爲義。」韓愈曾三次因諫疏被貶謫或降官。詳注釋〔七〕。鑑用：鑒别、使用人才。鑑，同「鑒」。韓愈一生以鑒識、獎掖才士著稱，李翺、張籍、李賀等皆受其稱賞。詳注釋〔九〕。
〔五〕古文章：指韓愈倡導的古文。

〔六〕該貫：博通。

〔七〕論諍：爭辯，直諫。退：被罷黜。陳延傑《張籍詩注》：「貞元十九年，愈自博士拜監察御史，上疏請寬民徭而免田租，爲幸臣李實所讒，貶連州陽山令，是一次也。元和初，召爲國子博士，遷都官員外郎，上疏理柳澗罪，監察御史李宗奭按驗得澗贓，狀以愈妄論，復爲國子博士，是二退也。元和十四年，愈上諫迎佛骨表，貶潮州刺史，是三次退也。」

〔八〕山東：見《西州》（卷一）注釋〔三〕。「再使」句謂韓愈兩次出「使」平息藩亂。《舊唐書・韓愈傳》（卷一六〇）：「元和十二年八月，宰臣裴度爲淮西宣慰處置使，兼彰義軍節度使，請愈爲行軍司馬，仍賜金紫。淮、蔡平，十二月隨度還朝，以功授刑部侍郎。」「十五年，徵爲國子祭酒，轉兵部侍郎。會鎮州殺田弘正，立王廷湊，令愈往鎮州宣諭。愈既至，集軍民，諭以逆順，辭情切至，廷湊畏重之。改吏部侍郎。」諆：謀劃。《後漢書・張衡傳》（卷五九）：「回志朅來從玄諆，獲我所求夫何思。」李賢注：「『諆』或作『謀』。諆亦謀也。」臧：善，好。

〔九〕薦待：被推薦、厚待的人。寒羸：寒微之士。《舊唐書・韓愈傳》：「愈性弘通，與人交，榮悴不易。少時與洛陽人孟郊、東郡人張籍友善。二人名位未振，愈不避寒暑，稱薦於公卿間，而籍終成科第，榮於禄仕。後雖通貴，每退公之隙，則相與談宴，論文賦詩，如平昔焉。而觀諸權門豪士，如僕隸焉，瞪然不顧。而頗能誘厲後進，館之者十六七，雖晨炊不給，怡然不介意。」陳延傑《張籍詩注》：「韓愈有薦孟郊詩、薦張籍狀、薦侯喜狀等，又待盧仝、賈島皆謙虚，凡此諸人，皆寒羸之士也。」

〔一〇〕二句寫韓愈爲親朋遺孤操持婚姻。《舊唐書·韓愈傳》：「凡嫁内外及友朋孤女僅十人。」

〔一一〕斗：北斗星。「人可」句：謂韓愈值得人們信賴、依賴。信常，指不會有變。《新唐書·韓愈傳贊》（卷一七六）：「自愈没，其言大行，學者仰之如泰山、北斗云。」

〔一二〕物：喻「寒羸」、「孤稚」等受韓愈恩惠之人。華昌：繁榮昌盛。

〔一三〕申施：謂施展抱負。中年：韓愈未逾六十卒，故謂。《舊唐書·韓愈傳》：「長慶四年十二月卒，時年五十七。」

〔一四〕矧：況且。知舊：知交舊友。

〔一五〕道：指儒家道義。自將：自持。

〔一六〕衆體：多種體裁或多種風格的詩歌。唐劉禹錫《澈上人文集紀》：「世之言詩僧多出江左。靈一導其源，護國襲之。……獨吴興晝公能備衆體。」陳延傑《張籍詩注》：「衆體，謂五七言古近體。」

〔一七〕略無：全無。二句謂無知音鑒識、引導，只能在暗中摸索。

〔一八〕「北游」句：寫張籍貞元十三年（七九七）十月一日游汴州（治今河南開封市）遇韓愈。稱明：稱揚。參韓愈《此日足可惜贈張籍》。

〔一九〕傳者：傳播於世間的詩歌。當指張籍早期所創作的樂府詩。入歌聲：被聲歌唱。

〔二〇〕試士司：考官。首薦：被擢爲州試第一名。唐薛用弱《集異記・王維》：「此生不得首薦，義不就試。」上京：京城長安。貞元十四年（七九八）秋，韓愈知汴州試，張籍得首薦。韓愈《此日足可惜贈張籍》：「州家舉進士，選試繆所當。馳辭對我策，章句何煒煌。相公朝服立，工席歌鹿鳴。禮終樂亦闋，相拜送於庭。之子去須臾，赫赫流盛名。竊喜復竊歎，諒知有所成。」

〔二一〕苦貢場：謂多次參加考試。貢場，禮部試考場。張籍貞元十五年（七九九）首次參加禮部試即登第。宋趙令畤《侯鯖録》（卷五）「辨傳奇鶯鶯事」條引唐《登科記》：「張籍以貞元十五年高郢下登科。」

〔二二〕平生：指平生的志趣和理想。二句謂韓愈與張籍投合。

〔二三〕坐：致，以致。其子：指韓愈長子昶。幼時名：昶之乳名「符」。韓愈《贈張籍》：「吾老著讀書，餘事不挂眼。有兒雖甚憐，教示不免簡。君來好呼出，踉蹡越門限。懼其無所知，見則先媿赧。昨因有緣事，上馬插手版。留君住廳食，使立侍盤盞。薄暮歸見君，迎我笑而莞。指渠相賀言，此是萬金産。」

〔二四〕追招：尋邀，邀請。不隔日：謂每日。

〔二五〕草：草稿。

〔二六〕新果：時新的水果。異鮭：泛指美味佳餚。鮭，魚鮮的總稱。宋司馬光《類篇》（卷三三）：「鮭……吴人謂魚菜總稱。」

〔二七〕曾不：不曾。少異更：稍稍改變。

〔二八〕麟臺：秘書省的别稱。《舊唐書·官職志二》（卷四二）：「（武后）垂拱元年二月，改……秘書省爲麟臺。」張籍元和十五年（八二〇）秋前後授秘書郎。大司成：國子監祭酒的别稱。《舊唐書·官職志一》：「龍朔二年二月甲子，改百司及官名。改……國子監爲司成館，國子祭酒爲大司成。」祭酒，見《酬韓祭酒雨中見寄》（卷二）注釋〔一〕。《舊唐書·穆宗本紀》（卷一六）載，韓愈自元和十五年（八二〇）九月至長慶元年（八二一）七月爲國子祭酒。

〔二九〕末秩：低級官職。秩，官職。《左傳·文公六年》：「教之防利，委之常秩。」杜預注：「常秩，官司之常職。」唐五品官始入朝班，秘書郎從六品上，故謂之「末秩」。

〔三〇〕「特狀」句：寫元和十五年冬韓愈舉薦張籍爲國子博士。韓愈作有《舉薦張籍狀》：「登仕郎守秘書省校書郎張籍。右件官學有師法，文多古風；沈默靜退，介然自守；聲華行實，光映儒林。臣當司見闕國子監博士一員，生徒藉其訓導；伏乞天恩，特授此官，以彰聖朝崇儒尚德之道。謹録奏聞，伏聽敕旨。」「始獲」句：謂始入朝參的行列。國子博士，正五品上，入朝班。

〔三一〕未幾：不久。享其資：享受國子博士的遷轉資格。指據其考功而升遷。南宫郎：指水部員外郎。張籍長慶二年（八二二）盛春遷此職。詳《新除水曹郎荅白舍人見賀》（卷四）「繫年」。南宫，見《送楊少尹赴鳳翔》（卷四）注釋〔二〕。

〔三二〕是事：事事，凡事。唐韓愈《戲題牡丹》：「長年是事皆抛盡，今日欄邊暫眼明。」

〔三三〕去夏：指長慶四年（八二四）夏。請告：請求休假。城南莊：韓愈在長安城南的别墅。孟郊《游城南韓氏莊》：「初疑瀟湘水，鎖在朱門中。時見水底月，動摇池上風。清氣潤竹林，白光連虚空。浪簇霄漢羽，岸芳金碧叢。何言數畝間，環泛路不窮。願逐神仙侣，飄然汗漫通。」元李好文《長安志圖》（卷中）：「韓莊者，在韋曲之東，退之與孟郊賦詩，又送其子讀書之所也。」《陝西通志・古蹟第二》（卷七三）「韓莊」條引《馬志》：「韓退之城南……莊在韋曲東，皇子陂南，引南陂水爲南塘。」

〔三四〕官休罷：指水部員外郎秩滿待官。兩月：指長慶四年五月至七月。游翔：游樂。

〔三五〕黄子陂：即「皇子陂」，湖泊名。韓愈城南莊所在。《雍録・皇子陂》（卷六）：「在萬年縣西南二十五里，周七里。《長安志》曰：『秦葬皇子，起冢於陂之北原，故曰「皇子陂」，隋文帝改爲永安陵。』」陂，見《寄徐晦》（卷六）注釋〔二〕。氣色：景色。

〔三六〕新池：指韓愈莊中新鑿的「南塘」。四平漲：謂水平滿。蒲：見《和韋開州盛山十二首・胡蘆沼》（卷五）注釋〔二〕。荇：見《遠别離》（卷一）注釋〔二〕。

〔三七〕聯句：作詩方式之一。由兩人或多人各成一句或幾句，合而成篇。舊傳始于漢武帝和諸臣合作的《柏梁詩》。舒：抒發。

〔三八〕賈秀才：賈島。見《過賈島野居》（卷二）注釋〔一〕。秀才，唐代對應舉者的泛稱。詳《送鄭秀才歸寧》（卷二）注釋〔一〕。間並：參入。賈島有《黄子陂上韓吏部》詩。

〔三九〕激：衝擊，撞擊。鴒：水鳥名。《本草綱目·禽·鴒雞》（卷四七）「集解」李時珍云：「鴒，水鳥也。食于田澤洲渚之間。大如鶴，青蒼色，亦有灰色者，長頸高脚，群飛。」

〔四〇〕潭瀨：深潭的激流處。魴：鯿魚的古稱。

〔四一〕水蔬：可食用的水生植物。烝：同「蒸」。

〔四二〕柴翁：貧家老翁。柴，猶「柴户」，用柴薪作的門，指清貧人家。

〔四三〕釣車：釣魚車。一種釣具。上有輪子纏絡釣絲，既可放遠，亦可迅速收回。唐韓愈《獨釣四首》其二：「坐厭親刑柄，偷來傍釣車。」

〔四四〕游谿詩：指韓愈《南谿始泛三首》。

〔四五〕此：指城南莊。老：終老。結社：即韓愈《南溪始泛三首》其二所謂「願爲同社人，雞豚燕春秋」。

〔四六〕新官詔：指長慶四年（八二四）七月中旬朝廷授張籍主客郎中的詔命。詳《同韓侍郎南谿夜賞》（卷六）及其「繫年」。拜恩：謝恩。

〔四七〕隔一坊：張籍元和年間住西街延康坊，長慶元年（八二一）與韓愈同居東街靖安坊；約於長慶三年移居另一坊，所在不詳，當仍在街東。《長安志·唐京城一》（卷七）「靖安坊」條：「尚書吏部侍郎韓愈宅。」

〔四八〕魄：月初出或將没時的微光。或説指月初生或圓而始缺時不明亮處。此借指月。差：稍稍。

〔四九〕繁絲：多絃齊奏的音樂。指二侍女合奏的音樂。再更：二更。

〔五〇〕顧：回顧，回想。過：造訪。

〔五一〕浸日加：逐日加重。浸，漸。孺人：妻的通稱。指韓愈妻盧氏。視：照料，侍奉。

〔五二〕候：探望。迴遑：彷徨憂慮。南朝宋謝莊《月賦》：「滿堂變容，迴遑如失。」

〔五三〕縱横：衆多貌。晉左思《吴都賦》：「鈎餌縱横，網罟接緒。」張銑注：「縱横，言多也。」（《六臣注文選》卷五）。「車馬」句謂探視者多。

〔五四〕「生死」句：謂韓愈認爲生與死本質相同，不以死亡爲慮。

〔五五〕意色：神情氣色。不荒：謂神情鎮定，如同平常。荒，荒忽。神思不定貌。《後漢書・下邳惠王衍傳》（卷五〇）：「衍後病荒忽。」

〔五六〕委衾裳：捨棄衾被衣裳而去。謂死亡。委，捨棄。

〔五七〕比：近來。爲書：著書立説。修章：有關著作内容的規定。

〔五八〕後事程：日後他人續撰應遵循的規章。韓愈或明示由張籍續寫。

〔五九〕子符：韓愈長子昶。《全唐文》所録韓昶《自爲墓志銘（並序）》作「苻」：「生徐之苻離，小名曰苻。」奉其言：謂奉行韓愈遺約。親使令：韓愈生前親自差遣。

〔六〇〕《魯論》：即《魯論語》。《論語》的漢代傳本之一。唐陸德明《經典釋文・序録》：「漢興，傳者則有三家。《魯論語》者，魯人所傳，即今所行篇次是也。」《新唐書・藝文志一》（卷五七）：

「韓愈注《論語》十卷。」宋葛立方《韻語陽秋》（卷五）：「愈既死，籍祭詩有『《魯論》未訖注，手跡今微茫』，則知愈晚年嘗注《論語》未訖而絶筆。」

〔六一〕莊：指城南莊。西廂：西邊。

〔六二〕舊塋：家族老墳地。盟津北：指河陽。韓氏世居於此。唐皇甫湜《韓文公墓志銘（并序）》：「葬河南河陽。」盟津，即孟津，古黄河渡口，在今河南省孟津縣東北、孟縣西南。晉杜預《史記正義·夏本紀》：「盟，河内郡河陽縣南孟津也，在洛陽城北。」野窆：下棺安葬。動鼓鉦：謂奏樂。鉦，樂器名。形似鐘而狹長，有柄，擊之發聲。

〔六三〕柳車：喪車。以柳障柩，故稱。《禮記·檀弓上》：「孔子之喪，公西赤爲志焉，飾棺牆，置翣，設披，周也。」鄭玄注：「牆之障柩，猶垣牆障家」，「牆，柳衣」。唐王維《爲楊郎中祭李員外文》：「悲薤歌之首路，哀柳車之就轍。」趙殿成注：「喪車名。喪車其蓋曰柳。」終天：如天之久遠無窮。謂永遠。晉潘岳《哀永逝文》：「今奈何兮一舉，邈終天兮不反。」箱：車廂。指喪車。

〔六四〕貲：通「資」。申：表達。

〔六五〕衣器：供死者享用的衣物、器皿。下帳：墓前所設用以祭祀的帷帳。《資治通鑑·陳紀·高宗宣帝太建十二年》（卷一七四）：「（北周宣帝）又造下帳五，使五皇后各居其一，實宗廟祭器於前，自讀祝版而祭之。」胡三省注：「下帳，山陵中便房所用。」醪餌：祭奠用的酒食。堂皇：

廣大的殿堂。

〔六六〕明靈：聖明的神靈。漢揚雄《趙充國頌》：「明靈惟宣，戎有先零。」李周翰注：「聖明神靈，惟我宣帝也。」(《六臣注文選》卷四七)此指韓愈靈魂。庶：希望。鑑知：明察知悉。髣髴：隱約的身影或形跡。晉潘岳《悼亡詩》：「幃屏無髣髴，翰墨有餘跡。」斯來饗：「來饗斯」的倒裝。謂來享用這些祭品。饗，通「享」。

【繫年】

唐皇甫湜《韓文公墓誌銘(並序)》：「長慶四年……十二月丙子，遂薨。明年正月，其孤昶，使奉功緒之録，繼訃以至。三月癸酉，葬河南河陽。」詩云「舊塋盟津北，野窆動鼓鉦」，知作於寶曆元年(八二五)三月安葬韓愈時。時張籍在主客郎中任。按：詩寫韓愈道德文章的崇高及其與詩人的深厚交誼，表達深切的悼念之情。

【集評】

(明)鍾惺：「志狀誄傳，借一詩吐之。人品交情，無復有餘。予嘗走筆作譚太公祭文，而一志文，累年不成。文之行止，視乎情耳。」評「再使平山東」二句：「深。」評「籍在江湖間」二句：「自處甚高，正是説韓公知人擇交處。」評「觀我性朴直」二句：「可見古人師友相知，不專在文章。」評「而後之學者」二句：「何等名根。」評「夜闌乘馬歸」二句：「佳景、佳句湊手。」評「顧我數來過」二句：「深情細心之言。」評「新亭成未登」句：「此語最可傷。」（《唐詩歸》卷三〇）

（明）譚元春評「曾不少異更」句：「難在此句。」評「偶有賈秀才」句：「插得妙！」（同上）

（清）余成教：「張文昌《祭退之》詩，情稍遜于辭。愚但愛其『獨得雄直氣，發爲古文章』，『薦待皆寒羸，但取其才良』，『公有曠達識，生死爲一綱。及當臨終晨，意色爲不荒』數語，能描寫文公。」（《石園詩話》卷二）

（清）王闓運：「以詩爲文，純乎學韓。」評「獨得雄直氣」二句：「語實切題，不能顯格律。」評「籍在江湖間」句：「先占地步，韓派也。禮所不可，而彼時以爲名高，其實勢利耳。既『道以自將』，何羡吏部公？」評「籍時官休罷」以下句：「有輕賈之意，以其官卑也。」（《王闓運手批唐詩選》）

錢鍾書：見《城南》（卷七）「集評」。

# 張籍集繫年校注卷八

十九首

## 山中疇人①

山中日煖春鳩鳴，逐水看花任意行。〔一〕向晚歸來石窗下，菖蒲葉上見題名。〔二〕

【校　記】

①原本據《木鐸集》補，見下《水》題注。席本卷八收此詩，亦注：「右五首見《木鐸集》。」按：另四首爲《三原李氏園宴集》、《岳州晚景》、《水》、《和李僕射西園》。

【注　釋】

〔一〕鳩：鳥名。所指説法不一。《詩·衛風·氓》：「于嗟鳩兮，無食桑葚。」毛傳：「鳩，鶻鳩也。」

《吕氏春秋·仲春紀》：「蒼庚鳴，鷹化爲鳩。」高誘注：「鳩，蓋布穀鳥。」逐水：循水流前行。〔二〕石窗：石屋的窗户。隱士居所常稱「石屋」。菖蒲：見《白頭吟》（卷一）注釋〔七〕與《寄菖蒲》（卷七）注釋〔一〕。題名：友人來訪而題詩留名。

【繫年】

尋味詩意，張籍隱居山中，故當作於其早年與王建求學「鵲山漳水」時。參《贈同谿客》（卷二）「繫年」。按：詩寫詩人春日看花而友人來訪不遇。

岳州①晚景〔一〕此詩舊選皆云張正言作

晚景寒鴉集，秋聲②遠③雁歸。水光浮日去④，霞彩映江飛。〔二〕洲白蘆花吐，園紅柿葉稀。長沙卑濕地，九月未成衣。〔三〕

【重出】

重出於張均、張説、張謂三家詩。原本據《木鐸集》補（見下《水》題注），席本（卷八）題注同（見上《山中醻人》「校記」），知南唐張洎輯作張籍詩；全詩（卷三八四）亦作張籍詩。又，三體（卷五）、品彙(卷六三)、石倉(卷三三)、全詩(卷九〇)作張均詩,題爲「岳陽晚景」;紀事(卷二二)、宋潘自牧《記纂淵海·天文部》(卷二)「霞」條同作張均。知自宋始又作張均詩。又,全詩(卷九〇)題注「一作父説詩」(按:張均父張説);佟培基《張籍詩重出甄辨》:「四部叢刊印明嘉靖丁酉(一五三七)椒郡伍氏龍池草堂二十五卷本《張説之文集》收在卷八,《嘉業堂叢書》中刻仁和朱氏刊明綿紙鈔本《張説之集》卷八同,明銅活字本《張説之集》刊入卷五。一九三四年,傅增湘得宋刻蜀本三十卷之《張説之集》,前二十五卷與椒郡伍氏、仁和朱氏本目次相同。」宋吴曾《能改齋漫録·方物》(卷一五)「辨霞鶩」條同作張説。知宋代尚載作張説詩。然全詩張説詩未録。又,原本題注「舊選皆云張正言作」,張正言即盛唐張謂。以上四人都曾履岳陽,皆有作此詩之可能。按:據詩風看,似非張籍詩,此存疑。

【校　記】

①州:三體(卷五)、品彙(卷六三)、石倉(卷三三)、全詩(卷九〇張均詩,下同)作「陽」。

②聲:三體、品彙、石倉、全詩(卷九〇)作「風」。

③遠:三體、品彙、石倉、全詩(卷九〇,卷三八四張籍詩)作「旅」,紀事(卷二二)作「海」。

④去:品彙、全詩(卷九〇)作「出」。

【注　釋】

〔一〕岳州：州名。治今湖南岳陽市。《舊唐書·地理志三》（卷四〇）：「岳州下，隋巴陵郡。武德四年，平蕭銑，置巴州，領巴陵、華容、沅江、羅、湘陰五縣。六年，改爲岳州，省羅縣。天寶元年，改爲巴陵郡。乾元元年，復爲岳州。」

〔二〕浮日去：謂太陽西沉。日西落時貼近江面，猶如漂浮水上，故曰「浮日」。二句寫紅日西落、水光接天、彩霞映照的秋江美景。

〔三〕長沙：郡名。即潭州，治今湖南省長沙市。《舊唐書·地理志三》（卷四〇）：武德四年置潭州，「天寶元年，改爲長沙郡。乾元元年，復爲潭州」。又，秦設長沙郡，西漢置長沙國，東漢置長沙郡，轄今湖南省大部。岳州地屬古長沙郡、長沙國，故詩詠岳州而稱「長沙」。卑濕：地勢低下潮濕。《史記·賈生傳》（卷八四）：「賈生既辭往行，聞長沙卑濕，自以壽不得長。」未成衣：未有冬衣。末句暗用《詩·豳風·七月》詩句「九月授衣」。

【繫　年】

此詩如爲張籍作，則作於貞元九年（七九三）深秋其游岳州時。按：詩寫秋日傍晚岳州的美景與詩人旅中的困苦。

【集　評】

（明）王遮：「『九月』句真而切，無限感慨。」（明李攀龍選、王穉登評《唐詩選》卷三引）

### 水①〔一〕已上三首見《木鐸集》

蕩漾空沙際，虚明入遠天。〔二〕秋光照不極，鳥色②去無邊。〔三〕勢引長雲闊③，波輕④片雪連。〔四〕汀⑤洲杳難測⑥，〔五〕萬古覆蒼烟。

【重　出】

重出於馬戴詩。原本題注見《木鐸集》，席本（卷八）題注同（見上《山中齲人》「校記」），知南唐張洎輯作張籍詩；全詩（卷三八四）、庫本（卷三）亦作張籍詩。又，英華（卷一六三）署名馬戴，題作「遠水」；品彙（拾遺卷七）、石倉（卷八三）、明刊馬戴《會昌進士詩集》、清初席氏唐詩百名家全集本《會昌集》、全詩（卷五五五）同作馬戴詩。《木鐸集》較英華早，此詩尾聯與張籍《舟行寄李湖州》（卷二）尾聯同寫及汀洲，或爲張籍作。

【校　記】

①水：英華（卷一六三馬戴詩，下同）、品彙（拾遺卷七馬戴詩，下同）作「遠水」。

②色：石倉（卷八三）、全詩（卷五五五馬戴詩）作「影」。

③闊：英華、石倉、全詩（卷五五五）作「斷」。

④輕：英華、品彙、石倉作「凝」。

⑤汀：庫本作「江」。

⑥測：英華、品彙、石倉、全詩（卷五五五）作「到」。

【注　釋】

〔一〕水：指湖州霅溪。霅溪流經汀洲。參《霅谿西亭晚望》（卷二）注釋〔一〕與〔二〕。

〔二〕沙際：沙洲或沙灘邊。唐王維《汎前陂》：「暢以沙際鶴，兼之雲外山。」「虚明」句：謂霅溪澄澈明淨，遠去與天相接。

〔三〕不極：没有邊際。鳥色：猶「鳥影」。

〔四〕勢引：水勢綿延。長云：連綿不斷的雲。

〔五〕汀洲：見《霅谿西亭晚望》（卷二）注釋〔二〕「白蘋洲」。

【繫　年】

作於貞元十二年（七九六）張籍漫游湖州時。參《舟行寄李湖州》（卷二）「繫年」。

【集　評】

（清）王夫之：「詠物佳制。」（《唐詩評選》卷三）

## 送安法師〔一〕

出郭見落日，別君臨古津。遠程無野寺，宿處問何人。原色不分路，錫聲遥隔塵。〔二〕山陰到①家節，猶及蕙蘭春。〔三〕

【校　記】

①到：庫本作「是」。

【注　釋】

〔一〕安法師：姓名不詳。法師，對僧人的尊稱。

〔二〕原色：原野的景色。不分路：難以分辨道路。錫：錫杖。僧人所持的禪杖。其制：杖頭有一鐵卷，中段用木，下安鐵纂，振時作聲。梵名隙棄羅（Khakkhara），取錫錫作聲爲義。《得道梯橙錫杖經》：「是錫杖者，名爲智杖，亦名德杖。」遥隔塵：遠離塵世。以上四句寫安法師旅途的境況。

〔三〕山陰：今浙江紹興市。安法師故里。節：節令。蕙蘭：見《夜懷》（卷七）注釋〔二〕。

【集評】

（清）李懷民評頷聯：「閒處不難學，淡處難學。」（《重訂中晚唐詩主客圖》卷上）

## 夏日閒居

無事門多閉，偏知夏日長。早蟬聲寂寞，〔一〕新竹氣清凉。閒對臨書案，看移曬藥床。〔二〕自憐歸未得，猶寄在班行。〔三〕

【注釋】

〔一〕早蟬：見《酬孫洛陽》（卷二）注釋〔三〕。寂寞：稀少。

〔二〕臨書案：書桌。臨書，臨摹前人書法。唐姚合《秋夕遣懷》：「臨書愛真跡，避酒怕狂名。」曬藥床：道家用以曬藥的器具。

〔三〕自憐：自傷。歸：歸隱。班行：見《和陸（裴）司業習靜寄所知》（卷二）注釋〔五〕。

【繫　年】

據尾聯知詩作於元和十五年（八二〇）冬張籍任國子博士預朝班後，即詩人暮年。按：詩寫詩人夏日閒居的寂寞。

【集　評】

（清）李懷民評頷聯：「發難顯。」評頸聯：「淡極。」評尾聯：「每寫宦意，真是渺然。」（《重訂中晚唐詩主客圖》卷上）

## 老將

鬢衰頭似雪，行步急如風。不怕騎生馬，猶能挽硬弓。兵書封錦字，手詔滿香筒。〔一〕今日身憔悴，猶誇定遠功。〔二〕

【注　釋】

〔一〕錦字：錦字書。《晉書·列女傳·竇滔妻蘇氏》（卷九六）：「竇滔妻蘇氏，始平人也，名蕙，字若蘭。善屬文。滔，苻堅時爲秦州刺史，被徙流沙，蘇氏思之，織錦爲迴文旋圖詩以贈滔。宛轉循環以讀之，詞甚悽惋。」此指珍貴的文字。手詔：帝王親筆詔書。香筒：對放置文書字畫的容器的美稱。二句謂老將珍愛兵書，深得天子重用。

〔二〕定遠功：東漢名將班超抗擊匈奴、安定西域的功績。參《送邊使》（卷二）注釋〔三〕。此指老將過去的赫赫戰功。

【集　評】

（清）李懷民評頷聯：「匠。」（《重訂中晚唐詩主客圖》卷上）

酬浙東元尚書見寄綾素〔一〕

越地繒紗紋樣新，遠封來寄學曹人。〔二〕便令裁制爲時服，〔三〕頓覺光榮上①病身。應念此官同②棄置，獨能相賀更殷勤。〔四〕三千里外無由見，〔五〕海上東風又一春。

【校　記】

①上：宋本作「在」。

②同：庫本作「爲」。

【注　釋】

〔一〕浙東元尚書：元稹。稹長慶三年由同州刺史改授越州刺史、浙東觀察使。詳《酬杭州白使君兼寄浙東元大夫》（卷四）注釋〔一〕。尚書，尚書省六部最高長官。此指檢校禮部尚書。《舊唐書·文宗本紀上》（卷一七上）：「（大和元年九月）丁丑，浙西觀察使李德裕、浙東觀察使元稹就加檢校禮部尚書。」綾素：即綾。一種薄而細、紋如冰凌、光如鏡面的絲織品。

〔二〕越：越州（治今浙江紹興市）。繒：絲織品的總稱。學曹：指國子監。張籍大和二年（八二八）三月由主客郎中遷國子司業。

〔三〕時服：時興的服裝。

〔四〕同棄置：謂國子司業爲閑官。更：又。殷勤：情意深厚。謂元稹寄綾素。

〔五〕三千里外：指越州。《舊唐書·地理志三》（卷四〇）：「越州……在京師東南三千七百二十里，至東都二千八百七十里。」

【繫　年】

詩云「獨能相賀更殷勤」，知元稹賀官後又寄綾，時在大和二年春張籍遷國子司業後；又云「海上東風又一春」，故時爲大和三年（八二九）初春。按：詩寫詩人對元稹遠寄綾素的感激之情。

## 題故僧影堂①〔一〕

香消②雲鎖③舊僧家，僧刹殘形④半壁⑤斜。〔二〕日暮松烟寒⑥漠漠，秋風吹破絳⑦蓮花⑧。〔三〕

【重　出】

原本（卷八）、陸本（卷下）、席本（卷七）、全詩（卷三八六）、庫本（卷七）收作張籍詩。萬絶（卷六九）、全詩（卷五三八）作許渾詩。孰是尚待考辨。

【校　記】

① 詩題萬絶（卷六九許渾詩，下同）、全詩（卷五三八許渾詩）、陸本作「僧院影堂」。

② 消：萬絶作「銷」。

③鎖：萬絶、席本、全詩（卷五三八）作「凝」，全詩校「一作散」。
④形：萬絶、全詩（卷五三八）作「燈」，陸本作「影」。
⑤半壁：萬絶、全詩（卷五三八）作「壁半」。
⑥寒：萬絶、陸本、全詩（卷五三八）作「空」。
⑦絳：萬絶、全詩（卷五三八）作「妙」，全詩（卷三八六張籍詩）作「紙」，陸本作「紗」。
⑧花：萬絶、全詩（卷五三八）作「華」。

【注釋】

〔一〕影堂：見《題暉師影堂》（卷五）注釋〔一〕。
〔二〕香消：謂不再有香火。
〔三〕松烟：松林中彌漫的暮靄。漠漠：迷蒙貌。唐杜甫《茅屋爲秋風所破歌》：「俄頃風定雲墨色，秋天漠漠向昏黑。」絳蓮花：指有佛蓮花圖案的絳帳。

## 弱柏院僧影堂〔一〕

弱柏倒垂如綫蔓，檐頭不見有枝柯。〔二〕影堂香火長相續，應得人來禮拜多。

【注　釋】

〔一〕弱柏院：寺院名。所在不詳。弱柏，植物名。宋謝翺《效孟郊體七首》其六：「弱柏不受雪，零亂蒼烟根。尚餘粲粲珠，點綴枝葉繁。……豈無柏樹子，不食種在盆。」影堂：見《題暉師影堂》（卷五）注釋〔一〕。

〔二〕綫蔓：很細的藤蔓。檐頭：屋檐上。

## 會合聯句〔一〕　韓愈　孟郊　張徹

離别言無期，會合意彌重。〔二〕（籍）病添兒女戀，老喪丈夫勇。〔三〕（愈）劍心知未謝①，詩思猶孤聳。〔四〕（郊）愁去劇箭飛，歡來若泉涌。（徹）析②言多新貫，攄抱無昔壅。〔五〕（籍）念難須勤追，悔易勿輕踵。〔六〕（愈）吟巴山卓犖③，説楚波堆壟。〔七〕（郊）馬辭虎豹怒，舟出蛟鼉恐。〔八〕（徹）狂禽④時孤軒，幽狖雜百種。〔九〕（愈）瘴衣常腥膩，蠻器多疏冗。〔一〇〕（籍）剥苔吊斑林，角飯餌沈冢⑤。〔一一〕（愈）忽爾銜遠命，歸歟舞新寵。〔一二〕（郊）鬼窟脱幽妖，天居覿清拱⑥。〔一三〕（愈）京游步方振，謫夢意猶恟。〔一四〕（籍）詩書誇舊知，酒食接新奉。〔一五〕（愈）嘉言寫清越，瘉病失肬腫。〔一六〕（郊）夏陰偶高庇，宵魄⑦接虚擁。〔一七〕（愈）雪絃寂寂聽，茗盌纖纖捧。〔一八〕（郊）馳輝燭浮螢，幽響泄潛蛩。〔一九〕（愈）詩老獨何心，江疾有餘爐。〔二〇〕（郊）我家本瀍轂，有地界⑧皋鞏⑨。〔二二〕休跡憶沈冥，峨冠慚闟茸⑩。〔二三〕（愈⑪）升朝高轡逸，振物群聽悚。〔二三〕徒言濯幽泌，誰與薙荒茸。〔二四〕（籍）朝紳鬱青緑，馬飾曜珪珙。〔二五〕國讎未銷鑠，我志蕩邛隴。〔二六〕（郊）君才誠倜儻，時論方洶溶⑫。〔二七〕格言多彪蔚，懸解無梏拲。〔二八〕張生得淵源，寒色拔山冢。〔二九〕堅如撞群金，眇若抽獨蛹。〔三〇〕（愈）伊余何所擬，跛鼈詎能踊？〔三一〕塊然墜⑬岳石，飄爾罥巢氄。〔三二〕（郊）龍旆垂天衛，《雲》、《韶》凝禁甬。〔三三〕（籍⑭）君胡⑮眠安然，朝鼓聲洶洶。〔三四〕（愈）

【校　記】

①謝：朱校（卷八）、全詩（卷七九一）作「死」。

②析：原本作「柝」，據百家（卷八）、全詩改；朱校、百家校一作「折」。

③卓犖：朱校、百家、全詩作「犖嶨」。

④禽：朱校、百家、全詩作「鯨」，原本校同。

⑤冢：朱校、百家作「塚」。

⑥拱：朱校、全詩作「栱」。

⑦魄：百家作「魂」。

⑧界：朱校、百家、全詩作「介」。

⑨ 原本此處注「徹」，據朱校、百家、全詩改。二句乃韓愈自言家在洛陽，非徹語。

⑩ 闤䦨：百家作「闤𨶗」，朱校、全詩作「闤䦨」。

⑪ 愈：原本作「郊」，據朱校、百家、全詩改。

⑫ 洶溶：原本校「一作洶洶」。

⑬ 墜：朱校、百家、全詩作「墮」，原本校同。

⑭ 籍：朱校、百家、全詩無此字。

⑮ 胡：百家作「乎」。

【注　釋】

〔一〕會合：會聚。宋魏仲舉《五百家注昌黎文集》（卷八）引樊汝霖曰：「（元和元年六月）公召爲國子博士，與張籍、張徹、孟郊會京師，而有此詩。故郊有『京游步方振，謫夢意猶恫』等語，徹有『馬辭虎豹怒，舟出蛟鼉恐』之句，皆叙公南還意；而公詩則云『念難須勤追，悔易勿輕踵』，其義一也。」聯句：見《祭退之》（卷七）注釋〔三七〕。

〔二〕離别：指貞元十九年（八〇三）十二月韓愈上《御史臺上天旱人饑狀》而貶爲陽山縣（治今廣東陽山縣）令。《新唐書・韓愈傳》（卷一七六）：「上疏極論宫市，德宗怒，貶陽山令。」時張籍離軍幕賃居長安「荒郊」守選。意：情意，感情。

〔三〕兒女戀：對兒女的憐愛。老：年歲大。元和元年（八〇六）韓愈召還京師時三十九歲。丈夫勇：指興利除弊而冒死進諫的勇氣。隱射韓愈陽山之貶。

〔四〕劍心：勇猛之氣與進取之心。韓愈《利劍》：「我心如冰劍如雪，不能刺讒夫，使我心腐劍鋒折。」孟郊《百憂》：「壯士心是劍，爲君射斗牛。」謝：消失。孤聳：謂超出衆人。「劍心」句針對韓愈「老喪丈夫勇」而言。

〔五〕析言：分言。指聯句。新貫：新事。《論語・先進》：「仍舊貫，如之何？」何晏集解引鄭玄曰：「貫，事也。」昔壅：往日的不快。壅，堵塞。

〔六〕悔易：看似容易。悔，通「誨」。輕踵：輕易跟隨。二句承張籍詩句謂如何聯句。

〔七〕巴：古國名。在今四川東部、重慶一帶。韓愈永貞元年（八〇五）由陽山量移江陵法曹參軍，江陵鄰近巴地。卓犖：超絶出衆。《後漢書・班固傳》（卷四〇下）：「卓犖乎方州。」李賢注：「卓犖，殊絶也。」此謂山高大。楚：古國名。春秋戰國時疆域由今湖北、湖南擴展至河南、安徽、江蘇、浙江、江西、重慶和四川境。江陵在楚地。堆壟：高丘。比喻波瀾極高。韓愈由陽山經郴州、衡州、岳州至江陵，途多水路。

〔八〕馬辭、舟出：謂韓愈離陽山赴江陵。鼉：見《白鼉吟》（卷七）注釋〔一〕。

〔九〕狂禽：猛禽。時：通「跱」，棲止。《詩・大雅・緜》：「曰止曰時，築室於兹。」王引之《經義述聞・毛詩中》（卷六）：「時亦止也……棲止謂之時，居止謂之時，其義一也。」孤軒：指韓愈車馬。幽狖：深山中的猿猴。狖，長尾猿。音右。雜百種：謂種類很多。

〔一〇〕瘴衣：帶有瘴氣的衣服。瘴，見《送南遷客》（卷二）注釋〔一〕。腥膩：腥氣濃重。謂禽獸多，腥氣侵衣。蠻器：南方少數民族所用的器具。疏冗：粗陋而不堪使用。

〔一一〕斑：斑竹。一種莖上有紫褐色斑點的竹子，亦名湘妃竹。晉張華《博物志》（卷八）：「堯之二女，舜之二妃，曰湘夫人。舜崩，二妃啼，以涕揮竹，竹盡斑。」宋魏泰《臨漢隱居詩話》：「竹有黑點，謂之斑竹，非也。湘中斑竹方生時，每點上有苔錢封之甚固。土人斫竹浸水中，用草穰洗去苔錢，則紫暈斕斑可愛，此真斑竹也。韓愈曰『剥苔吊斑林，角黍餌沈冢』是也。」角飯：角黍。俗稱粽子。《太平御覽·飲食部》（卷八五一）「粽」條引晉周處《風土記》：「俗以菰葉裹黍米，以淳濃灰汁煮之令爛熟，於五月五日及夏至啖之。一名粽，一名角黍。」《本草綱目·穀·粽》（卷二五）「釋名」：「粽，俗作粽。古人以菰蘆葉裹黍米煮成，尖角，如椶櫚葉心之形，故曰粽，曰角黍。近世多用糯米矣。今俗，五月五日以爲節物相餽送。或言爲祭屈原，作此投江，以飼蛟龍也。」餌：給人吃。沈冢：亦作「沉冢」，葬身水下的人。此指屈原。《五百家注昌黎文集》引孫汝聽曰：「《續齊諧記》曰：『屈原五月五日投汨羅而死，楚人哀之，至此日以竹筒貯米，投水祭之。』屈原沈於江中，故云沉冢。」以上八句寫韓愈由陽山量移江陵途中情景。

〔一二〕銜遠命：指韓愈受召回京任國子博士。舞新寵：以歌舞慶賀再受重用。

〔一三〕鬼窟：指險惡的陽山、江陵。幽妖：隱藏的妖魔。「鬼窟」句爲「脱幽妖於鬼窟」的倒裝，謂離貶所回京。天居：天子居處。南朝陳徐陵《太極殿銘（並序）》：「天居爽塏，大寢尊嚴。」此指長安。覿：見。音敵。清拱：垂拱。

〔一四〕京游：謂韓愈在京爲官。謫夢：夢到貶謫。恟：恐懼。

〔一五〕新奉：朝廷新給的俸禄。《五百家注昌黎文集》（卷八）引孫汝聽曰：「新奉謂初奉其酒食也。」錢仲聯《韓昌黎詩繫年集釋》引蔣抱玄注：「《論語》：『有酒食，先生饌，弟子服其勞。』是時公召入爲國子博士，故云云。」「酒食」句爲「新奉接酒食」的倒裝。

〔一六〕清越：聲音清脆悠揚。此指韻律優美的歌詩。痡病：即「病痡」。痡，同「愈」。肬腫：肉瘤類膿瘡。肬，腫瘤。音九。

〔一七〕陰：樹蔭。高庇：高高地籠罩著。霄魄：月光。魄，見《祭退之》（卷七）注釋〔四八〕。接：連續。虚擁：（月光）照耀。因月光不可觸及，故曰「虚」。

〔一八〕雪絃：指《白雪》之類高雅的琴曲聲。晉葛洪《抱朴子·外篇·擢才》：「《白雪》之絃，非靈素不能徽也。」雪，《白雪》，古琴曲名。傳爲春秋晉師曠所作。寂寂：不語貌。纖纖：女手柔細貌。《古詩十九首·青青河畔草》：「娥娥紅粉妝，纖纖出素手。」《五百家注昌黎文集》卷八引孫汝聽曰：「纖纖，謂美婦之手。」二句寫侍女奏樂奉茶。

〔一九〕馳輝：飛馳的亮光。燭：點亮。潛蛩：潛藏的蟋蟀。二句分别爲「浮螢燭馳輝」、「潛蛩泄幽響」的倒裝，寫螢火閃爍、蟋蟀低吟的夏夜之景。

〔二〇〕詩老：指韓愈。《五百家注昌黎文集》引孫汝聽曰：「詩老，謂公也。」江疾：長江流域常生的疾病。尰：足部水腫。《詩·小雅·巧言》：「既微且尰，爾勇伊何！」毛傳：「骭瘍爲微，腫足爲尰。」鄭玄箋：「此人居下濕之地，故生微、尰之疾。」以上十四句寫韓愈回京後的生活。

〔二一〕瀍穀：二水名。均在河南洛陽附近。《水經注》(卷一五)：「瀍水出河南穀城縣北山……東過洛陽縣南……東入于洛。」同書次卷：「穀水出弘農澠池縣南墦冢林穀陽谷。東北過穀城縣北。又東過河南縣北，東南入于洛。」界：接界。皋：地名。即成皋，又名虎牢。舊城在今河南滎陽汜水鎮。鞏：洛州鞏縣(今屬河南)。陳延傑《張籍詩注》：「此愈自言家在洛陽也。」

〔二二〕休跡：謂不出門。沈冥：幽居匿跡。謂隱居。沈，又作「沉」。漢揚雄《法言·問明》：「蜀莊沈冥。」吳秘注：「晦跡不仕，故曰沉冥。」峨冠：高冠。闒茸：即「闒茸」。庸碌，低劣。漢賈誼《吊屈原賦》：「闒茸尊顯兮，讒諛得志。」此爲韓愈自謙語。二句謂我才能低劣，本意從此休跡歸隱，卻被朝廷任用。

〔二三〕升朝：上朝。高轡：騎駿馬。轡，駕馭馬的韁繩。振物：拯救朝政。《禮記·哀公問》：「孔子遂言曰：『……物恥足以振之，國恥足以興之……』」鄭玄注：「物，猶事也。事恥，臣恥也。振，猶救也。國恥，君恥也。君臣之行有可恥者，禮足以救之，足以興復之。」此謂直陳時弊。群聽：指百官。

〔二四〕濯幽泌：謂歸隱林泉。泌，涓流的泉水。薙：除草。荒茸：荒草。茸，初生的草。以上四句謂韓愈當升朝振物，爲朝廷芟除蕪穢，不宜高蹈。

〔二五〕紳：古代士大夫束於腰間的一頭下垂的綬帶。《論語·衛靈公》：「子張書諸紳。」邢昺疏：「此帶束腰，垂其餘以爲飾，謂之紳。」唐制，五品以上官佩綬，綬色有緑、青兩種。《舊唐書·輿服志》（卷四五）：「三品以上緑綬，四品、五品青綬。二品以下去玉環，六品以下去劍、珮、綬。」時韓愈爲國子博士，正五品上，佩青綬。馬飾：馬身上的飾物。參《謝裴司空寄馬》（卷四）注釋〔五〕「鳴珂」。曜：明亮。珪：瑞玉。珙：大璧。《玉篇·玉部》：「珙，大璧也。」二句誇美韓愈入朝班。

〔二六〕國讎：國家的讎敵。指劉闢。《舊唐書·劉闢傳》（卷一四〇）：「永貞元年八月，韋皋卒，闢自爲西川節度留後，率成都將校上表請降節鉞，朝廷不許，除給事中，便令赴闕，闢不奉詔」，「元和元年正月，崇文出師」，「九月，崇文收成都府……擒闢於成都府西洋灌田」。銷鑠：消除。此次聯句事在元和元年（八〇六）六月韓愈回京後不久，時劉闢亂未平。蕩邛隴：徹底平定劉闢之亂。邛，邛州。治所在臨邛縣（今四川邛崍縣），古屬蜀地，唐爲西川節度使所轄。隴，隴右。今甘肅省一帶。此化用得隴望蜀典。《後漢書·岑彭傳》（卷一七）：「（帝）敕彭書曰：『兩城若下，便可將兵南擊蜀虜。人苦不知足，既平隴，復望蜀。……』」二句寫韓愈，也是寫衆人的心志和意氣。

〔二七〕君：指孟郊。時論：時人的議論。指稱贊孟郊。洶溶：盛大貌。

〔二八〕格言：至言，警策語。彪蔚：華美。南朝梁劉勰《文心雕龍·書記》：「清美以惠其才，彪蔚以文其響。」懸解：安時處順，哀樂得失無動於心。語出《莊子·大宗師》：「安時而處順，哀樂不能入也，此古之所謂懸解也。」梏拲：古代刑具。《周禮·秋官·掌囚》：「凡囚者，上罪梏拲而桎，中罪桎梏，下罪梏。」鄭玄注：「鄭司農云：『拲者兩手共一木也，桎梏者兩手各一木也。』玄謂在手曰梏，在足曰桎。」此指外界的各種誘惑和束縛。晉左思《吴都賦》：「否泰之相背也，亦猶帝之懸解，而與夫桎梏疏屬也。」以上四句贊美孟郊。

〔二九〕張生：張籍。淵源：指儒學真諦。韓愈貞元十五年（七九九）所作《此日足可惜贈張籍》：「孔丘殁已遠，仁義路久荒。……少知誠難得，純粹古已亡。譬彼植園木，有根易爲長。」所謂「根」即「淵源」。寒色：清凜的氣色。拔山冢：謂高顯，突出。山冢，山頂。《詩·小雅·十月之交》：「山冢崒崩。」毛傳：「山頂曰冢。」

〔三〇〕堅：强勁。《詩·大雅·行葦》：「敦弓既堅，四鍭既鈞。」朱熹集傳：「堅，猶勁也。」此謂聲音洪亮。群金：群鐘。眇：細微。《莊子·德充符》：「眇乎小哉。」抽獨蛹：由獨繭抽出蠶絲。謂微而不絶。蛹，蠶蛹，借指蠶繭。二句以群鐘洪聲喻張籍儒學博大宏闊，以獨繭抽絲喻其精深綿渺。

〔三一〕伊：發語詞。《詩·周頌·我將》：「伊嘏文王，既右饗之。」高亨注：「伊，發語詞。」跛鼈：瘸腿的髗。漢莊忌《哀時命》：「騆跛髗而上山兮，吾固知其不能陞。」

〔三二〕塊然：孤獨貌。《荀子·君道》：「塊然獨坐而天下從之如一體。」墜岳石：從高山上墜落的石頭。飄爾：飄動貌。罥巢毻：纏掛在鳥巢上的羽毛。罥，纏繞。南朝宋鮑照《蕪城賦》：「澤葵依井，荒葛罥塗。」吕延濟注：「罥，繞。」（《六臣注文選》卷一一）毻，鳥獸貼近皮膚的細毛。二句本於《莊子·天下篇》：「不師知慮，不知前後，魏然而已矣。推而後行，曳而後往，若飄風之還，若羽之旋，若磨石之隧。」以上四句孟郊自謂無能且命運不濟。

〔三三〕龍旆：龍旗。天衛：羽衛。帝王的衛隊和儀仗。參《少年行》（卷一）注釋〔二〕「羽林」。《雲》、《韶》：黄帝《雲門》、虞舜《大韶》樂的並稱。泛指聖明時代的宫廷音樂。凝：樂聲舒緩幽咽。南齊謝朓《鼓吹曲》：「凝笳翼高蓋。」李善注：「徐引聲謂之凝。」（《六臣注文選》卷二八）禁甬：宫中樂器。甬，鐘上繫鈕。《周禮·冬官·鳧氏》：「鳧氏爲鐘……舞上謂之甬，甬上謂之衡。」鄭玄注：「此二名者鐘柄。」

〔三四〕君：指孟郊。朝鼓：早朝所鳴之鼓。洶洶：水騰湧貌。此形容聲大。以上四句謂唐憲宗聖明，孟郊當有所作爲。

【繫年】

作於元和元年（八〇六）六月韓愈由江陵回京任國子博士時，張籍任太常太祝不久。按：聯句時孟郊辭溧陽尉僑寓長安。

寫韓愈貶謫南荒的遭際及其回京後友人歡聚的壯志豪情與聯句雅興。

【集評】

（宋）黄庭堅：「退之《會合聯句》，孟郊、張籍、張徹與焉。四君子皆佳士，意氣相入，雜之成文。世之文章之士少聯句，嘗病筆力不能相追，或成四公子棊耳。」（《山谷外集·跋韓退之聯句》卷九）

（宋）洪邁：「若韓、孟、籍、徹《會合聯句》三十四韻，除『冢』、『蛹』二字《韻略》不收外，餘皆不出二腫中，雄奇激越，如大川洪河，不見涯涘，非瑣瑣潢汙行潦之水所可同語也。……其間或有類句，然衆手立成，理如是也。」（《容齋四筆》卷四「會合聯句」條）

（清）方世舉：「『冢』、『蛹』二字，《唐韻》所收，此詩未嘗出韻，洪亦失考。此詩四人所作，二張固韓門弟子，鮮有敗句，亦奇觀也。」（錢仲聯《韓昌黎詩繫年集釋》引）

（清）朱彝尊：「此仍是各一聯或數聯，下語多新，句句醒眼，道昔離今合，昔謫今還，意宏肆，詞奇峭，雖略嫌生硬，然聯句正以此角采，正是合作。」（轉引自錢仲聯《韓昌黎詩繫年集釋》）

春池汎舟聯句〔一〕 裴度 崔群 劉禹錫 賈餗

鳳池新雨後，池上好風光。（禹錫上相公）〔二〕取酒愁春盡，留賓喜日長。（度送兵①部）〔三〕柳絲迎畫舸，水鏡寫雕梁。（群送賈閣②長）〔四〕潭洞迷仙府，烟霞認醉鄉。（餗送張司業）〔五〕鶯聲隨笑③語，竹色入壺觴。（籍送主客）〔六〕晚景含澄澈，時芳得豔陽。（禹錫）〔七〕飛鳧拂輕浪，緑柳暗回塘。（度）〔八〕逸韻追安石，高居勝辟疆④。（群）〔九〕杯停新令舉，詩動彩箋忙。（餗）〔一〇〕顧謂同來客，歡游不可忘。（籍）

【校記】

① 兵：原本及全詩（卷七九〇）等作「户」，據劉集（卷三二）改。此聯句作於大和二年春，時崔群任兵部尚書（詳「繫年」）；群爲户部侍郎在元和十二年七月前（見《舊唐書・憲宗本紀下》卷一五）。

② 閣：全詩作「院」。按：疑「閣」長與「院長」皆誤。宋趙彦衞《雲麓漫鈔》（卷三）：「李肇補《國史》：唐宰相呼曰『堂老』，兩省官曰『閣老』，丞郎曰『曹長』，郎中、員外、侍郎、遺補曰『院長』，御史相呼曰『端公』。京都緝事人曰『院長』，親事官呼上名曰『端公』。古今之殊如此。」《舊唐書・賈餗傳》（卷一六九）：「（長慶四年）出爲常州刺史。大和初，入爲太常少卿。二年，以本官知制誥。三年七月，拜中書舍人。」知賈餗大和二年春在太常少卿任，不當稱「閣長」或「院長」。倘以「知制誥」相稱，則當爲「閣老」。

③ 笑：劉集作「雨」。

④ 疆：劉集、全詩作「彊」。

【注釋】

〔一〕池：指裴度興化里西池。詳注釋〔三七〕。

〔二〕鳳池：見《送裴相公赴鎮太原》（卷四）注釋〔三〕。此借指宰相裴度興化里西池。裴度、劉禹錫、張籍等《西池送白二十二東歸兼寄令狐相公聯句》（卷九）有「威鳳池邊別」語，「威鳳池」即「鳳池」，亦即題中「西池」，又稱「興化池」。參《西池落泉聯句》（卷八）注釋〔一〕。相公：指裴度。

〔三〕日長：自春分至夏至，白日漸長。兵部：指兵部尚書崔群。詳「繫年」。

〔四〕水鏡：如鏡的水面。寫雕梁：謂樓閣倒影水中。寫，謂映現。唐黄滔《水殿賦》：「鏡豁四隅，遠近之風光寫入；花明八表，古今之壯麗攢將。」雕梁，借指華美的建築物。賈閣長：賈餗。

〔五〕潭洞：池中假山之洞。裴度長慶二年罷相後於園中建造假山，韓愈《和裴僕射相公假山十一韻》：「有洞若神剜，有巖類天劃。終朝巖洞間，歌鼓燕賓戚。……傅氏築已卑，磻溪釣何激。」仙府：仙人所住府第。醉鄉：醉酒後神志不清的境界。唐王績《醉鄉記》：「阮嗣宗、陶淵明等十數人，並游于醉鄉。」二句謂過深洞，疑爲仙府；望烟霞，誤作醉鄉。

〔六〕「竹色」句：謂竹林的青色映於酒杯中。隱言飲美酒「竹葉青」。「青」亦作「清」。晉張華《輕薄篇》：「蒼梧竹葉清，宜城九醖醝。」主客：指主客郎中劉禹錫。

〔七〕晚景：暮春景色。時芳：應季節而開放的花卉。唐沈佺期《覽鏡》：「時芳固相奪，俗態豈恒堅。」豔陽：豔麗明媚。多指春天。南朝宋鮑照《學劉公幹體詩五首》其三：「豔陽桃李節，皎潔不成妍。」

〔八〕飛鳧：飛翔的野鴨。三國曹植《洛神賦》：「體迅飛鳧，飄忽若神。」鳧，見《寒塘曲》（卷六）注釋〔二〕。回塘：環曲的水池。

〔九〕逸韻：高逸的風韻。《藝文類聚·人部·隱逸上》（卷三六）引晉庾亮《翟徵君贊》：「稟逸韻於天陶，含沖氣於特秀。」安石：謝安。東晉孝武帝時宰相。《晉書·謝安傳》（卷七九）：「謝安，字安石」，「寓居會稽，與王羲之及高陽許詢、桑門支遁游處，出則漁弋山水，入則言詠屬文，無處世意」，「雖放情丘壑，然每游賞，必以妓女從」。高居：居於高位。南朝齊王融《永明九年策秀才文五首》其一：「朕夤奉天命，恭惟永圖。審聽高居，載懷祇懼。」此指裴度爲相。辟彊：晉顧辟彊。吴郡人，歷郡功曹、平北參軍。彊，又作「彊」。《世説新語·簡傲第二十四》：「王子敬自會稽經吴，聞顧辟彊有名園，先不識主人，徑往其家。值顧方集賓友酣燕，而王游歷既畢，指麾好惡，傍若無人。顧勃然不堪曰：『傲主人，非禮也；以貴驕人，非道也。失此二者，不足齒之傖耳！』便驅其左右出門。王獨在輿上，回轉顧望，左右移時不至，然後令送著門外，怡然不屑。」此以東晉名士的矜持簡傲對比，謂裴度與衆人歡洽。

〔一〇〕新令：新的酒令。舉：開始。詩動：謂聯句。彩箋：小幅彩色紙張。常供題詠或書信之用。

【繫　年】

大和二年三月劉禹錫進京替張籍爲主客郎中（詳卷六《贈主客劉郎中》注釋〔一〕），張籍爲國子司業。崔群大和元年正月至三年二月在京爲兵部尚書。《舊唐書·文宗本紀上》（卷一七上）：大和元年正月「以前户部侍郎于敖爲宣歙觀察使，代崔群；以群爲兵部尚書」，三年「二月辛亥朔，以兵部尚書崔群爲荆南節度使」。知詩作於大和二年（八二八）三月（詩有「愁春盡」語）。時裴度爲相，賈餗爲太常少卿。聯句地點在裴度興化池亭。按：聯句寫裴度興化里西池的美麗春景及諸公汎舟、飲酒、聯句的高雅興致。

宴興化池亭送白二十二東歸①〔一〕　裴　白　劉

東洛言歸去，〔二〕西園告別來。白頭青眼客，〔三〕池上手中杯。（度）離瑟殷勤奏，仙舟委曲回。〔四〕征輪今欲動，賓閣爲誰開？（禹錫）〔五〕坐弄琉璃水，行登淥②縟苔③。〔六〕花低妝炤影，萍散酒吹醅。（居易）〔七〕岸蔭新抽竹，亭香欲變梅。〔八〕隨游多笑傲，〔九〕遇勝且徘徊。（籍）澄澈連天鏡，潺湲出地雷。〔一〇〕林塘難共賞，鞍馬莫相催。（度）〔一一〕信及魚還樂，機忘鳥不猜。〔一二〕晚晴槐起露④，新暑⑤石添苔。（禹錫）擬作雲泥別，〔一三〕猶⑥思頃刻陪。歌停珠貫斷，飲罷玉峰頹。（居易）〔一四〕雖有消摇⑦志，其如磊落才。〔一五〕會當重入用，此去肯悠哉？（籍）〔一六〕

【校　記】

① 東歸：全詩（卷七九〇）、白集（外集卷上）、劉集（卷三二）後有「聯句」二字。

② 渌：席本、全詩、白集、劉集作「緑」。

③ 苔：全詩作「堆」。

④ 露：席本作「霧」。

⑤ 暑：全詩作「雨」。

⑥ 猶：全詩、白集、劉集作「尤」。

⑦ 消摇：全詩、白集、劉集作「逍遥」。

【注　釋】

〔一〕興化池亭：裴度池亭。在長安興化坊。亦稱「南園」。詳《和户部令狐尚書喜裴司空見招看雪》（卷二二）注釋〔二〕。據此聯句首聯可知，又稱「西園」；或因興化坊在街西（朱雀街之西第二街皇城之南街西第三坊），故稱。白二十二：白居易。見《酬白二十二舍人早春曲江見招》（卷二）注釋〔一〕。東歸：指白居易大和三年（八二九）四月除太子賓客分司東都。長慶四年（八二四）白居易除太子左（或曰「右」）庶子分司東都，曾於洛陽履道里置宅，故曰「東歸」。《舊唐書·白居易傳》（卷一六六）：「（大和）三年，稱病東歸，求爲分司官，尋除太子賓客。」「初，居易罷杭州，歸洛陽，於履道里得故散騎常侍楊憑宅，竹木池館，有林泉之致。」白居易《池上篇》：「大和三年夏，樂天始得請爲太子賓客，分秩於洛下，息躬於池上。」

〔二〕東洛：東都洛陽。言：語助詞。

〔三〕青眼客：知心朋友。《晉書·阮籍傳》（卷四九）：「母終……籍又能爲青白眼，見禮俗之士，以白眼對之。及嵇喜來吊，籍作白眼，喜不懌而退。喜弟康聞之，乃齎酒挾琴造焉，籍大悦，乃見青眼。」此指白居易、張籍、劉禹錫。

〔四〕殷勤：情意深厚。仙舟：對舟的美稱。用漢郭太、李膺典。《後漢書·郭太傳》（卷六八）：「始見河南尹李膺，膺大奇之，遂相友善，於是名震京師。後歸鄉里，衣冠諸儒送至河上，車數千兩。林宗唯與李膺同舟而濟，衆賓望之，以爲神仙焉。」（按：郭太字林宗。）南朝陳江總《洛陽道二首》其一：「仙舟李膺棹，小馬王戎鑣。」委曲：曲折。

〔五〕賓閣：宴請貴賓的樓閣。指裴度興化里亭閣。

〔六〕琉璃：玻璃。喻清澈碧緑的水。唐杜甫《渼陂行》：「琉璃汗漫泛舟入，事殊興極憂思集。」渌縟：喻翠緑而厚密的苔蘚。渌，通「緑」。縟：通「褥」。苔有青、緑、紫等色。詳《和李僕射西園》（卷三）注釋〔七〕。

〔七〕花低：花貼近水面。妝：盛裝的容貌。指花容。炤：同「照」。醅：釀成而未濾的酒。酒面有緑色浮沫。唐白居易《問劉十九》：「緑蟻新醅酒，紅泥小火爐。」二句謂花影映現水中，與花輝映成趣；風拂萍散，猶如酒面浮沫被吹開。

〔八〕蔭：指竹林遮住日光。梅：果木名。果實生青熟黄。《本草綱目・果・梅》（卷二九）「發明」李時珍云：「梅，花開於冬，而實熟於夏，得木之全氣，故其味最酸，所謂曲直作酸也。」二句謂岸邊竹林濃蔭，新筍破土而出；亭中清香飄逸，青梅即將黄熟。

〔九〕笑傲：戲謔玩笑。《詩・邶風・終風》：「謔浪笑敖，中心是悼。」毛傳：「言戲謔不敬。」敖，同「傲」。

〔一〇〕天鏡：指月。唐宋之問《游禹穴回出若邪》：「石帆摇海上，天鏡落湖中。」「澄澈」句謂月倒映水中。潺湲：水流動貌。《楚辭・九歌・湘夫人》：「荒忽兮遠望，觀流水兮潺湲。」地雷：地上的鳴雷。此指水流撞擊發出的聲響。

〔一一〕二句寫對白居易的留戀。

〔一二〕信：誠實不欺。及：推及。還：猶「也」。「信及」句典出《莊子・秋水》：「莊子與惠子游於濠梁之上。莊子曰：『儵魚出游從容，是魚之樂也。』惠子曰：『子非魚，安知魚之樂？』莊子曰：『子非我，安知我不知魚之樂？』」機忘：即「忘機」。消除機巧之心。常謂甘於淡泊，與世無爭。唐王勃《江曲孤鳧賦》：「爾乃忘機絶慮，懷聲弄影。」此指沉醉於池亭之美。鳥不猜：典出《列子・黄帝》「海上之人有好漚（鷗）鳥者，每旦之海上，從漚鳥游，漚鳥之至者百住（數）而不止。其父曰：『吾聞漚鳥皆從汝游，汝取來，吾玩之。』明日之海上，漚鳥舞而不下也」。二句寫縱情游樂，陶醉逍遥。

〔一三〕擬作：猶「將作」。雲泥別：遠別。雲泥，語出《後漢書・逸民傳・矯慎》（卷八三）：「汝南吴蒼甚重之，因遺書以觀其志曰：『仲彦足下：勤處隱約，雖乘雲行泥，棲宿不同，每有西風，何嘗不歎！』」本謂兩物相去甚遠，差異極大，猶如雲在天，泥在地。亦喻遠隔千里。唐顧況《送大理張卿》：「遷客比來無倚仗，故人相去隔雲泥。」

〔一四〕珠貫斷：喻美妙的歌聲停止。《禮記・樂記》：「故歌者上如抗，下如隊，曲如折，止如槁木，倨中矩，句中鉤，纍纍乎端如貫珠。」孔穎達疏：「（末句）言聲之狀纍纍乎，感動人心，端正其狀，如貫於珠，言聲音感動於人，令人心想形狀如此。」玉峰頹：謂酒醉。玉峰，玉山。《世説新語・容止第十四》：「嵇叔夜之爲人也，巖巖若孤松之獨立；其醉也，傀俄若玉山之將崩。」

〔一五〕消摇志：優游自得、安閒自在的生活理想。消摇，同「逍遥」。語出《莊子・逍遥游》。其如：怎奈，無奈。唐劉長卿《硤石遇雨宴前主簿從兄子英宅》：「雖欲少留此，其如歸限催。」磊落才：俊偉之才。唐杜甫《短歌行贈王郎司直》：「王郎酒酣拔劍斫地歌莫哀，我能拔爾抑塞磊落之奇才。」二句謂白居易爲國之奇才，無由逍遥。

〔一六〕重入用：謂再度入朝爲官。肯：猶「豈」。

【繫　年】

白居易《池上篇》自謂大和三年夏始得爲太子賓客，劉禹錫又云「新暑石添苔」，知聯句事在大和三年（八二九）夏初，時張籍在國子司業任。按：聯句寫裴度興化池亭夏初的美景、諸公宴飲游覽的興致及對白居易的留戀之情。

## 首夏猶清和聯句〔一〕　裴　白　劉

記得謝家詩，清和即此時。（居易）餘花數種在，密葉幾重垂。（度）芳謝人人惜，陰成處處宜。（禹錫）水萍爭點綴，梁燕共追隨。（行式）〔二〕亂蝶憐疏蕊，殘鶯戀好枝。（籍）〔三〕草香殘①未歇，雲勢漸多奇。（居易）〔四〕單服初寧體，新篁已出籬。（度）〔五〕與春爲別近，覺日轉行遲。（禹錫）〔六〕繞樹風光少，〔七〕侵階苔蘚滋。（行式）唯思奉歡樂，長得在西池。（籍）〔八〕

【校　記】

①殘：全詩（卷七九〇）、白集（外集卷上）、劉集（卷三二）作「殊」。

【注　釋】

〔一〕詩題出自謝靈運《游赤石進帆海》：「首夏猶清和，芳草亦未歇。」首夏：孟夏，即農曆四月。清和：天氣清明和暖。多指春季。漢張衡《歸田賦》：「仲春令月，時和氣清。」聯句：見《祭退之》（卷七）注釋〔三七〕。

〔二〕行式：《全唐詩》卷七九〇《西池落泉聯句》題注「失姓」。當爲西川節度使韋臯兄聿之子。《舊唐書·韋臯傳》（卷一四〇）：「臯兄聿時爲國子司業，劉闢與盧文若據西川叛，臯姪行式，先娶文若妹，而聿不奏。既收行式，以其妻没官，詔御史臺按聿，聿下獄。有司以行式妻在遠，不與兄同情，不當連坐，詔歸行式妻而釋聿。」

〔三〕疏蕊：指殘花。殘鶯：黄鶯於春天飛鳴，晚春之後則稱「殘鶯」。唐李頎《送人尉閩中》：「閶門折垂柳，御苑聽殘鶯。」好枝：指花枝。

〔四〕雲勢：雲的姿態。二句分别化用謝靈運《游赤石進帆海》詩句「芳草亦未歇」、顧凱之《神情詩》（一作陶淵明《四時》）詩句「夏雲多奇峰」。

〔五〕寧體：使身體感到輕松舒服。新篁：竹筍。篁，竹。

〔六〕爲別：告別。轉行遲：運行漸漸遲緩。謂白日漸長。參《夏日閒居》（卷八）注釋〔一〕「夏日長」。轉：漸漸。

〔七〕繞樹：化用陶淵明《讀山海經》詩句「孟夏草木長，繞屋樹扶疏」。風光少：謂花已不多。

〔八〕奉：謂奉陪裴度。西池：見《西池落泉聯句》（卷八）注釋〔一〕。

【繫　年】

大和二年三月劉禹錫進京爲主客郎中（詳卷六《贈主客劉郎中》注釋〔一〕），次年夏初白居易以太子賓客分司東都（詳卷八《宴興化池亭送白二十二東歸》「繫年」），聯句未提白分司事，知時在大和二年（八二八）四月。地點在裴度興化池亭。時張籍在國子司業任。按：聯句寫首夏清明和暖的景色以及諸公對春的留戀。

## 薔薇花聯句〔一〕　裴　白　劉

似錦如霞色，連春接夏開。（禹錫）波紅分影入，（度）〔二〕風好帶香來。得地依東閣，當階奉上台。（行式）〔三〕淺深皆有態，次第暗相催。（禹錫）〔四〕滿地愁英落，緣隄惜棹回。（度）〔五〕芳濃濡雨露，明麗隔塵埃。（行式）似著胭脂染，如經巧婦裁。（居易）〔六〕奈花無別計，只有酒殘杯。（籍）〔七〕

【注　釋】

〔一〕薔薇：落葉灌木。莖細長，蔓生。花白色或淡紅色，有芳香，可供觀賞。聯句：見《祭退之》

（卷七）注釋〔三七〕。

〔二〕波紅：謂薔薇花映紅水面。分影入：謂花朵紛亂映現水中。

〔三〕得地：得到適宜生長的土壤。《藝文類聚·木部上·松》（卷八八）引南朝梁沈約《高松賦》：「鬱彼高松，栖根得地。」東閣：即「東閤」。宰相延請賓客之所。《漢書·公孫弘傳》（卷五八）：「弘自見爲舉首，起徒步，數年至宰相封侯，於是起客館，開東閤以延賢人。」顔師古注：「閤者，小門也，東向開之，避當庭門而引賓客，以别於掾吏官屬也。」上台：見《和裴司空即事通簡舊僚》（卷二）注釋〔二〕。裴度時居相位，帶司空銜，故稱。《舊唐書·敬宗本紀》（卷一七上）：寶曆二年二月丁未，「晉國公裴度守司空、同平章事，復知政事」，「丙寅，正册司空裴度」。行式：見《首夏猶清和聯句》（卷八）注釋〔二〕。

〔四〕態：姿色。「次第」句：謂薔薇花一茬接一茬地開放、凋殘。

〔五〕回：謂曲折迂回前行。

〔六〕「如經」句：謂薔薇花形狀美麗，如巧婦所裁就。

〔七〕奈花：奈何花落。酒殘杯：謂借酒澆愁。

**【繫　年】**

聯句有「連春接夏開」語，與《首夏猶清和聯句》（卷八）同作於大和二年（八二八）四月。地點在裴度興化池亭。時張籍在國子司業任。按：聯句寫夏初裴度興化池亭薔薇花「次第」「相催」的情景與諸公惜花之情。

## 西池落泉聯句〔一〕 裴 白 劉

東閣聽泉落，能令野①興多。（行式）〔二〕散時猶帶沫，淙處卻②跳波。（度）〔三〕偏洗磷磷石，還驚泛泛鵝。（籍）〔四〕色清③塵不染，光白月相和。（居易）〔五〕噴雪縈松竹，攢珠濺芰荷。（禹錫）〔六〕對吟時合響，觸樹更搖柯。（籍）〔七〕照圃紅分藥，侵階綠浸莎。（居易）〔八〕日斜車馬散，餘韻逐鳴珂。（禹錫）

【校 記】

① 野：原本、白集（外集卷上）作「夜」，與下文「日斜車馬散」不合，據全詩（卷七九〇）、劉集（卷三二）改。

② 卻：全詩作「即」。

③ 清：原本、白集作「青」，據全詩、劉集改。

【注　釋】

〔一〕西池：裴度興化池。首句有「東閣」語，知爲宰相園池。裴度、張籍等《西池送白二十二東歸兼寄令狐相公聯句》（卷九）：「東道瞻軒蓋，西園醉羽觴。」《宴興化池亭送白二十二東歸》（卷八）：「東洛言歸去，西園告别來。」知「西池」即「西園」，亦即裴度「興化池亭」。興化池亭，見《和户部令狐尚書喜裴司空見招看雪》（卷二）注釋〔二〕「南園」。泉：裴度興化池勝景之一。白居易《宿裴相公興化池亭（兼蒙借船舫游汎）》：「松閣晴看山色近，石渠秋放水聲新。」所謂「石渠」「水聲」即謂此。聯句：見《祭退之》（卷七）注釋〔三七〕。

〔二〕東閣：見《薔薇花聯句》（卷八）注釋〔三〕。當指注釋〔一〕引白居易詩所謂「松閣」。野興：熱愛大自然的情趣。行式：見《首夏猶清和聯句》（卷八）注釋〔二〕。

〔三〕散：落泉於空中飄散。淙：沖擊。唐元結《訂司樂氏》：「偶有懸水淙石，泠然便耳。」

〔四〕偏：通「徧」。磷磷石：清晰可見的水中石頭。魏劉楨《贈從弟三首》其一：「汎汎東流水，磷磷水中石。」張銑注：「磷磷，水中見石貌。」（《六臣注文選》卷二三）泛泛：又作「汎汎」，浮行貌。《詩·小雅·采菽》：「汎汎楊舟，紼纚維之。」

〔五〕攢：通「濽」，水受沖激而向外散射。清毛奇齡《古今通韻》（卷一〇）：「濽，水濺也。或作濺，又作湔。」芰：見《城南》（卷七）注釋〔七〕。

〔六〕對吟：對泉吟詩。謂聯句。合響：與泉聲應和。

〔七〕照圃：謂泉色映照花圃。紅分藥：即「分紅藥」。謂將大片的紅藥分成顏色不同的部分。紅藥，紅色芍藥。多年生草本植物。五月開花，大而美麗。南朝齊謝朓《直中書省》：「紅藥當階翻，蒼苔依砌上。」《本草綱目・草・芍藥》（卷一四）「集解」引馬志語：「有赤白兩種，其花亦有赤白二色。」侵階：謂水沫飄灑到臺階上。緑浸莎：即「浸緑莎」。浸，潤濕。莎，見《江南曲》（卷一）注釋〔五〕。

〔八〕餘韻：指泉聲。鳴珂：見《謝裴司空寄馬》（卷四）注釋〔五〕。

## 【繫　年】

據「攢珠濺芰荷」、「照圃紅分藥」語與劉禹錫、白居易歷官（參卷八《首夏猶清和聯句》「繫年」）知詩作於大和二年（八二八）夏五月。地點在裴度興化池亭。時張籍在國子司業任。按：聯句寫裴度興化池「落泉」的美景與諸公聯句的興致。

# 張籍集繫年校注卷九

## 新補詩九首

### 贈箕山僧〔一〕

久住空林下，長齋耳目清。〔二〕蒲團借客坐，石磾甃①人行。〔三〕似鶴難知性，因山强號名。〔四〕時聞衣袖裏，闇掐②念珠聲。〔五〕

【補　遺】

據全詩（卷三八四）補。英華（卷二二二）、庫本（卷三）同收作張籍詩。《張籍詩集》（中華書局上海編輯所一九五九年版，下同）據全詩補在卷二，尾注：「庫本亦録此詩。」

【校　記】

① 磹甃：庫本作「甃憚」。

② 搯：庫本作「掐」。

【注　釋】

〔一〕箕山僧：所指不詳。箕山，山名。《史記・夏本紀》(卷二)：「益讓帝禹之子啟，而辟居箕山之陽。」張守節正義引《括地志》云：「陽城縣在箕山北十三里。」又，《元和郡縣圖志・儀州・遼山縣》(卷一三)：「箕山，在縣東四十五里。上有許由冢。按司馬遷《傳》曰『余登箕山，上有許由冢』，則在今洛州陽城縣，不當在此。」(按：所謂《傳》指《史記・伯夷列傳》)知箕山有二，一在洛州陽城縣即今河南登封市東南，一在儀州遼山縣即今山西左權縣東南。詩所指不明。

〔二〕長齋：謂佛教徒長期堅持過午不食。因持戒者多食素，後多指長期素食。唐杜甫《飲中八仙歌》：「蘇晉長齋繡佛前，醉中往往愛逃禪。」

〔三〕蒲團：蒲草編成的用以坐禪和跪拜的圓形墊子。磹：碎石。甃：見《上國贈日南僧》(卷二)注釋〔四〕。此謂砌石鋪路。「石磹」句謂以石砌道供人通行。

〔四〕「因山」句：謂以箕山爲法號而法號遠聞。

〔五〕闇：暗中。搯：掏。念珠：念佛號或經咒時用以計數的串珠。珠數有十八、二十七、五十四、一百零八之分。

## 冬夕

寒蛩獨①罷織，湘雁②猶③能④鳴。〔一〕月色當⑤窗入，鄉心半夜生。不成高枕夢，復作繞堦行。〔二〕迴首嗟淹⑥泊，城頭北斗横。〔三〕

【補　遺】

據全詩（卷三八四）補。英華（卷一五八）、庫本（卷三）同收作張籍詩。《張籍詩集》據全詩補在卷二，尾注：「庫本亦録此詩。」

【校　記】

①獨：全詩校「一作猶」。
②湘雁：庫本作「相續」。
③猶：庫本作「雁」，全詩校「一作獨」。
④能：庫本作「猶」。

⑤ 當：庫本作「平」。

⑥ 淹：全詩校「一作飄」。

【注　釋】

〔一〕蛩：蟋蟀的别稱。罷織：蟋蟀又名促織，故謂其不鳴爲罷織。湘雁：在湘中旅冬的大雁。傳説大雁南飛不過衡陽（今湖南衡陽市）。《方輿勝覽·衡州》（卷二四）：「回雁峰。在衡陽之南。雁至此不過，遇春而回，故名。或曰峰勢如雁之回。」

〔二〕高枕：謂無憂無慮。《戰國策·齊策四》：「三窟已就，君姑高枕爲樂矣。」堦：同「階」。

〔三〕淹泊：滯留。北斗横：謂夜深。南朝梁沈約《夜夜曲》：「河漢縱且横，北斗横復直。」

【繫　年】

當作於貞元九年（七九三）冬張籍游湘時。按：詩寫羈旅湘中的旅愁和鄉思。

## 送友人①盧②處士③游吴越〔一〕

羡君東去見殘梅，惟有王孫獨未回。〔二〕吴苑夕陽明古堞，越宫春草上高臺。〔三〕波生野④

水⑤雁初下，風滿驛樓潮欲來。〔四〕試問⑥漁⑦舟看雪浪，幾多江燕荇花開。〔五〕

【補　遺】

據全詩（卷三八五）補。才調（卷三）、英華（卷二七七）、庫本（卷五）同收作張籍詩。《張籍詩集》據全詩補在卷四，尾注：「庫本亦録此詩。」

【重　出】

原本、宋本、劉本、陸本、席本不載。温集（别集）、全詩（卷五八二）收爲温庭筠詩。孰作尚不可定。四庫全書《温飛卿詩集箋注》「提要」：「明曾益撰，國朝顧予咸補緝，其子嗣立又重訂之。……陳振孫《書録解題》作《飛卿集》七卷……《文獻通考》則云温庭筠《金荃集》七卷，别集一卷，是宋刻已非一本矣。曾本合爲四卷，名曰《八叉集》……嗣立此注，稱從所見宋刻分詩集七卷、别集一卷，以還其舊。疑即《通考》所載之本。」知温集《别集》爲宋人補輯所得，此詩有誤輯之可能。又，劉學鍇《温庭筠全集校注》卷八：「此詩爲温作之可能性遠大於張作。」此存疑。

【校　記】

①友人：温集（别集）、全詩（卷五八二温庭筠詩，下同）無此二字。

②盧：才調（卷三）無此字。

③處士：才調無此二字，全詩（卷五八二）校「一作生」。

④野：英華（卷二七七）、庫本作「遠」。

⑤水：全詩（卷五八二）校「一作渚」。

⑥問：温集、全詩（卷五八二）作「逐」。

⑦漁：温集作「魚」。

【注釋】

〔一〕盧處士：名不詳。處士，見《經王處士原居》（卷二）注釋〔一〕。吴越：今江蘇省南部與江浙省一帶。

〔二〕見殘梅：謂時當盛春。梅花早春開放，盛春凋零。王孫未回：謂春草萋萋。化用《楚辭·招隱士》：「王孫游兮不歸，春草生兮萋萋。」亦婉言詩人自己不能歸蘇州。王孫，詩人自指。

〔三〕吴苑：長洲苑。又名茂苑。詳《寄蘇州白二十二使君》（卷四）注釋〔四〕。堞：城上呈齒形的矮牆，亦稱女牆。越宫：越王勾踐所築宫殿，故址在會稽（今浙江紹興）。臺：用以觀察眺望的高而上平的方形建築物。會稽種山有越王臺。舊題南朝梁任昉《述異記》（卷上）：「吴既滅越，棲勾踐於會稽之上，地方千里。勾踐得范蠡之謀，乃示民以耕桑，延四方之士，作臺於外而館賢士。今會稽山有越王臺。」又，漢趙曄《吴越春秋·勾踐歸國外傳》載，勾踐自吴歸，范蠡「觀天文，擬法於紫宫，築作小城」，「起離宫於淮陽（會稽縣東南二里）」，建靈臺、中宿臺、駕臺、燕臺、齋臺等。

〔四〕雁初下：謂春分後大雁北歸。潮：指錢塘潮。

〔五〕江燕：錢塘江上飛行的春燕。荇，見《遠别離》（卷一）注釋〔二〕。春季開花。

【集　評】

（清）馮班評首聯：「此破，太平直。」（清宋邦綏《才調集補注》卷三引）

酬朱慶餘〔一〕

越女新妝出鏡心，自知明豔更沈吟。〔二〕齊紈未是人間貴，一曲菱歌敵萬金。〔三〕

【補　遺】

據全詩（卷三八六）補。萬絶（卷六四）、庫本（卷七）同收作張籍詩。《張籍詩集》據全詩補在卷六，尾注：「庫本亦録此詩。」此詩早見於唐范攄《雲谿友議》（卷下），又見於宋洪邁《容齋五筆》（卷四)「作詩旨意」條。

【注　釋】

〔一〕朱慶餘：見《送朱慶餘及第歸越》(卷二)注釋〔一〕。唐范攄《雲谿友議》(卷下)「閨婦歌」條：「朱慶餘校書，既遇水部郎中張籍知音，徧索慶餘新製篇什數通，吟改後，只留二十六章，水部置於懷抱，而推贊焉。清列以張公重名，無不繕録而諷詠之，遂登科第。朱君尚爲謙退，作《閨意》一篇，以獻張公。張公明其進退，尋亦和焉。詩曰：『洞房昨夜停紅燭……畫眉深淺入時無？』張籍郎中酬曰：『越女新妝出鏡心……一曲菱歌敵萬金。』朱公才學，因張公一詩，名流於海内矣。」按：「水部郎中」當作「主客郎中」，張籍未曾任水部郎中職，寶曆二年朱慶餘及第時在主客郎中任。

〔二〕越女：越地美女。古代越國(都城在今浙江紹興)多出美女。漢枚乘《七發》：「越女侍前，齊姬奉後。」劉良注：「齊、越二國，美人所出。」(《六臣注文選》卷三四)朱慶餘越州人，故以「越女」喻其才高出衆。

〔三〕齊紈：齊地(今山東北部及膠東半島地區)出產的白細絹。《列子·周穆王》：「衣阿錫，曳齊紈。」張湛注：「齊，名紈所出也。」亦泛指名貴的絲織品。此喻典雅精美的詩歌。菱歌：采菱之歌。年輕女子所唱，有清純之美。南朝宋鮑照《采菱歌七首》其一：「簫弄澄湘北，菱歌清漢南。」此喻朱慶餘清新、質樸、優美的詩作。

【繫年】

作於寶曆二年（八二六）春朱慶餘登第後，時張籍在主客郎中任。宋陳振孫《直齋書録解題》（卷一九）：「受知於張籍，寶曆二年進士。」《唐才子傳》、《登科記考》載同。按：詩以「越女」作比，贊美朱慶餘才藝俱佳，詩風清新樸實。

【集評】

（宋）洪邁：「余獨愛朱慶餘《閨意》一絶句上張籍水部者，曰：『洞房昨夜停紅燭……』細味此章，元不談量女之容貌，而其華豔韶好，體態温柔，風流醖藉，非第一人不足當也。歐陽公所謂『狀難寫之景如在目前，含不盡之意見於言外，然後爲工』，斯之謂也。……張籍酬其篇云：『越女新妝出鏡心……』其愛之重之，可見矣。然比之慶餘，殊爲不及。」（《容齋五筆》卷四「作詩旨意」條）

【原唱】

朱慶餘《近試上張籍水部》（一作閨意獻張水部）：「洞房昨夜停紅燭，待曉堂前拜舅姑。裝（按：當作妝）罷低聲問夫壻，畫眉深淺入時無。」（全詩卷五一五）

按：詩題當依《雲谿友議》（見注釋〔一〕）、《容齋五筆》（見「集評」）作「閨意」。據《雲谿友議》所載及朱、張二詩内容可斷，時慶餘已登第（入「洞房」）而尚未「拜舅姑」），而非「近試」；朱直呼「張籍」亦不合情理。

## 虎丘寺①〔一〕

望月登樓海氣昏，劍池無底浸②雲根。〔二〕老僧只怕③山移去，日暮④先教鎖寺門。〔三〕

【補　遺】

據庫本（卷七）補。《張籍詩集》據庫本補在卷六。童養年《全唐詩續補遺》（卷五）注：輯自「康熙顧湄《虎丘志》三《寺宇》」。

【重　出】

明高啟《高太史大全集》（卷一八）重出。此詩最早散見於王隨《虎丘山寺記》（見注釋〔一〕）。王隨，北宋人，仁宗朝官至宰相，寶元二年（一〇三九）正月卒，《宋史》（卷三一一）有其傳。其《虎丘山寺記》曾爲宋范成大《吴郡志》（卷三二）徵引，宋末鄭虎臣録入《吴都文粹》（卷八）。知此詩北宋已存，斷非明人高啟之作。又，元末高德基《平江記事》：「虎丘初名海湧，吴王闔閭葬其下。……故張籍有詩云：『老僧只怕山移去，日暮先教鎖寺門。』」明王鏊等《姑蘇志》（卷八）：「虎丘山，在府城西北七里。……張籍：『望月登樓海氣昏，劍池無底浸雲根。老僧只恐山移去，日暮先教鎖寺門。』」明俞弁《逸老堂詩話》（卷上）：「《容齋三筆》載：『吳門僧惟茂住天台山，有詩云：「四面峰巒翠入雲，一溪流水漱山根。老僧只恐山移去，日落先教鎖寺門。」』唐張籍題虎邱詩云：『望月登樓海氣昏，劍池無底鎖雲根。老僧只恐山移去，日暮先教鎖寺門。』惟茂蹈襲張詩二句，容齋亦受其欺而記之耳。」知詩爲張籍作。

【校　記】

①虎丘寺：大全（卷一八）作「虎丘」。

②浸：大全作「鎮」，《逸老堂詩話》（卷上）作「鎖」。

③怕：大全、《逸老堂詩話》、《姑蘇志》（卷八）作「恐」。

④暮：大全作「落」。

【注　釋】

〔一〕虎丘寺：即晉雲岩寺。在蘇州西北虎丘山上。宋王隨《唬丘山寺記》：「《吴地記》云：『（虎丘）本名海湧山，去吴縣西九里二百步，高一百三十尺，周二百一十丈。』《越絶書》曰：『吴王闔閭冢在吴縣閶門外，名曰虎丘。下池廣六十步，水深一丈五尺，銅椁三重，澒池六尺，玉鳧之流，扁諸之劍，魚腸三千在焉，發卒六十萬人治之。葬之三日，白虎踞其上，故有兹號。』又世説云，秦皇帝因游海石，自滬瀆經此山，乃欲發墳取寶，忽有白虎出而拒之，始皇挺劍刺虎，虎奔而隱，因改爲虎丘焉。故上有劍池，或曰秦皇試劍池，亦謂之磨劍池。今則長十有三丈，闊餘三尋，其深則莫可測矣。古詩云『劍池無底浸雲根』……雲岩寺，即晉王氏伯仲珣、珉捨别業以創焉。始於一山中分兩寺……今則合而爲一……實爲絶境，粉垣回繚，外莫覩其崇巒，松門鬱深中迴，藏於嘉致。故前賢詩云：『老僧祇怕山移去，日暮先教鎖寺門。』」（載宋鄭虎臣《吴都文粹》卷八）《太平寰宇記·蘇州·吴縣》（卷九一）：「虎丘山，在縣西北九里。」

〔二〕海氣：海面或江面上的霧氣。亦泛指霧氣。唐虞世南《賦得吴都》：「江濤如素蓋，海氣似朱樓。」劍池：池名。在虎丘山上。參注釋〔一〕。浸：倒映。唐白居易《琵琶行》：「醉不成歡慘將别，别時茫茫江浸月。」雲根：僧寺道院。其爲雲游僧道歇脚之處，故稱。唐司空圖《上陌梯寺懷舊僧二首》其一：「雲根禪客居，皆説舊吾廬。」

〔三〕山：指虎丘山。虎丘寺截山腰而建，似鎖山於寺中。參注釋〔一〕所引《虎丘山寺記》。

【繫　年】

當作於張籍早年居蘇州或貞元十二年（七九六）歸蘇州時。

## 詠陀羅山①〔一〕

鑿開混沌露元氣，散布森②羅彌梵天。〔二〕雲外③無時不閒在，樓居何處得超然。〔三〕

【補　遺】

據陳尚君《全唐詩續拾》（卷二五）補。陳氏注：輯自宋潘自牧編「《記纂淵海》卷二三」。

【重　出】

金元好問《遺山先生文集》（卷一〇）重出，作《陀羅峰二首》其一中四句：「念念靈峰四十年，一來真欲斷凡緣。鑿開混沌露元氣，散布兜羅彌梵天。雲卧無時不閑在，樓居何處得超然。殊祥莫訖清涼傳，會與兹山續後篇。」《記纂淵海》編撰者潘自牧，南宋寧宗慶元元年（一一九五）進士，年長於元好問（一一九〇—一二五七），時宋金對峙，其誤截元好問詩而作張籍詩可能性不大。此詩當爲張籍作，元好問乃襲用。

【校　記】

①此題遺山（卷一〇）作「陀羅峰」。

②森：遺山作「兜」。

③外：遺山作「卧」。

【注　釋】

〔一〕陀羅山：山名。在忻州（治今山西忻州市）。《記纂淵海·郡縣部·忻州》（卷二三）：「陀羅山在州西北四十里，高僧文殊曾游於此，上有足跡。……『鑿開混沌露元氣，散布森羅彌梵天。雲外無時不閒在，樓居何處得超然』。（張文昌《詠陀羅山》詩）」《大清一統志·忻州》（卷一一三）：「陀羅山：在州西北五十五里，怪石懸崖，有涼石、香爐石、滴水崖、青龍池諸勝。」

〔二〕鑿開混沌：謂開山建寺。混沌，傳説中世界開闢前模糊一團的狀態。漢班固《白虎通義·天地》（卷下）：「混沌相連，視之不見，聽之不聞，然後剖判。」宋張君房《雲笈七籤·混元混洞開闢劫運部·混沌》（卷二）：「《太始經》云：『昔二儀未分之時，號曰洪源。溟涬濛鴻，如雞子狀，名曰混沌。』」此指陀羅山。元氣：天地未分前的混沌之氣。《漢書·律曆志上》（卷二一上）：「太極元氣，函三爲一。」顔師古注引孟康曰：「元氣始起於子，未分之時，天地人混合爲一。」此指陀羅山給人的神聖美麗之感。森羅：天地萬象。《梁書·儒林·范縝傳》（卷四八)：「陶甄稟於自然，森羅均於獨化。」此指形態各異的廟宇。梵天：猶梵山。指陀羅山。

〔三〕雲外、樓居：皆謂仙境。《史記·孝武本紀》(卷一二)：「公孫卿曰：『……仙人好樓居。』」此皆指陀羅山中。閒在：安靜自在。何處：猶「處處」。

【繫　年】

當作於張籍早期漫遊至忻州時。按：詩寫陀羅山的佛界勝境及其給人的超然感受。

## 賦花①並序②

白③樂天分司東洛，朝賢悉會興化亭④送別。〔一〕酒酣，各賦⑤一字至七字詩，以題爲韻。〔二〕花⑥。

落早，開賒。〔三〕對酒客，興詩家。〔四〕能迴游騎，每駐行車。〔五〕宛宛清風起，茸茸麗日斜。〔六〕且願相留歡洽，惟愁虚棄光華。〔七〕明年攀折知不遠，對此誰能更歎嗟。

【補　遺】

據全詩(卷三八六)補。紀事(卷三九)、庫本(卷二)同收作張籍詩。《張籍詩集》據全詩補在卷八，尾注：「庫本亦録此詩。注明一言至七言。」按：王仲鏞《唐詩紀事校箋》(卷三九)疑此詩及白居易、王起、李紳、令狐楚、元稹等同唱之作爲僞作。「韋式事兩《唐書》無考，李紳、元稹、張籍、白居易諸詩俱不載于本集，按《舊唐書・文宗本紀上》（卷一七上），大和二年正月，以兵部侍郎王起爲陝虢觀察使。三年三月，以户部尚書令狐楚爲東都留守。而元稹亦方爲浙東觀察使，樂天《想東游五十韻》序云：『大和三年春，予病免官後，憶游浙東數郡，兼思到越一訪微之。』可知諸人皆在外任，不居長安。且興化爲裴度池亭，樂天與之常相過從，何以此會裴獨不與？……今觀九詩所詠，悉與送别無關；《劉夢得文集》卷四中，復有《同留守王僕射各賦春中一物從一韻至七》（鶯）詩，與此似爲同時作。恐俱屬僞撰也。」或是。

【校　記】

① 賦花：庫本作「花」，題注「一言至七言」。
② 並序：庫本無此二字，亦無序。
③ 白：紀事（卷三九）、全詩（卷四六二白居易詩）無此字。
④ 亭：全詩（卷四六二）作「池亭」。
⑤ 賦：紀事、全詩（卷四六二）作「請」。
⑥ 花：全詩（卷三八六）、庫本作「花，花」，與白居易、王起等同唱詩不合，據紀事改。

## 【注　釋】

〔一〕白樂天：白居易。見《酬白二十二舍人早春曲江見招》（卷二）注釋〔一〕。分司東洛：指白居易大和三年（八二九）四月任太子賓客分司東都。東洛，東都洛陽。朝賢：指白居易、王起、李紳、令狐楚、元稹、魏扶、韋式等朝臣。另有道士范堯佐。詳《唐詩紀事》（卷三九）「韋式」條。興化亭：裴度池亭。詳《和户部令狐尚書喜裴司空見招看雪》（卷二）注釋〔二〕「南園」。

〔二〕一字至七字詩：詩體之一種。今首見於唐張南史，其現存《雪》、《月》、《泉》、《竹》、《花》、《草》六詩。有兩種格式。一爲十四句五十六字：首二句一言，重複詩題，且以爲韻；次聯爲二言，三聯爲三言，餘類推，至七言止。如張南史六詩即是。二爲十三句五十五字，與前種不同的是開頭不重複。如白居易、王起等詩，見「同唱」。

〔三〕賒：遲。

〔四〕對：面對。興：興致勃發。二句謂花美而令人把酒賦詩。

〔五〕宛宛：細弱貌。唐陸羽《小苑春望宫池柳色》：「宛宛如絲柳，含黄一望新。」此形容春風輕柔。

茸茸：花叢聚貌。唐盧仝《喜逢鄭三游山》：「相逢之處花茸茸，石壁攢峰千萬重。」

〔六〕光華：（花的）光彩。此借指良辰美景。二句抒寫對白居易的留戀之情。

〔七〕歎嗟：贊歎，贊美。唐杜甫《韋諷録事宅觀曹將軍畫馬圖引》：「今之新圖有二馬，復令識者久歎嗟。」二句謂明春再來賞花爲時亦不久，但白居易已在東都，誰還能贊歎這美好的景色呢？

【繫　年】

如非僞作，則作於大和三年（八二九）四月。時張籍爲國子司業。按：詩寫花的美麗迷人以及與白居易的惜别之情。

【同　唱】

白居易《一字至七字詩（賦得詩。樂天分司東洛，朝賢悉會興化亭送别。酒酣，各請一字至七字詩，以題爲韻）》：「詩。綺美，瓌奇。明月夜，落花時。能助歡笑，亦傷别離。調清金石怨，吟苦鬼神悲。天下只應我愛，世間唯有君知。自從都尉别蘇句，便到司空送白辭。」（全詩卷四六二）

王起《賦花並序（樂天分司東都，起與朝賢悉會興化亭送别。酒酣，各賦一字至七字詩，以題爲韻）》：「花。點綴，分葩。露初裛，月未斜。一枝曲水，千樹山家。戲蝶未成夢，嬌鶯語更誇。既見東園成徑，何殊西子同車。漸覺風飄輕似雪，能令醉者亂如麻。」（全詩卷四六四）

李紳《賦月（白樂天分司東洛，朝賢悉會興化亭送别。酒酣，各請一字至七字詩，以題爲韻）》：「月。光輝，皎潔。耀乾坤，静空闊。圓滿中秋，玩爭詩哲。玉兔鏑難穿，桂枝人共折。萬象照乃無私，瓊臺豈遮君謁。抱琴對彈别鶴聲，不得知音聲不切。」（全詩卷四八三）

令狐楚《賦山（白居易分司東洛，朝賢悉會興化亭送别。酒酣，各請一字至七字詩，以題爲韻）》：「山。聳峻，回環。滄海上，白雲間。商老深尋，謝公遠攀。古巖泉滴滴，幽谷鳥關關。樹島

西連隴塞，猨聲南徹荆蠻。世人只向簪裾老，芳草空餘麋鹿閑。」（全詩卷三三四）

元稹《一字至七字詩（以題爲韻，同王起諸公送白居易分司東郡作）·茶》：「茶。香葉，嫩芽。慕詩客，愛僧家。碾雕白玉，羅織紅紗。銚煎黄蘂色，椀轉麴塵花。夜後邀陪明月，晨前命對朝霞。洗盡古今人不倦，將知醉後豈堪誇。」（全詩卷四二三）

魏扶《賦愁并序（白樂天分司東洛，朝賢悉會興化亭送别。酒酣，各請一字至七字詩，以題爲韻）》：「愁。迴野，深秋。生枕上，起眉頭。閨閤危坐，風塵遠游。巴猨啼不住，谷水咽還流。送客泊舟入浦，思鄉望月登樓。烟波早晚長羈旅，絃管終年樂五侯。」（全詩卷五一六）

韋式《一字至七字詩（以題爲韻，同王起諸公送白居易分司東都作）·竹》：「竹。臨池，似玉。裛露静，和烟緑。抱節寧改，貞心自束。渭曲偏種多，王家看不足。仙杖正驚龍化，美實當隨鳳熟。唯愁吹作别離聲，回首駕驂舞陣速。」（全詩卷四六三）

范堯佐道士《一字至七字詩（以題爲韻，同王起諸公送白居易分司東都作）·書》：「書。憑雁，寄魚。出王屋，入匡廬。文生益智，道著清虚。葛洪一萬卷，惠子五車餘。銀鉤屈曲索靖，題橋司馬相如。别後莫暌千里信，數封緘送到閑居。」（全詩卷八五二）

## 送區弘①〔一〕

韓公國大賢，〔二〕道德赫已聞。時②出爲陽山，爾區來趨奔。〔三〕韓官遷掾③曹，子隨④至荆

門。〔四〕韓入爲博士，崎嶇送⑤歸⑥輪。〔五〕

【補　遺】

據全詩（卷三八六）補。全詩尾注輯自「《事文類聚》」。《張籍詩集》據全詩補在卷八。此詩早見於宋阮閲《詩話總龜·後集》（卷一〇，下簡稱「總龜」），注引自宋葛勝仲《丹陽集》。

【校　記】

① 送區弘：全詩作「句」，據事聚（前集卷二一三）改。
② 時：總龜作「昨」。
③ 掾：總龜作「法」，事聚作「刑」。
④ 隨：總龜作「送」。
⑤ 送：總龜作「從」。
⑥ 歸：總龜作「羈」，事聚作「霸」。

【注　釋】

〔一〕區弘：生平不詳。《古今事文類聚》題注：「或云即區册。」宋葛立方《韻語陽秋》（卷六）：

「(韓愈)集中又有《送區册序》,《韓文辨證》云:『册即弘也。』未知孰據爾。」

〔二〕韓公:韓愈。見《酬韓庶子》(卷二)注釋〔一〕。

〔三〕「時出」句:謂貞元十九年(八〇三)十二月韓愈貶陽山令。來趨奔:謂至陽山投韓愈。

〔四〕遷掾曹:謂永貞元年(八〇五)八月韓愈量移江陵法曹參軍。《舊唐書·韓愈傳》(卷一六〇):「貶爲連州陽山令,量移江陵府掾曹。」《新唐書·韓愈傳》(卷一七六):「改江陵法曹參軍。」掾曹,猶「掾吏」。古代分曹治事,故稱。《新唐書·百官志四下》(卷四九下):「法曹司法參軍事,掌鞫獄麗法、督盜賊、知贓賄没入。」荆門:指江陵府。唐王維《寄荆州張丞相》:「所思竟何在?悵望深荆門。」趙殿成注:「唐人多呼荆州爲荆門。」《舊唐書·地理志二》(卷三九):「荆州江陵府……上元元年九月,置南都,以荆州爲江陵府。」

〔五〕入爲博士:謂元和元年(八〇六)六月韓愈由江陵法曹參軍召還,爲國子博士。《舊唐書·韓愈傳》:「元和初,召爲國子博士。」崎嶇:形容情意纏綿。《樂府詩集·清商曲辭六·西烏夜飛》(卷四九):「感郎崎嶇情,不復自顧慮。」

## 【繫年】

詩云「韓入爲博士,崎嶇送歸輪」,知作於元和元年(八〇六)六月韓愈回京任國子博士後不久,或秋或冬。方崧卿《韓集舉正》(卷二)即繫韓愈《送區弘南歸》於元和元年。時張籍在太常太祝任。

按：詩寫區弘追隨韓愈的歷程以送別。

【同　唱】

韓愈《送區弘南歸》：「穆昔南征軍不歸，蟲沙猿鶴伏以飛。汹汹洞庭莽翠微，九疑鑱天荒是非。野有象犀水貝璣，分散百寳人士稀。我遷於南日周圍，來見者衆莫依俙。爰有區子熒熒暉，觀以彝訓或從違。我念前人譬葑菲，落以斧引以纆徽。雖有不逮驅騑騑，或採於薄漁於磯。服役不辱言不譏，從我荆州來京畿。離其母妻絶因依，嗟我道不能自肥。子雖勤苦終何希，王都觀闕雙巍巍。騰蹋衆駿事鞍鞿，佩服上色紫與緋。獨子之節可嗟唏，母附書至妻寄衣。開書拆衣淚痕晞，雖不敕還情庶幾。朝暮盤羞惻庭闈，幽房無人感伊威。人生此難餘可祈，子去矣時若發機。蜃沈海底氣昇霏，彩雉野伏朝扇翬。處子窈窕王所妃，苟有令德隱不腓。況今天子鋪德威，蔽能者誅薦受禨。出送撫背我涕揮，行行正直慎脂韋。業成志樹來頎頎，我當爲子言天扉。」（全詩卷三三九）

西池送白二十二東歸兼寄令狐相公聯句　度　劉禹錫　張籍　行式〔一〕

促坐宴回塘，〔二〕送君歸洛陽。彼都留上宰，爲我説中腸。（度）〔三〕威鳳池邊别，冥鴻天際翔。〔四〕披雲見居守，望日拜封章。（禹錫）〔五〕春盡年華少，舟通景氣長。〔六〕送行歡共惜，

寄遠意難忘。(籍)〔七〕東道瞻軒蓋,西園醉羽觴。〔八〕謝公深眷眄,商皓信輝光。(行式)〔九〕

舊德推三友,新篇代八行。(以下缺)〔一〇〕

【補　遺】

據全詩(卷七九〇)、劉集(卷三二)補。

【注　釋】

〔一〕西池:見《西池落泉聯句》(卷八)注釋〔一〕。白二十二:白居易。詳《酬白二十二舍人早春曲江見招》(卷二)注釋〔一〕。東歸:見《宴興化池亭送白二十二東歸》(卷八)注釋〔一〕。令狐相公:令狐楚。詳《和户部令狐尚書喜裴司空見招看雪》(卷二)注釋〔一〕。《舊唐書》憲宗、穆宗本紀:「(元和十四年七月)令狐楚可朝議大夫、守中書侍郎、同中書門下平章事」,次年七月出「爲宣州刺史、兼御史大夫,充宣歙池觀察使」。令狐楚大和三年三月爲東都留守。《舊唐書·文宗本紀上》(卷一七上):「(大和三年)三月辛巳朔,以户部尚書令狐楚爲東都留守。」聯句:見《祭退之》(卷七)注釋〔三七〕。

〔二〕促坐:靠近而坐。《史記·滑稽列傳》(卷一二六):「日暮酒闌,合尊促坐,男女同席,履舄交錯。」回塘:見《春池汎舟聯句》(卷八)注釋〔八〕。

〔三〕彼都：謂東都洛陽。《詩經·小雅·都人士》：「彼都人士，狐裘黄黄。」上宰：宰相。此指令狐楚。中腸：内心。指心裏思念之情。

〔四〕威鳳池：即「鳳池」、「鳳凰池」。詳《送裴相公赴鎮太原》（卷四）注釋〔三〕與《春池汎舟聯句》（卷八）注釋〔二〕。此指裴度興化里西池。威鳳，鳳凰。舊説鳳有威儀，故稱。《漢書·宣帝紀》（卷八）：「九真獻奇獸，南郡獲白虎威鳳爲寶。」顔師古注引晉灼曰：「鳳之有威儀者也，與《尚書》『鳳皇來儀』同意。」冥鴻：高飛的鴻雁。冥，高遠。漢揚雄《法言·問明》：「鴻飛冥冥，弋人何慕焉。」李軌注：「君子潛神重玄之域，世網不能制禦之。」後以冥鴻喻避世隱居之士。此喻將「中隱」洛陽的白居易。

〔五〕披云：撥開雲層，自天而降。魏嵇康《琴賦》：「天吴踊躍於重淵，王喬披雲而下墜。」亦用爲對人駕臨的敬稱。《北史·隱逸·徐則傳》（卷八八）：「故遣使人，往彼延請……希能屈己，佇望披雲。」此謂白居易歸洛陽。居守：東都留守令狐楚。望日：遥望長安的皇帝。日，象徵天子。拜封章：即「拜表」。詳《寄令狐賓客》（卷四）注釋〔四〕。封章，密封的奏章。漢揚雄《趙充國頌》：「營平守節，屢奏封章。」

〔六〕年華：語意雙關，既指一年中的好時光，又指人生歲月。時張籍六十四歲，裴度六十五歲，劉禹錫、白居易五十八歲。舟通：謂泛舟。景氣：景色。晉殷仲文《南州桓公九井作》：「景氣多明遠，風物自淒緊。」長：多。

〔七〕歡共惜：「共惜歡」的倒裝。寄遠：寄情遠在東洛的令狐楚。意：謂思念。

〔八〕瞻軒蓋：謂送行。軒蓋，車蓋。借指車。南朝梁范雲《贈張徐州稷》：「軒蓋照墟落，傳瑞生光輝。」西園：即「西池」。羽觴：一種酒器。作鳥雀狀，左右形如兩翼。或説插鳥羽於觴，促人速飲。《楚辭・招魂》：「瑶漿蜜勺，實羽觴些。」王逸注：「羽，翠羽也。觴，觚也。」洪興祖補注：「杯上綴羽，以速飲也。一云：作生爵形，實曰觴，虚曰觶。」

〔九〕謝公：東晉孝武帝時宰相謝安。此借指裴度。眷眄：眷戀。南朝梁陶弘景《冥通記》（卷二）：「勿區區於世間，流連於親識，眷眄富貴，希想味欲。」商皓：「商山四皓」，即秦末隱士東園公、甪里先生、綺里季、夏黄公。四人避秦亂隱商山，年皆八十有餘，鬚眉皓白，故稱「商山四皓」。漢高祖時曾輔佐太子劉盈。見《史記・留侯世家》。唐因此設太子賓客四人輔佐太子。《通典・職官・太子賓客》（卷三〇）：「大唐顯慶元年正月，以太子太傅兼侍中韓瑗、中書令來濟、禮部尚書許敬宗、左僕射兼太子少師于志寧，並爲皇太子賓客，遂爲官員定置四人……蓋取象於四皓焉。」此指東都分司賓客白居易。信：確實。輝光：光彩，榮耀。

〔一〇〕舊德：德高望重的老臣。《三國志・蜀書・杜微傳》（卷四二）：「建興二年，丞相亮領益州牧，選迎皆妙簡舊德，以秦宓爲別駕。」此當指令狐楚。楚仕唐德宗、順宗、憲宗、穆宗、敬宗、文宗六朝。推：推崇。三友：三種交友之道。《論語・季氏》：「益者三友，損者三友。友直，友諒，友多聞，益矣。友便辟，友善柔，友便佞，損矣。」後多以指益者三友。新篇：指此次所作聯句。八行：謂信紙一頁八行。唐李賢注《後漢書·竇章傳》「更相推薦」句引漢馬融《與竇伯向書》：「孟陵奴來，賜書，見手跡，歡喜何量，見於面也。書雖兩紙，紙八行，行七字。」後世信箋亦多每頁八行，因以稱書信。按：此聯當爲裴度所作。

【繫　年】

作於大和三年（八二九）四月。地點在裴度興化池。時張籍在國子司業任。按：聯句寫諸公於興化池宴送白居易的惜别之情與對令狐楚的思念。

# 張籍集繫年校注卷十

## 書

### 與韓愈書①〔一〕

古之胥教誨，舉動言語，無非相示以義，〔二〕非苟相諛悦而已。執事不以籍愚昧②，時稱發其善〔三〕；教所不及也③，施誠相與，〔四〕不間塞於他人之説，〔五〕是近於古人之道也。籍今不復以義，是執竿而拒歡來者，〔六〕烏所謂承人以古人之道歟？

頃④承論於執事，〔七〕嘗以爲世俗陵靡，〔八〕不及古昔，蓋聖人之道廢弛之所爲也。宣尼歿⑤後，楊朱、墨翟恢詭異説，〔九〕干惑人聽；孟軻⑥作書而正之，〔一〇〕聖人之道復存於世。秦氏滅學，〔一一〕漢重以黄老之術教人，使人寖惑〔一二〕；揚雄作《法言》而辯⑦之，〔一三〕聖人之道猶明。及漢衰末，西域浮屠之法入于中國，〔一四〕中國之人世世譯而廣之，黄老之術相沿而纖。天下之言善者，惟⑧二者而已矣〔一五〕！昔者聖人以天下生生之道曠，〔一六〕乃物其金、木、水、火、土、穀、藥之用以厚之〔一七〕；因人資善，〔一八〕乃明乎仁義之德以教之，俾人有常，〔一九〕故治生相存而不殊〔二〇〕。今天下資於生者，〔二一〕咸備聖人之器用，〔二二〕至於人情，則溺乎異學，〔二三〕而不由乎聖人之道，使君臣父子夫婦朋友之義沉于世，而邦家繼亂，固仁人之所痛也。

自揚子雲作《法言》，至今近千載，莫有言聖人之道者；言之者惟執事焉耳。習俗者聞之，多怪而不信，徒相⑨爲訾，〔二四〕終無裨于教也。執事聰明，文章與孟軻⑩、揚雄相若，盍爲一書以興存聖人之道，使時之人、後之人知其去絶異學之所爲乎〔二五〕？曷可俯仰於俗，囂囂爲多言之徒哉〔二六〕？然欲舉聖人之道者，其身亦⑪由之也〔二七〕。比⑫見執事多尚駁雜無實之説，〔二八〕使人陳之於前以爲歡，此有以累於令德〔二九〕。又商論之際，或不容人之短如任私尚勝者，〔三〇〕亦有所累也。先王存六藝，自有常矣；〔三一〕有德者不爲猶⑬以爲損，〔三二〕況爲博塞之戲與人競財乎〔三三〕？君子固不爲也。今執事爲之，以⑭廢棄時日，竊實不識其然。且執事言論文章不謬於古人，〔三四〕今所爲或有不出於世之守常者，〔三五〕竊未爲得也。願執事絶博塞之好，棄無實之談，弘廣以接天下之⑮士，〔三六〕嗣孟軻⑯、揚雄之作，辯⑰楊、墨、老、釋之説，使聖人之道復見於唐，豈不尚哉！

籍誠知之，以材識頑鈍，不敢竊居作者之位，所以資⑱於執事而爲之爾〔三七〕。若執事守章句之學，〔三八〕因循於時，置不朽之盛業⑲，〔三九〕與夫不知言⑳亦無以異矣〔四〇〕。籍再拜。

【校記】

① 以下二書録自庫本（卷八）。按：四庫全書《張司業集》「提要」云「其文惟《文苑英華》載與韓愈二書」，今存《文苑英華》不載。與韓愈書：唐文（卷六八四）作「上韓昌黎書」。

② 昧：朱校（卷一四）、百家（卷一四）、唐文作「暗」。

③ 也：朱校、百家、唐文無此字。

④ 頃：庫本作「須」，與文意不合，據百家、唐文、馬校改。

⑤ 殁：朱校、百家、唐文、馬校作「没」。

⑥ 軻：唐文作「子」。

⑦ 辯：朱校、馬校作「辨」。

⑧ 惟：朱校作「推」，唐文作「唯」。

⑨ 相：唐文作「推」。

⑩ 軻：唐文作「子」。

⑪ 亦：朱校、唐文、百家、馬校作「亦宜」。

⑫比：百家作「此」。
⑬猶：庫本作「益」，據朱校、唐文、百家、馬校改。
⑭以：馬校無此字。
⑮之：朱校、唐文、百家、馬校無此字。
⑯軻：唐文作「子」。
⑰辯：朱校、唐文、馬校作「辨」。
⑱資：朱校、唐文、百家作「咨」。
⑲業：朱校、百家作「衰」，唐文作「事」。
⑳言：百家作「言者」。

【注　釋】

〔一〕韓愈：見《酬韓庶子》（卷二）注釋〔一〕。此書作於貞元十四年（詳下《重與韓退之書》「繫年」），時韓愈爲宣武軍節度使（治所在汴州）董晉觀察推官。貞元十三年，張籍游汴州偶逢韓愈，受韓激賞而「館置城西」，並從韓學「古文」。十四年秋，韓愈主汴州試，張籍舉州進士，次年春及第。

〔二〕胥：相互。義：義方。行事應該遵守的規範和道理。《尚書·周書·無逸》：「周公曰：『嗚呼！我聞曰，古之人，猶胥訓告，胥保惠，胥教誨……』」孔穎達疏引正義曰：「周公言而歎曰：『我聞人之言曰，古之人雖君明臣良，猶尚相訓告以善道，相安順以美政，相教誨以義方……』」

〔三〕執事：有職守的人。多作對對方的敬稱。《左傳·僖公二十六年》：「寡君聞君親舉玉趾，將辱於敝邑，使下臣犒執事。」杜預注：「言執事，不敢斥尊。」稱發：稱贊。發，宣揚。《孔子家語·入官》：「已過勿發。」王肅注：「言人已過誤，無所傷害，勿發揚。」其：張籍自指。

〔四〕教所不及：謂學習、修養有不夠或欠缺之處。施誠相與：誠懇地指出并給予教導。與，幫助。

〔五〕間塞：敷衍，搪塞。於：猶「以」。

〔六〕復：回報，報答。執竿而拒歡來：謂拒絕他人的善意。猶言不知好歹。執竿，垂釣。歡，歡樂。指好事、善事。典出莊周。《莊子·秋水》：「莊子釣於濮水，楚王使大夫二人往先焉，曰：『願以境内累矣！』莊子持竿不顧，曰：『吾聞楚有神龜，死已三千歲矣，王巾笥而藏之廟堂之上。此龜者，寧其死爲留骨而貴乎？寧其生而曳尾於塗中乎？』二大夫曰：『寧生而曳尾塗中。』莊子曰：『往矣！吾將曳尾於塗中。』」

〔七〕承論於執事：謂與韓愈討論、切磋。

〔八〕陵靡：敗壞。陵，衰敗。《後漢書·儒林傳論》（卷七九下）：「自桓、靈之間，君道秕僻，朝綱日陵，國隙屢啟。」李賢注：「陵，陵遲也。」

〔九〕宣尼：漢平帝元始元年追謚孔子爲「褒成宣尼公」，後因稱孔子爲宣尼。見《漢書·平帝紀》（卷一二）。楊朱：戰國魏人。其説重在愛己，不以物累，不拔一毛以利天下，與墨子「兼愛」相反，同爲當時儒家斥作異端。著述不傳。其説散見於《孟子》、《莊子》、《荀子》、《韓非子》中。墨翟：墨子，墨家學派創始人。主張兼愛、非攻，尚賢，尚同；反對儒家繁禮厚葬，提倡薄葬，非樂。恢詭：荒誕怪異。

〔一〇〕孟軻：孟子。繼承孔子學説，力排楊、墨。《孟子·滕文公下》：「天下之言，不歸楊，則歸墨。楊氏爲我，是無君也；墨氏兼愛，是無父也。無父無君，是禽獸也。……楊墨之道不息，孔子之道不著，是邪説誣民，充塞仁義也。仁義充塞，則率獸食人，人將相食。吾爲此懼，閑先聖之道，距楊墨，放淫辭，邪説者不得作。作於其心，害於其事；作於其事，害於其政。聖人復起，不易吾言矣。」書：指《孟子》。

〔一一〕秦氏滅學：指秦始皇焚書坑儒。

〔一二〕寖惑：浸染而迷惑。寖，通「浸」。

〔一三〕揚雄：西漢思想家、文學家。自比孟子，仿《論語》而著《法言》，宣揚儒家傳統思想，排斥包括黄老在内的諸子。如《法言·吾子》：「古者楊、墨塞路，孟子辭而辟之，廓如也。後之塞路者有矣，竊自比於孟子。」「委大聖而好乎諸子者，惡睹其識道也。」同書《五百》：「莊、楊蕩而不法，墨、晏儉而廢禮，申、韓險而無化，鄒衍迂而不信。」同書《問道》：「（老子）搥提仁義，絶滅禮學。」辯之：駁斥黄老，宣揚儒家學説。辯，駁正。《禮記·曾子問》：「康子拜稽顙於位，有司弗辯也。」鄭玄注：「辯，猶正也。」孔穎達疏：「（有司）畏季子之威，不敢辯正。」

〔一四〕浮屠：亦作「浮圖」，梵語Buddha的音譯。指佛教。

〔一五〕言善者：發出善美言論的人。《周易·繫辭上》：「子曰：『君子居其室，出其言善，則千里之外應之，況其邇者乎。居其室，出其言不善，則千里之外違之，況其邇者乎？言出乎身，加乎民，行發乎邇，見乎遠。言行，君子之樞機。』」

〔一六〕生生：孳生不絶，繁衍不息。《周易·繫辭上》：「生生之謂易。」孔穎達疏：「生生，不絶之辭。陰陽變轉，後生次於前生，是萬物恒生，謂之易也。」此謂生存、生活。曠：匱乏。《國語·楚語下》：「民多曠者，而我取富焉。」韋昭注：「曠，猶空也。」

〔一七〕物：辨識。《左傳·昭公三十二年》：「度厚薄，仞溝洫，物土方。」杜預注：「物，相也。」用：功用，用途。厚之：謂豐富生生之道。

〔一八〕人：生民。資：生活來源。《史記·貨殖列傳》（卷一二九）：「夫用貧求富，農不如工，工不如商，刺繡文不如倚市門，此言末業，貧者之資也。」善：多。《詩·鄘風·載馳》：「女子善懷，亦各有行。」鄭玄箋：「善，猶多也。」

〔一九〕俾：使。常：倫常，綱常。

〔二〇〕治生：謀生。《史記·淮陰侯列傳》（卷九二）：「（韓信）不能治生商賈，常從人寄食飲。」相存：共同存在。不殊：没有區別。

〔二一〕資：助。生：生存。

〔二二〕器用：器皿用具。此借指聖人發明的可資生存的技藝和器具。《周易·繫辭下》：「包犧氏」「結繩而爲罔罟，以佃以漁」；「神農氏」「斲木爲耜，揉木爲耒」；「黄帝、堯、舜」「刳木爲舟，剡木爲楫」，「服牛乘馬，引重致遠」，「斷木爲杵，掘地爲臼」，「弦木爲弧，剡木爲矢」。

〔二三〕異學：指儒家以外的其他學派、學説。此指佛、道學説。

〔二四〕徒：竟。訾：詆毁，指責。

〔二五〕其：你。指韓愈。去絶：排斥。

〔二六〕曷：豈。俯仰：應付，周旋。《史記·貨殖列傳》（卷一二九）：「盡椎埋去就，與時俯仰，獲其贏利。」嚚嚚：多言貌。

〔二七〕由之：謂遵循聖人之道。

〔二八〕比：近來。駁雜無實之説：當指韓愈所好戲謔之言、奇異之論。《五百家注昌黎文集》引樊汝霖注：「『駁雜之説』，世多指《毛穎傳》，蓋因《摭言》有云：『韓公著《毛穎傳》，好博塞之戲，張水部以書勸之耳。』而不知籍此書乃與公酬答于貞元佐汴時，而《毛穎傳》以吕汲公《年譜》考之，則元和七年所作。又柳子厚《書毛穎傳後》云：『自吾居夷，不與中州人通書。有來南者，時言韓愈爲《毛穎傳》。』子厚以永貞元年出爲永州司馬，凡十年，則《毛穎傳》誠元和間作，後此書十有餘歲,《摭言》未可憑也。」

〔二九〕累:使受害。《尚書·周書·旅獒》:「不矜細行,終累大德。」令德:美德。

〔三〇〕商論:磋商討論。任私:放縱私欲。猶言「任性」。尚勝:猶言「爭勝」。

〔三一〕先王:上古賢明君王。存:立,設置。六藝:古代教育學生的六種科目。《周禮·地官·大司徒》:「六藝:禮、樂、射、御、書、數。」常:法度。《國語·越語下》:「肆與大夫觴飲,無忘國常。」韋昭注:「常,舊法也。」

〔三二〕不爲:謂不遵循「六藝」之教。猶:尚且。損:有害。

〔三三〕博塞:一種賭輸贏的游戲。《莊子·駢拇》:「問穀奚事,則博塞以游。」成玄英疏:「行五道而投瓊(按:即骰子)曰博,不投瓊曰塞。」競財:賭錢。唐時貴族喜好博塞之戲。唐李肇《唐國史補》(卷下):「今之博戲,有長行最盛。其具有局有子,子有黄黑各十五,擲采之骰有二,其法生于握槊,變于雙陸。天后夢雙陸而不勝,召狄梁公説之。梁公對曰:『宫中無子之象是也。』後人新意,長行出焉。又有小雙陸、圍透、大點、小點、游談、鳳翼之名,然無如長行也。監險易喻時事焉。適變通者,方易象焉。王公大人,頗或耽翫,至有廢慶吊、忘寢休、輟飲食者。及博徒是强名爭勝謂之『撩零』,假借分畫謂之『囊家』,囊家什一而取謂之『乞頭』。有通宵而戰者,有破産而輸者,其工者近有渾鎬、崔師本首出。」

〔三四〕不謬:謂不遜色。謬,乖誤。古人:指孟子、揚雄等。

〔三五〕出：高出，超出。守常者：指墨守章句的學者。

〔三六〕弘廣：廣泛。

〔三七〕資：憑借。謂請求。

〔三八〕章句之學：漢儒所創的一種研究儒家經典的學問。重在解釋篇章字句，而不在闡發大義。《後漢書·韓韶傳》（卷六二）：「子融，字元長。少能辯理而不爲章句學。」

〔三九〕置：捨棄。《國語·周語中》：「今以小忿棄之，是以小怨置大德也。」韋昭注：「置，猶廢也。」

〔四〇〕不知言：不能辨别人言之是非。《論語·堯曰》：「子曰：『不知命，無以爲君子也。不知禮，無以立也。不知言，無以知人也。』」孔穎達正義：「聽人之言，當别其是非。若不能别其是非，則無以知人之善惡也。」「若執事……無以異矣」謂韓愈若因循而不著書，不效法孟子、揚雄興存聖人之道，批判雜學，别其是非，則與「不知言」無異。

【繫　年】

作於貞元十四年（七九八）秋。詳下《重與韓退之書》「繫年」。時張籍依韓愈於汴州。

【集　評】

（清）紀昀等：「其文惟《文苑英華》載與韓愈二書，餘不概見。相其筆力，亦在李翺、皇甫湜間，

視李觀、歐陽詹之有意剞雕，亦爲勝之。」（《四庫全書總目・張司業集提要》）

【酬　答】

韓愈《答張籍書》：

愈始者望見吾子於人人之中，固有異焉；及聆其音聲，接其辭氣，則有願交之志；因緣幸會，遂得所圖，豈惟吾子之不遺，抑僕之所遇有時焉耳。近者嘗有意吾子之闕焉無言，意僕所以交之之道不至也；今乃大得所圖，脱然若沈痾去體，灑然若執熱者之濯清風也。然吾子所論，排釋、老不若著書，囂囂多言，徒相爲訾；若僕之見，則有異乎此也。

夫所謂著書者，義止於辭耳。宣之於口，書之於簡，何擇焉？孟軻之書，非軻自著，軻既殁，其徒萬章、公孫丑相與記軻所言焉耳。僕自得聖人之道而誦之，排前二家有年矣。不知者以僕爲好辯也；然從而化者亦有矣，聞而疑者又有倍焉。頑然不入者，親以言諭之不入，則其觀吾書也固將無得矣。爲此而止，吾豈有愛於力乎哉？

然有一説：化當世莫若口，傳來世莫若書。又懼吾力之未至也。三十而立，四十而不惑，吾於聖人，既過之猶懼不及；矧今未至，固有所未至耳。請待五六十然後爲之，冀其少過也。

吾子又譏吾與人人爲無實駁雜之説，此吾所以爲戲耳；比之酒色，不有間乎？吾子譏之，似同浴而譏裸裎也。若商論不能下氣，或似有之，當更思而悔之耳。博塞之譏，敢不承教。其他俟相見。

薄晚須到公府，言不能盡。愈再拜。

（録自馬其昶《韓昌黎文集校注》卷二）

## 重與韓退之書①

籍不以其愚，輒進説於執事。執事以導進之分，〔一〕復賜還答，曲折教之，〔二〕使昏塞者不失其明。然猶有所②見，願③復於執事，以畢其説焉。

夫老、釋惑乎生人久矣，〔三〕誠以世相沿化，〔四〕而莫之知，所以久惑乎耳④。執事材⑤識明曠，可以任著書之事，故有告焉。今以爲言論之不入，則雖⑥觀書亦無所得，爲此而止，〔五〕未爲至也〔六〕。夫⑦處一位，在一鄉⑧，〔七〕其不知聖人之道，可以言論之；不入⑨乃舍之；猶有已化者爲證也。〔八〕天下至⑩廣，民事至衆，〔九〕豈可資一人之口而親論之者？近而不入則舍之，遠而有可諭者，又豈可以家至而説之乎〔一〇〕？故曰：莫若爲書，爲書而知者，〔一一〕則可以化乎天下矣，〔一二〕可以傳于後世矣。若以不入者而止爲書，則爲⑪聖人之道奚傳焉？

士之壯也，或從事於要劇，〔一三〕或旅游而不安宅，或偶時之喪亂，〔一四〕皆不遑⑫有所爲；況有疾疢吉凶虞其間哉〔一五〕？是以君子汲汲於所欲爲，〔一六〕恐終無所顯於後。若皆待五六十，而後有所爲，則或有遺恨矣〔一七〕。今執事雖參於戎府，〔一八〕當四海弭兵之際，優游無事，不以此時著書，而曰俟後，或有不及，〔一九〕曷可追乎〔二〇〕？天之與人性度不相遠⑬也，〔二一〕不必老而後有成⑭立者。昔顏子之「庶幾」，〔二二〕豈待五六十乎？執事目不睹聖人而究聖人之道〔二三〕，材不讓於顏子矣〔二四〕，今年已踰之〔二五〕，曷懼於年未至哉？

顏子不著書者，以其從聖人之後〔二六〕，聖人已有定制故也〔二七〕；若顏子獨立于世〔二八〕，必有所云著也。古之學君臣父子之道必資於師，師之賢者，其徒數千⑮，或數百人；是以没則紀其師之説以爲書〔二九〕，若孟軻者是已〔三〇〕；傳者猶以孟軻自論集其書〔三一〕，不云没後其徒爲之也。後軻之世，發明其學者揚雄之徒咸自作書〔三二〕。今師友道喪，寖⑯不及揚雄之世〔三三〕，不自論著以興聖人之道，欲待孟軻之門人〔三四〕，必不可冀也⑰〔三五〕。

君子發言舉足，不遠於理；未嘗聞以駁雜無實之説爲戲也〔三六〕。執事每見其説，亦拊几⑱呼笑〔三七〕，是撓氣害性不得其正矣〔三八〕。苟止⑲之不得〔三九〕，曷所不至焉〔四〇〕！或以爲中不失正〔四一〕，將以苟悦於衆，是戲人也，是玩人也，非示人以義之道也。

【校記】

① 此題唐文作「上韓昌黎第二書」。

②所：百家作「新」。

③願：朱校作「顧」。

④耳：朱校、百家、唐文、馬校作「爾」。

⑤材：唐文作「才」。

⑥雖：朱校、百家、唐文、馬校無此字。

⑦夫：朱校、百家、唐文作「一」。

⑧鄉：朱校作「卿」。

⑨不入：百家、馬校作「諭之不入」。

⑩至：馬校作「之」。

⑪爲：百家、馬校作「於」。

⑫遑：朱校、百家、唐文、馬校作「皇」。

⑬不相遠：朱校、百家、唐文、馬校作「已有器」。

⑭成：唐文作「或」。

⑮千：朱校、百家、唐文、馬校作「千人」。

⑯寖：朱校作「侵」。

⑰也：朱校、百家、唐文作「矣」。

⑱ 几：朱校、百家、唐文、馬校作「扑」。

⑲ 止：朱校、百家、唐文、馬校作「正」。

【注釋】

〔一〕導進之分：引導者的職分。導進，引導前進。漢董仲舒《春秋繁露·離合根》（卷六）：「足不自動而相者導進。」分，職分。《禮記·禮運》：「男有分，女有歸。」鄭玄注：「分，猶職也。」

〔二〕曲折：詳盡。

〔三〕生人：生民，民衆。唐白居易《初加朝散大夫又轉上柱國》：「柱國勳成私自問，有何功德及生人。」

〔四〕世相沿化：世代沿襲，世代浸染。

〔五〕「言諭……而止」：韓愈《答張籍書》中語。不入：謂聽不進去，不接受。止：謂只「言諭」而不「著書」。

〔六〕至：謂非常正確。

〔七〕處一位：做某官。在一鄉：謂治理一方。

〔八〕「不入……爲證也」：乃復述韓愈《答張籍書》中有關觀點。舍之：謂不再曉諭他們。已化者：指韓愈所謂「從而化者亦有矣」。

〔九〕民事：政事。《國語・魯語上》：「舜勤民事而野死。」

〔一〇〕家至而説之：到每家每户勸諭。

〔一一〕知：知之。使人明白。

〔一二〕化乎天下：謂使天下人皆尊崇儒學而去離佛道。

〔一三〕從事：指任職。要劇：指政務繁劇的重要職位。唐王縉《進王維集表》：「臣兄文詞立身，行之餘力，常持堅正，秉操孤貞，縱居要劇，不忘清靜。」

〔一四〕偶：遇見，碰上。唐白居易《賀雲生不見日蝕表》：「嘗聞此説，今偶其時。」

〔一五〕疢：疾病。《韓非子・顯學》：「與人相若也，無饑饉疾疢禍罪之殃，獨以貧窮者，非侈則惰也。」陳奇猷集釋：「疢，病也。」虞：憂慮。此句謂其間尚有疾病、禍福等方面的煩惱。

〔一六〕汲汲：心情急切貌。《禮記・問喪》：「其往送也，望望然，汲汲然，如有追而弗及也。」孔穎達疏：「汲汲然者，促急之情也。」

〔一七〕遺恨：婉言卒而未能實現夙願。

〔一八〕戎府：指軍幕。韓愈貞元十二年（七九六）七月至十五年（七九九）二月佐汴州宣武軍節度使董晉幕。

〔一九〕不及：婉言早卒而未及著書。

〔二〇〕曷：豈。追：補救。晉陶淵明《歸去來兮辭》：「悟已往之不諫，知來者之可追。」

〔二一〕性度：性情氣度。《南史·周山圖傳》（卷四六）：「攸之爲人，性度險刻，無以結固士心。」此句針對韓愈《答張籍書》所謂「吾於聖人，既過之猶懼不及；矧今未至，固有所未至耳」而言，謂韓愈與下文所舉顔回之「性度」相近。

〔二二〕顔子：顔回（前五二一—前四九〇）。字子淵。好學，樂道安貧，在孔門中以德行著稱。《論語·雍也》：「子曰：『賢哉，回也！一簞食，一瓢飲，在陋巷。人不堪其憂，回也不改其樂。賢哉，回也！』」壽夭，三十二歲卒。《史記·仲尼弟子列傳》（卷六七）：「回年二十九，髮盡白，蚤死。」司馬貞索隱按：「《家語》亦云『年二十九而髮白，三十二而死』。」庶幾：差不多，接近。語出孔子，謂顔回近於「道」。《論語·先進》：「子曰：『回也其庶乎，屢空。……』」《周易·繫辭下》孔穎達疏：「『其殆庶幾乎』者，言聖人知幾，顔子亞聖，未能知幾，但殆近庶慕而已。」

〔二三〕目不睹聖人：謂不能親受聖人的教誨。究：窮盡。《詩·大雅·蕩》：「侯作侯祝，靡届靡究。」毛傳：「究，窮也。」

〔二四〕讓：遜色。

〔二五〕年已踰之：顔回三十二歲卒，其「庶幾」之年當在而立前，時韓愈已過而立，故云。清何焯《義門讀書記·昌黎集》（卷三二）「重答張籍書」條謂韓愈「時年三十許耳」。

〔二六〕聖人：指孔子。

〔二七〕定制：確定的制度。此指孔子確立的儒家之道。

〔二八〕獨立于世：謂不與孔子同時代。

〔二九〕没：通「歿」。紀：通「記」。

〔三〇〕孟軻：見上《與韓愈書》注釋〔一〇〕。

〔三一〕論集：撰寫輯纂。漢趙岐《〈孟子注疏〉題辭解》：「於是退而論集所與高第弟子公孫丑、萬章之徒難疑答問，又自撰其法度之言，著書七篇。」

〔三二〕發明：闡發。《史記・孟子荀卿列傳》（卷七四）：「（慎到等）皆學黄老道德之術，因發明序其指意。」揚雄：見上《與韓愈書》注釋〔一三〕。

〔三三〕寖：通「寢」。廢棄。

〔三四〕此句謂希望像孟子那樣等待弟子將自己的言論纂集成書。

〔三五〕冀：期待，期望。

〔三六〕駁雜無實之説：見上《與韓愈書》注釋〔二八〕。

〔三七〕拊几：拍案，擊案。謂非常高興。

〔三八〕撓：擾亂。氣：精神。性：性情。

〔三九〕止之不得：謂不能停止這種行爲。

〔四〇〕曷所不至：謂遠離儒家之道。

〔四二〕中：心中。

【繫　年】

此書云「今執事雖參於戎府」，韓愈《答張籍書》云「薄晚須到公府」，知時韓愈在軍幕。又，孟郊有《與韓愈李翺張籍話别》詩：韓愈《重答張籍書》云「孟君將有所適，思與吾子别，庶幾一來」，「孟君」即孟郊，「思與吾子别」即孟詩所言與韓愈、李翺、張籍話别。由此知韓愈《重答張籍書》與孟郊詩約作於同時。郝世峰《孟郊詩集箋注》以爲孟詩「約寫於貞元十四年秋冬，在汴州」（詩有「客程殊未已，歲華忽然微。秋桐故葉下，寒露新雁飛」語），華忱之《孟郊年譜》亦載孟郊依陸長源於汴州而計劃南歸時在貞元十四年，當是。合上知張籍二書及韓愈答書皆作於貞元十四年（七九八）秋。又，韓愈《答張籍書》云「三十而立，四十而不惑，吾於聖人，既過之猶懼不及，矧今未至，固有所未至耳。請待五六十然後爲之，冀其少過也」，知韓愈時處而立與不惑之間；張籍此書云「今年已踰之」，似謂韓愈方過而立之年（參注釋〔二五〕）。貞元十四年，韓愈三十一歲，與此合。時張籍依韓愈於汴州。

【酬　答】

韓愈《重答張籍書》：

吾子不以愈無似，意欲推而納諸聖賢之域，拂其邪心，增其所未高。謂愈之質有可以至於道者，浚其源，導其所歸，溉其根，將食其實。此盛德者之所辭讓，況於愈者哉？抑其中有宜復者，故不可遂已。

昔者聖人之作《春秋》也，既深其文辭矣；然猶不敢公傳道之，口授弟子，至於後世，然後其書出焉。其所以慮患之道微也。今夫二氏之所宗而事之者，下乃公卿輔相，吾豈敢昌言排之哉？擇其可語者誨之，猶時與吾悖，其聲嘵嘵。若遂成其書，則見而怒之者必多矣，必且以我爲狂爲惑。其身之不能恤，書於吾何有？夫子，聖人也，且曰：「自吾得子路，而惡聲不入於耳。」其餘輔而相者周天下，猶且絶糧於陳，畏於匡，毁於叔孫，奔走於齊、魯、宋、衛之郊。其道雖尊，其窮也亦甚矣！賴其徒相與守之，卒有立於天下。向使獨言之而獨書之，其存也可冀乎？

今夫二氏行乎中土也，蓋六百年有餘矣。其植根固，其流波漫，非所以朝令而夕禁也。自文王没，武王、周公、成、康，相與守之，禮樂皆在，及乎夫子，未久也。自夫子而及乎孟子，未久也。自孟子而及乎揚雄，亦未久也。然猶其勤若此，其困若此，而後能有所立；吾其可易而爲之哉！其爲也易，則其傳也不遠，故余所以不敢也。

然觀古人，得其時行其道，則無所爲書。書者，皆所爲不行乎今而行乎後世者也。今吾之得吾志失吾志未可知，俟五六十爲之未失也。天不欲使兹人有知乎，則吾之命不可期；如使兹人有知乎，非我其誰哉？其行道，其爲書，其化今，其傳後，必有在矣。吾子其何遽戚戚於吾所爲哉？

前書謂吾與人商論，不能下氣，若好勝者然。雖誠有之，抑非好己勝也，好己之道勝也；非好己之道勝也，己之道乃夫子、孟軻、揚雄所傳之道也。若不勝，則無以爲道。吾豈敢避是名哉！夫子之言曰：「吾與回言終日，不違如愚。」則其與衆人辨也有矣。駁雜之譏，前書盡之，吾子其復之。昔者夫子猶有所戲，《詩》不云乎：「善戲謔兮，不爲虐兮。」《記》曰：「張而不弛，文武不能也。」惡害於道哉？吾子其未之思乎！

孟君將有所適，思與吾子别，庶幾一來。愈再拜。

（録自馬其昶《韓昌黎文集校注》卷二）

# 附録

## 一、删去詩及説明

原本收詩四百六十二首（去除重複），其中二十一題二十八首爲誤收，集中皆已删去。兹彙録如下，并作考辨。

### 寄孫沖主簿公

低折滄洲簿，無書整兩春。馬從同事借，妻怕罷官貧。道僻收閑藥，詩高笑古人。仍聞長吏奏，表乞鎖廳頻。

### 贈任嬾

未肯求科第，深坊且隱居。勝游尋野客，高卧看兵書。點藥醫閑馬，分泉灌遠蔬。漢庭無得意，誰擬薦相如。

二詩原本卷二、律髓卷四二、劉本（五言律詩）、庫本卷三、全詩卷三八四收作張籍詩，且皆前後相連（第一首全詩題無「公」字）。重出於宋林逋詩。如四庫全書本《林和靖集》卷一、傅增湘藏景明鈔黑口本《林和靖先生詩集》卷一收二詩，第一首題作「寄孫仲簿公」，第二首題作「贈任懶夫」。宋阮閲《詩話總龜·後集》卷五〇，葉廷珪《海録碎事》卷九上，黄徹《䂬溪詩話》卷二、卷七同樣載第一首爲林逋詩。

二詩爲宋林逋作。先看第一首。張籍集詩題之所謂「孫沖」，有關於唐人的載籍中無載，然《宋史》卷二九九有其傳：「孫沖字升伯，趙州平棘人。舉明經，歷古田、青陽尉，鹽山、麗水主簿。……徙知襄州。……會京西蝗，真宗遣中使督捕，至襄，怒沖不出迎……」知其乃宋真宗（九九七—一〇二二年在位）時人，與林逋（九六七—一〇二八）同時代，二人有可能交游酬唱。又，孫沖曾歷鹽山、麗水二縣主簿，與張籍集所謂「寄孫沖主簿公」相合。鹽山（今屬河北）與麗水（今浙江麗水市）皆鄰近大海，均可謂「滄洲」（古詩中多指濱水之地），孫沖「明經」及第後歷二縣主簿與詩首句「低折滄洲簿」亦合。又，鹽山宋屬滄州，《宋史·地理志二》（卷八六）：「滄州，上，景城郡，横海軍節度。……縣五：清池……無棣……鹽山……樂陵……南皮。」倘「低折滄洲簿」之「洲」爲「州」之誤，則詩首句與孫沖任鹽山主簿更合。由上可斷，此詩當爲林逋寄孫沖之作，寫於孫沖任鹽山或麗水主簿期間；林逋集詩題所謂「孫仲簿」乃「孫沖主簿」之誤。

再看第二首。林逋集中另有《寄曹南任懶夫》："關門卻坐忘，一爐隱居香。午瀨懷泉瀑，秋耕負曉岡。道深玄草在，貧久褐衣荒。料得心交者，微吟爲楚狂。"二詩所贈皆爲"任懶夫"，而且所寫"任懶夫"皆爲"隱居"之士，兩"任懶夫"當爲一人。由此可見，第二首亦當爲林逋之作，題爲"贈任懶夫"而非"贈任嬾"。

又，宋本、陸本（影宋鈔本）張籍詩集皆不見二詩。南宋魏峻所刻"平江本"《張司業詩集》附拾遺詩跋："右五詩見《木鐸集》。『木鐸』者，司業詩之別名也。……視他本最完，大略與今所刻司諫湯公家藏本相出入，而此五詩則今刻本無之。今刻本第六卷《贈項斯》，七言，則《木鐸集》闕焉，因互見云。"（見席本《張司業詩集》）知"平江本"囊括《木鐸集》所輯詩，而出自"平江本"的席本《張司業詩集》並不見二詩，據此推知，南唐張洎所編張籍詩集（宋錢公輔得而改名《木鐸集》，今佚）同樣無二詩。此皆可佐證二詩非張籍之作。

二詩所以誤入張籍詩，當與林逋詩學"晚唐體"，詩風與張籍相近，有很大關係；林逋寫詩"既就稿，隨輒棄之"（《宋史·林逋傳》卷四五七），以致二詩作者不明，亦或是重要因素。據誤輯爲張籍詩者無一例外將二詩編在一起判斷，首訛者當爲元方回《瀛奎律髓》，劉本據之補入，劉序云："張司業，按唐史云，有集七卷，不傳。余登進士，同年沁水常倫明卿，授以録本，蓋以乃翁侍御所藏者，惜不見其全集。所幸有古體七首，今體三百四首。後余於載籍中，又得樂府、五七言古詩三十首，今體五十二首，而次編之，共得三百九十三首。"所謂"載籍"當包括《瀛奎律髓》。此後遂以訛傳訛。

## 夏日可畏

赫赫溫風扇，炎炎夏日徂。火威馳迥野，畏景鑠遥途。勢矯翔陽翰，功分造化鑪。禁城千品獨，黄道一輪孤。落照頻空簟，餘暉卷夕梧。如何倦游子，中路獨踟躕。

原本卷三、英華卷一八一「省試二」、劉本（五言排律）、全詩卷三八四、庫本卷四皆作張籍詩。英華題注：「《類詩》作丘爲。」全詩題注：「一作丘爲詩。」全詩卷一二九丘爲詩重出，題作「省試夏日可畏」，亦題注：「一作張籍詩。」

當爲唐丘爲之作。「夏日可畏」語出《左傳》晉杜預注。《左傳・文公七年》：「酆舒問於賈季曰：『趙衰、趙盾孰賢？』對曰：『趙衰，冬日之日也。趙盾，夏日之日也。』」注：「冬日可愛。夏日可畏。」知其爲試帖詩，英華、全詩卷一二九作「省試」詩是。又，張籍《祭退之》云：「一來遂登科，不見苦貢場。」知張籍一舉及第，未曾多次參加「省試」。據清徐松《登科記考》卷一四載，貞元十五年張籍省試題爲「行不由徑」。合上可見，此詩非張籍之作。宋本、陸本（影宋鈔本）、席本（翻刻宋平江本）張籍詩集亦皆不載。英華校所謂「《類詩》」即唐人顧陶所編《唐詩類選》，其作丘爲詩當可信。明以後視此詩爲張籍之作者，均當本英華。按：丘爲，盛唐詩人。《唐才子傳・丘爲》：「天寶初，劉單榜進士。……累官太子右庶子，時年八十餘……卒年九十有六。有集行世。」徐松《登科記考》（卷九）載天寶二年（七四三）進士及第。

## 罔象得玄珠

赤水今何處，遺珠已渺然。離婁徒肆目，罔象乃通玄。皎潔因成性，圓明不在泉。暗中看夜色，塵外照晴田。無脛真難擲，懷疑寶易遷。今朝搜擇得，應免媚晴川。

原本卷三、英華卷一八六「省試七」、劉本（五言排律）、全詩卷三八四、庫本卷四皆作張籍詩。英華題注：「《類詩》作黎逢。」然全詩卷二八八黎逢詩不載。

當爲唐黎逢之作。此詩題出《莊子·天地》：「黃帝游乎赤水之北，登乎崐崘之丘而南望，還歸，遺其玄珠。使知索之而不得，使離朱索之而不得，使喫詬索之而不得也，乃使象罔，象罔得之。黃帝曰：『異哉！象罔乃可以得之乎？』」知爲試帖詩，英華作「省試」詩是。故同《夏日可畏》（見上）皆非張籍所作。宋本、陸本（影宋鈔本）、席本（翻刻宋平江本）張籍詩集亦皆不載此詩。當依唐顧陶《類詩》作黎逢詩。明以後視此爲張籍詩者，均當本英華。又，黎逢，大曆十二年（七七七）進士第，孟二冬《登科記考補正》卷一一載此年省試題爲「小苑春望宮池柳色」，疑該詩爲黎逢此前省試所作。

## 贈王侍御

心同野鶴與塵遠，詩似冰壺見底清。府縣同趨昨日事，升沈不改故人情。上陽春晚蕭蕭雨，洛水寒來夜夜聲。自嘆獨爲折腰吏，可憐驄馬路傍行。

原本卷四、劉本（七言律詩）、全詩卷三八五、庫本卷五皆收作張籍詩。宋王欽臣校定《韋蘇州集》卷二、全詩卷一八七又收作韋應物詩，宋黄徹《䂬溪詩話》卷三（題作「贈李侍御」）、宋潘自牧編《記纂淵海》卷四三亦引作韋應物詩。

當爲唐韋應物之作。佟培基《張籍詩重出甄辨》據張籍《酬王秘書丞見寄》（按：當作「酬秘書王丞見寄」）、《寄王六侍御》二詩以及《贈王司馬赴陝州》全詩異題「贈别王侍御赴任陝州司馬」，以爲「王侍御」爲王建，詩爲張籍作，然證據不充分。韋應物集中另有《休暇日訪王侍御不遇》：「九日驅馳一日閑，尋君不遇又空還。怪來詩思清人骨，門對寒流雪滿山。」（《全唐詩》卷一九〇）知韋應物曾與一王姓「侍御」交游。而二詩所寫「王侍御」皆性行高潔，詩風「清」寒，一云「心同野鶴與塵遠，詩似冰壺見底清」，一云「怪來詩思清人骨，門對寒流雪滿山」，可見兩「王侍御」當爲一人。又，時人評王建詩或謂「怪來秋思苦」（白居易《寄王秘書》），或謂「文高輕古意」（姚合《贈王建司馬》），而未言及「清」（亦不可謂「清」），可見二詩「王侍御」皆非王建。又，韋應物《雜言送黎六郎》云「冰壺見底未爲清，少年如玉有詩名」，與此詩第二句用語相似。由上可斷，二詩均爲韋應物所作。又，「府縣同趨」謂同在府縣爲官或爲吏。據現存資料看，張籍一生不曾在府縣任職，張、王不可能「同趨」府縣。而韋應物卻多在府縣任職，《唐詩紀事》卷二六「韋應物」條：「永泰中，任洛陽丞、京兆府功曹。大曆十四年，自鄠縣令制除櫟陽令，以疾辭不就。建中二年，由比部員外郎出刺滁州，改刺江州，追赴闕，改左司郎中。貞元初，歷蘇州，罷守，寓蘇臺永定精舍。」可見其與王侍御「府縣同趨」完全可能，孫望先生箋評《贈王侍御》即云：「王本應物同僚，嗣得遷調，而應物則告歸未得，仍在洛陽丞任。」認爲二人乃「同趨」洛陽。此亦可見，《贈王侍御》非張籍而爲韋應物之作。又，此詩宋本、陸本（影宋鈔本）、席本（翻刻宋平江本）張籍詩集不載，籍集中最早見於劉本，或爲明人劉成德於「載籍中」（劉序語，見上《寄孫沖主簿公》、《贈任嬾》二詩考辨引）誤「得」。

## 臺城

臺城六代競豪華，結綺臨春事最奢。萬户千門成野草，只緣一曲後庭花。

原本卷六、劉本（七言絶句）、石倉卷五九收作張籍詩，宋本、陸本、席本、全詩、庫本張籍詩集不載。才調卷一、萬絶卷五、宋潘自牧《記纂淵海》卷一〇、《竹莊詩話》卷二〇、全詩卷三六五等作劉禹錫詩；武進董氏景宋刊本《劉夢得文集》卷四、卞孝萱點校《劉禹錫集》卷二四收作《金陵五題》之三；劉禹錫另有《臺城懷古》。當依才調、萬絶等作劉禹錫詩。

## 春詞

新妝面（劉禹錫詩作「宜」）面下朱樓，深鎖春光一院愁。行到中庭數花朵，蜻蜓飛上玉搔頭。

原本卷六、劉本（七言絶句）、石倉卷五九收作張籍詩，宋本、陸本、席本、全詩、庫本張籍詩集不載。萬絶卷五、品彙卷五一、全詩卷三六五作劉禹錫詩，全詩題爲「和樂天春詞」；武進董氏景宋刊本《劉夢得文集·外集》卷一、卞孝萱點校《劉禹錫集》卷三一亦收，題同全詩。當依萬絶等作劉禹錫詩。

## 浪淘沙詞

鸚鵡洲頭浪颭沙，青樓春望日將斜。銜泥燕子爭歸舍，獨自狂夫不憶家。

原本卷六、劉本（七言絶句）收作張籍詩，宋本、陸本、席本、全詩、庫本張籍詩集不載。《尊前集》（以下簡稱「尊前」）卷上、萬絶卷五、樂府卷八二、全詩卷三六五作劉禹錫詩，尊前、樂府、全詩作「浪淘沙」，全詩題注「一作張籍詩」；武進董氏景宋刊本《劉夢得文集》卷九、卞孝萱點校《劉禹錫集》卷二七作《浪淘沙詞九首》其四。當依尊前、萬絶等作劉禹錫詩。

## 傷愚溪　二首

### 其一

柳門竹巷依依在，野草青苔日日多。縱有鄰人解吹笛，山陽舊侶更誰過。

### 其二

溪水悠悠春自來，草堂無主燕飛回。隔簾唯見中庭草，一樹山榴依舊開。

二詩原本卷六、劉本（七言絶句）、石倉卷五九收作張籍詩，宋本、陸本、席本、全詩、庫本張籍詩集不載。萬絶卷五、《詩眼》（見《苕溪漁隱叢話・前集》卷一九、《詩人玉屑》卷一五引）、紀事卷

四三、全詩卷三六五作劉禹錫詩；武進董氏景宋刊本《劉夢得文集》卷一〇、卞孝萱點校《劉禹錫集》卷三〇皆分别作《傷愚溪三首》其三、其一，《引》曰：「故人柳子厚之謫永州，得勝地，結茅樹蔬，爲沼沚，爲臺榭，目曰『愚溪』。柳子没三年，有僧游零陵，告余曰：『愚溪無復曩時矣。』一聞僧言，悲不能自勝，遂以所聞爲七言以寄恨。」張籍與柳宗元無交。合上可斷二詩爲劉禹錫作。

## 聽舊宫人穆氏唱歌

曾隨織女渡天河，記得雲間第一歌。休唱貞元供奉曲，當時朝士已無多。

原本卷六、劉本（七言絶句）、石倉卷五九收作張籍詩，宋本、陸本、席本、全詩、庫本張籍詩集不載。才調卷五、英華卷二一三、萬絶卷五、事聚前集卷二四、宋潘自牧《記纂淵海》卷七八、三體卷二、唐音卷七、全詩卷三六五等作劉禹錫詩，英華、全詩題作「聽舊宫中樂人穆氏唱歌」，事聚作「聽舊人穆氏唱歌」；武進董氏景宋刊本《劉夢得文集》卷五、卞孝萱點校《劉禹錫集》卷二五亦收，題同英華；三體尾二句注：「夢得貞元時入仕，元和初謫，二十四年方歸，故有是語也。」合上可斷詩爲劉禹錫作。

## 楊柳枝詞 二首

### 其一

煬帝行宫汴水濱，數株殘柳不勝春。晚來風起花如雪，飛入宫牆不見人。

### 其二

城外春風吹酒旗，行人揮袂日西時。長安陌上無窮樹，唯有垂楊管别離。

二詩原本卷六、劉本（七言絶句）收作張籍詩，其一石倉卷五九亦收作張籍詩，然宋本、陸本、席本、全詩、庫本張籍詩集不載。才調卷五、尊前卷上、萬絶卷五、樂府卷八一、全詩卷三六五作劉禹錫詩；尊前、樂府題無「詞」字。事聚後集卷二三、宋潘自牧《記纂淵海》卷九五收第二首，宋陳景沂《全芳備祖集》前集卷一八收第一首、後集卷一七收第二首，皆署名劉禹錫；武進董氏景宋刊本《劉夢得文集》卷九、卞孝萱點校《劉禹錫集》卷二七作《楊柳枝詞九首》其六、其八。當依才調、尊前、萬絶等作劉禹錫詩。

## 宿都庭有懷

雷雨湘江起卧龍，武陵樵客躡仙蹤。十年楚水楓林下，今夜初聞長樂鐘。

原本卷六、劉本（七言絶句）、石倉卷五九收作張籍詩，宋本、陸本、席本、全詩、庫本張籍詩集不載。英華卷二九八、事聚續集卷六收作劉禹錫詩，題作「元和甲午歲詔書盡徵江湘逐客余自武陵祗召赴京宿於都亭有懷續來諸君子」；萬絶卷五同，題作「詔追江湘逐客宿都亭有懷」；唐音卷七、全詩卷三六五亦收作劉禹錫詩，題作「元和甲午歲詔書盡徵江湘逐客余自武陵赴京宿於都亭有懷續來諸君子」；武進董氏景宋刊本《劉夢得文集》卷四、卞孝萱點校《劉禹錫集》卷二四同樣收此詩，題同唐音。又，詩云「十年楚水楓林下」，與張籍生平不符而與劉禹錫合。據上可斷詩爲劉禹錫作。

## 無題

桃蹊柳陌好經過，燈下妝成月下歌。爲是襄王故宫地，至今猶有細腰多。

原本卷六、劉本（七言絶句）、石倉卷五九、全詩卷三八六、庫本卷七收作張籍詩，全詩題注「一作劉禹錫詩，題云踏歌詞」，宋本、陸本、席本張籍詩集皆不載。萬絶卷五、樂府卷八二、品彙卷五一、全詩卷三六五收作劉禹錫詩，萬絶、品彙、全詩題作「蹋歌詞」，樂府題作「蹋歌行」，全詩尾注「此首一作張籍無題詩」；武進董氏景宋刊本《劉夢得文集》卷八、卞孝萱點校《劉禹錫集》卷二六作《踏歌詞四首》其二；宋姚寬《西溪叢語》卷上：「墨子云：『楚靈王好細腰……』……尹文子云：『楚莊王好細腰，一國皆有飢色。』劉禹錫《踏歌行》云：『爲是襄王故宫地，至今猶自細腰多。』未知孰是。」據宋人皆視爲劉禹錫作可斷，當爲劉禹錫詩。

## 堤上行　二首

### 其一

酒旗相望大堤頭，堤下連檣堤上樓。日暮行人爭渡急，槳聲幽軋滿中流。

### 其二

江南江北望烟波，入夜行人相應歌。桃葉傳情竹枝怨，水流無限月明多。

二詩原本卷六、劉本（七言絶句）、石倉卷五九收作張籍詩，宋本、陸本、席本、全詩、庫本張籍詩集不載。萬絶卷五、樂府卷九四、唐音卷一一、品彙卷五一、全詩卷三六五作劉禹錫詩。武進董氏景宋刊本《劉夢得文集》卷八、卞孝萱點校《劉禹錫集》卷二六作《堤（按：卞本作「隄」）上行三首》其一、其二。當依萬絶、樂府等作劉禹錫詩。又，第一首重出於全詩卷五六三李善夷詩，題作「大隄曲」，亦誤。

## 竹枝詞　五首

### 其一

白帝城頭春草生，白鹽山下蜀江清。南人上來歌一曲，北人莫上（原本作「北上莫人」，據萬絶卷五、樂府卷八一、《劉禹錫集》卷二七改）動鄉情。

### 其二

日出三竿春霧銷，江頭蜀客駐蘭橈。憑寄狂夫書一紙，家住成都萬里橋。

### 其三

瞿塘嘈嘈十二灘，此中道路古來難。長恨人心不如水，等閑平地起波瀾。

### 其四

山上層層桃李花，雲間烟火是人家。銀釧金釵來負水，長刀短笠去燒(原本作「留」，據萬絶、樂府、《劉禹錫集》改)畬。

### 其五

楊柳青青江水平，聞郎江上唱歌聲。東邊日出西邊雨，道是無晴(原本、樂府卷八一作「情」，據才調卷五、事聚後集卷一七、萬絶卷五、《劉禹錫集》卷二七改。句末「晴」同)還有晴。

五詩原本卷六、劉本(七言絶句)收作張籍詩，宋本、陸本、席本、全詩、庫本張籍詩集不載。萬絶卷五、樂府卷八一、品彙卷五一、全詩卷二八與卷三六五作劉禹錫詩，樂府、全詩卷二八題作「竹枝」。才調卷五收其三、五，尊前卷上收其一、二、三、五，事聚後集卷一七收其五，《竹莊詩話》卷二〇收其一、二、三、四，唐音卷七收其三、四、五，皆署名劉禹錫，尊前題作「竹枝」。武進董氏景宋刊本《劉夢得文集》卷九、卞孝萱點校《劉禹錫集》卷二七皆分别作《竹枝詞》九首其一、其四、其七、其九，《竹枝詞二首》其一。當依萬絶、樂府等作劉禹錫詩。

## 楊柳送客

青楓江畔白蘋洲，楚客傷離不待秋。君見隋朝更何事，緑楊南渡水悠悠。

原本卷六、劉本（七言絶句）收作張籍詩，宋本、陸本、席本、全詩、庫本張籍詩集不載。御覽、英華卷二八五、品彙卷五一、《唐音統籤》卷二八八、全詩卷二八三作李益詩。英華、品彙、統籤、全詩題作「柳楊送客」；御覽題作「揚州萬里送客」，注「原題柳楊送客」。當依御覽、英華等作李益詩。

## 送客還幽州

惆悵秦城送獨歸，薊門雲樹遠依依。秋來莫射南飛雁，從遣乘春更北飛。

原本卷六、劉本（七言絶句）收作張籍詩，宋本、陸本、席本、全詩、庫本張籍詩集不載。御覽、英華卷二九九、唐音卷七、品彙卷五一、《唐音統籤》卷二八八、全詩卷二八三作李益詩。御覽題作「送客歸幽州」，當依御覽、英華等。

## 揚州送客

南行直入鷓鴣群，萬歲橋邊一送君。聞道望鄉聽不得，梅花暗落嶺頭雲。

原本卷六、劉本（七言絶句）、石倉卷五九收作張籍詩，宋本、陸本、席本、全詩、庫本張籍詩集不載。品彙卷五一、石倉卷五五、《唐音統籤》卷二八八、全詩卷二八三作李益詩。宋人李龏《梅花衲》（宋陳起編《江湖小集》卷二〇）徵用尾句，亦署名李益。詩當爲李益之作。

## 隋宫燕

燕語如傷舊國春，宮花零落旋成塵。自從門閉春光後，幾度飛來不見人。

原本卷六、劉本（七言絶句）收作張籍詩，宋本、陸本、席本、全詩、庫本張籍詩集不載。御覽、品彙卷五一、石倉卷五五、《唐音統籤》卷二八八、全詩卷二八三作李益詩。當依御覽。

## 寄靈一上人初歸雲門寺

寒山白雲裏，法侶自招攜。竹徑通城下，松門隔水西。方同沃洲去，不作武陵迷。彷彿遥看處，秋風是會稽。

原本卷八、席本卷五、庫本卷三、全詩卷三八四收作張籍詩。重出於唐劉長卿、皇甫曾、張南史、郎士元、錢起五家詩。全詩卷一四八作劉長卿詩，題作「寄靈一上人初還雲門」，注「一作皇甫曾詩」；卷二一〇作皇甫曾詩，題作「寄淨虚上人初至雲門」，注「一作劉長卿詩」；卷二九六又作張南史詩，題作「寄靜虚上人雲門」。又，宋孔延之《會稽掇英總集》卷七作郎士元詩，題同全詩卷一四八；紀事卷七二「僧靈一」條署名錢起。

此詩無論「寄靈一」、「寄淨虚」，皆非張籍之作。唐獨孤及《唐故揚州慶雲寺律師一公塔銘（並序）》：「公諱靈一，俗姓吴，廣陵人也。……寶應元年冬十月十六日，終於杭州龍興寺，春秋三十有六。……初舍於會稽南山之南懸溜寺焉，與禪宗之達者釋隱空、虔印、靜虚相與討十二部經第一義諦之旨。……與天台道士潘清、廣陵曹評、趙郡李華、潁川韓極、中山劉穎、襄陽朱放、趙郡李紓、頓丘李湯、南陽張繼、安定皇甫冉、范陽張南史、清河房從心相與爲塵外之友。」《宋高僧傳·唐餘杭宜豐寺靈一傳》(卷一五)載同。知靈一寶應元年(七六二)三十六歲卒,時張籍尚未出生。又,由「初舍於」「懸溜寺」,「與禪宗之達者」「靜虛相與討」可知,淨虛當年長於靈一,至少相仿;按此推算,張籍小淨虛四十餘歲(籍大曆元年生),二人交游的可能性亦小。又,皇甫冉有《赴無錫寄别靈一淨虛二上人雲門所居》詩,知二上人曾同居雲門寺,據此知此詩當作於「寶應元年」靈一「終于杭州龍興寺」之前。又,宋本、劉本、陸本張籍集皆不載此詩。

據獨孤及《一公塔銘》所載知張南史與靈一交游密切,英華卷二一九收此詩亦署名張南史,題爲「寄靜虛上人雲門」,或爲張南史作。又,宋本《劉隨州集》中除此詩外,尚有多首與靈一的交往詩,如卷二有《和靈一上人新泉》,卷三有《重過宣峰寺山房寄靈一上人》、《雲門寺訪靈一上人》、《寄靈一上人》,知劉長卿與靈一上人亦交往密切,同有作此詩之可能。孰是不可考。

## 贈項斯

端坐吟詩妄忍飢,萬人中覓似君稀。門連野水風長到,驢放秋原夜不歸。日煖剩收桑落葉,天寒更著舊生衣。曲江庭上頻頻見,爲愛鸕鷀雨裏飛。

原本卷八、紀事卷四九、席本卷六、全詩卷三八五、庫本卷五收作張籍詩,全詩題注「一作王建詩,題云贈賈島」。英華卷二五四、紀事卷四〇、全詩卷三〇〇作唐王建詩;英華題作「贈賈島」,

紀事、全詩題作「寄賈島」；全詩題注：「一作張籍贈項斯詩。」據紀事可知，此詩宋時已重出二家。

當爲王建之作。五代蜀何光遠《鑒誡録》卷九「分命録」條：「咸通中，王建侍御吟詩寒碎，竟不顯榮。……王建侍郎《寄賈島》詩曰：『盡日吟詩坐忍饑，萬人中覓似君稀。僮眠冷榻朝猶卧，驢放秋田夜不歸。傍暖旋收新落葉，覺寒重著舊生衣。曲江池畔時時到，爲愛鸕鷀雨裏飛。』」此爲有關該詩的最早記載，當可信。又，據南宋魏峻所刻《張司業詩集》附拾遺詩跋（見《寄孫沖主簿公》、《贈任嬾》二詩考辨引）可知，南唐張洎所編張籍詩集不見此詩；宋本、陸本、劉本亦皆不載。此皆可佐證其非張籍之作。又，佟培基《張籍詩重出甄辨》云，「《文苑英華》卷二五四寄贈類載王建詩十五首，此列第十四，於第一首注云：『以下十五篇並見集本。』可見采自王建本集，而宋人所見本甚早，當爲可信」，「從詩句看多與賈島行事合，也非贈項斯者」，當是。

## 二、補遺詩甄僞

原本不載而見於他本張籍集的以及今人補輯的詩歌，確爲張籍之作或存疑者已補編於本集卷九，非張籍之作者，兹集中予以考辨。

## 贈故人馬子喬　六首

### 其一

躑躅城上羊，攀隅食玄草。俱共日月輝，昏明獨何早。夕風舒野籜，飛塵被長道。親愛難重見，懷憂坐忘老。

### 其二

寒灰滅更然，夕華晨更鮮。春冰雖暫解，冬水復還堅。佳人捨我去，賞愛長絶絃。歡至不留日，感物即傷年。

### 其三

松生壠坂上，百尺下無枝。東南望河尾，西北望崑崖。野風振山籟，鳴鳥夜驚離。悲涼貫年節，葱翠恒若斯。安得草木心，不怨寒暑移。

### 其四

種橘南池上，種杏北池中。池北既少露，池南又多風。早寒逼晚茂，衰根滿秋容。湘濵有靈鳥，其字曰冥鴻。一抛繒繳痛，長别遠無雙。

### 其五

皎如川上鵠，赫似渥中丹。宿心誰不欺，明白古所難。憑虚覩皓露，洒酒盪憂顔。未念平生意，窮光不忍還。淹留徒攀桂，延竚空結蘭。

### 其六

雙劍將離别，先在匣中鳴。烟雨交將夕，從此忽分形。雌沉吴江裏，雄飛入楚城。吴江深無底，楚闕有崇扃。一爲天地别，豈宜限平明。神物終不格，千祀儻還并。

原本、宋本等張籍集不載六詩，孫望《全唐詩補逸》卷六録自《永樂大典》卷三〇〇五。六詩爲南朝宋鮑照作。陳尚君《〈全唐詩外編〉修訂説明》：「此六首爲南朝宋鮑照詩，見梁徐陵《玉臺新詠》卷四(收二首)、《鮑參軍集》卷六、《先秦漢魏晉南北朝詩·宋詩》卷八。」

## 奉和陝州十四翁中丞寄雷州二十二翁司户之作

聯飛獨不前,迴落海南天。賈傅竟行矣,邵公惟泫然。瘴開山更遠,路極水無邊。沈劣本多感,況聞原上篇。

原本、宋本、劉本、陸本、席本、庫本不載,《張籍詩集》卷二據全詩卷三八四補。全詩卷二七七盧綸詩集重出,題作「奉和陝州十四翁中丞寄雷州二十翁司户」。當爲盧綸之作。佟培基《張籍詩重出甄辨》:「按盧綸在大曆年間曾受到宰相王縉的禮遇,擢爲校書郎,《舊唐書·盧簡辭傳》載:『會縉得罪,坐累。久之,調陝府户曹、河南密縣令。』陝府即陝州大都督府,户曹爲州府官員。《舊唐書·職官志三》云:大都督府置『功倉户兵法士六曹參軍事,正七品下。』盧綸曾任陝府户曹參軍,任職期間,曾有《送陝府王司法》詩,曰:『東門雪覆塵,出送陝城人。粉郭朝喧市,朱橋度掩津。上寮應重學,小吏巳甘貧。謝脁曾爲掾,希君一比鄰。』乃送陝府同僚司法參軍者,此重出詩亦當爲其酬陝府官員所作。張籍一生無出任陝州之仕歷,詩非其作。宋人《文苑英華》卷二四三酬和類載作盧綸,明江左蘭嵎朱之蕃校刊之《唐盧户部詩集》亦載,而明刊張集不收,中華書局校勘之《張籍詩集》據《全唐詩》補入。當依《英華》作盧綸詩。」又,陶敏《全唐詩人名考證》:

「十四翁，盧岳。……《全文》卷七八四穆員《陝虢觀察使盧公（岳）墓志銘》：『唐貞元四年夏六月，陝虢都防禦觀察轉運等使、陝州刺史、兼御史中丞范陽盧公壽六十，中疾於位……貞元三年來朝，拜少府監。上以陝州之守，藩垣兩京……府君于是乎有由衷之拜。』盧岳屬四房盧氏大房，盧度世八世孫，乃盧綸從翁。見《新表》三上。重作張籍詩，誤。《英華》卷二四三收盧綸詩。張籍同時陝虢觀察使張姓者唯張弘靖，張籍呼之爲『叔』，故詩絶非張作。」所論皆是。又，此詩用語（如「賈傅竟行矣」）、詩風與張籍亦不相類。

## 送友生游峽中

風靜楊柳垂，看花又別離。幾年同在此，今日各驅馳。峽裏聞猿叫，山頭見月時。殷勤一杯酒，珍重歲寒姿。

原本、宋本、劉本、陸本、席本、庫本不載，《張籍詩集》卷二據全詩卷三八四補。全詩卷一八五李白補遺詩重出。佟培基《張籍詩重出甄辨》：「又見李白集，題同。明刊張籍集原無，《唐音統籤》卷三四〇《丁籤》十五（按：當爲七十五）張集收入，《全唐詩》據之……真贋尚難徵信。《英華》卷二六九《送行》類作李白，但下注：『集無。』可知宋人所見太白集中亦無此詩，清王琦注太白集時附入卷三十拾遺中，并注重見張籍，但詩之風格不類太白，嚴羽《滄浪詩話·考證》認爲後人假名李白之作。」據詩歌内容判斷，當非張籍之作。詩云「幾年同在此，今日各驅馳」，知詩人與友人客居「此」地「幾年」。又云「殷勤一杯酒，珍重歲寒姿」，知友人時已是老年（「歲寒」，喻老年。晉潘岳《金谷集作詩》：「春榮誰不慕，歲寒良獨希。」《六臣注文選》卷二〇李善注：「春榮喻少，歲寒喻老也。」唐杜甫《湖中送敬十使君適廣陵》云，「少壯樂難得，歲寒心匪他」）；尋詩意，詩人與友人年齡相仿。張籍元和元年（八〇六）四十一歲入仕後一直居京爲官，未曾客居他地；早年求學曾客居河北十載，然時在十八歲至二十七歲間，不當謂「友生」「歲寒姿」。可見詩所寫與張籍生平不符。

## 寒食後

田舍清明日，家家出火遲。白衫眠古巷，紅索搭高枝。紗帶生難結，銅釵重易垂。斬新衣著盡，還似去年時。

原本、宋本、劉本、陸本、席本、庫本不載，《張籍詩集》卷二據全詩卷三八四補。全詩題注「一作王建詩」；卷二九九王建詩重出，題作「寒食」，亦題注「一作張籍詩」。此詩早見於南宋蒲積中《歲時雜詠·寒食》（卷一二），前有七律《寒食看花》與七絶《寒食憶歸》、《寒食》三詩，《寒食看花》題下署名「王建」，可見四詩皆爲王建之作，然全詩皆收作張籍詩（分别詳後）。全詩所以誤收，當緣清季振宜唐詩稿本，佟培基《張籍詩重出甄辨》：「此三首詩（按：另指《寒食看花》、《寒食憶歸》）在《歲時雜詠》中緊接張籍《寒食日内宴二首》之後，季氏失檢一併補入張集中」，「揚州書局《全唐詩》據之，而中華書局校勘之《張籍詩集》又據《全唐詩》補入」，此詩與《寒食看花》「南宋書棚本《王建詩集》卷五、卷八亦載，《唐音統籤》卷三四七《丁籤》七六王建集同，據此當爲王建作」，所言當是。如《寒食看花》一首，《歲時雜詠》與季振宜唐詩稿張籍集卷四、《全唐詩》卷三八五皆作此題，而不同於書棚本、四庫全書本、全唐詩本等王建集題作「寒食日看花」。

## 寒食書事　二首

### 其一

今朝一百五，出户雨初晴。舞愛雙飛蝶，歌聞數里鶯。江深青草岸，花滿白雲城。爲政多孱懦，應無酷吏名。

### 其二

出城烟火少，況復是今朝。閑坐將誰語，臨觴只自謡。堦前春蘚徧，衣上落花飄。妓樂州人戲，使君心寂寥。

二詩原本、宋本、劉本、陸本、席本、庫本不載，《張籍詩集》卷二據全詩卷三八四補。全詩卷四九八姚合詩重出，題作「寒食」，下注：「一本有書事二字。」「一作張籍詩。」南宋蒲積中《歲時雜詠》卷一二又作王建詩。當爲姚合作。第一首云「江深青草岸，花滿白雲城」，知作於江城；第二首云「妓樂州人戲，使君心寂寥」，知詩人時爲「使君」（刺史）。張籍、王建未曾任刺史，姚合則曾任荆州、杭州刺史，二地皆近「江」，可見詩所寫與姚合相符。又，宋、明本張籍集皆無此詩，書棚本、全唐詩本、四庫全書本王建集亦不載，而明毛晉汲古閣本《姚少監詩集》卷六「閒適時序風月」類收二詩，題作「寒食」，且宋代文獻多載爲姚合詩，如葛立方《韻語陽秋》卷一九：「姚合《寒食書事》詩云：『今朝一百五，出户雨初晴。』則是詩人例以百五日爲寒食也。」阮閲《詩話總龜·後集》卷二六載同，祝穆《古今事文類聚·前集》卷八「寒食」條引第一首首二句，同樣作姚合。

## 郢州贈别王七使君

昔是詞狂客，今爲酒病夫。强吟翻悵悁，從醉不歡娱。鬢髮已全白，交親一半無。郢城君莫厭，猶較近京都。

原本、宋本、劉本、陸本、席本與全詩張籍集不載，《張籍詩集》卷二據庫本卷三補，《增訂注釋全唐詩》卷三七五同。（庫本原作「身世久成幻」）《白氏長慶集》卷二〇重出，題作「郢州贈别王八使君」，文字稍異。《白氏長慶集》爲白居易自編，可信。又，白集中此詩前有《宿陽城驛對月》，題注：「自此後詩，赴杭州路中作。」白居易長慶二年（八二二）秋出刺杭州，因宣武軍亂，汴河不通，取道襄陽、江州赴任，途徑郢州（治今湖北鍾祥市），與此詩題「郢州贈别」合。《舊唐書·穆宗本紀》（卷一六）載，長慶元年十二月戊寅貶「刑部員外郎王鎰郢州刺史，坐與李景儉於史館同飲，景儉乘醉見宰相謾罵故也」，知長慶二年郢州刺史爲王鎰，與此詩題「王使君」合。詩云「郢城君莫厭，猶較近京都」，與白居易遠刺杭州亦合。又，英華卷二八八、全詩卷四四三皆作白居易詩。可見，爲白居易作無疑。據詩題皆作「王七」推知，庫本當本英華。蓋英華編此詩於張籍詩後，庫本編者失檢而誤輯入張籍集。

## 邊上送故人

百戰一身在，相逢白髮生。何時得佳信，每日算歸程。走馬登寒壠，驅羊入廢城。羌歌三兩曲，人醉海西營。

原本、宋本等張籍集皆不載，孫望《全唐詩補逸》卷六録自《永樂大典》卷三〇〇五。爲唐王建詩。佟培基《張籍詩重出甄辨》：「又見王建集，題作《塞上逢故人》。按《唐才子傳》載，王建『大和中出爲陜州司馬，從軍塞上，弓箭不離身。』張籍一生没有從軍邊塞之壯舉，故詩當爲王建作。」陳尚君《〈全唐詩外編〉修訂説明》：「《瀛奎律髓》卷三十及《全唐詩》卷二九九並作王建詩，題作《塞上送故人》。另《唐百家詩選》卷十三及席刻本《王建詩集》卷五皆作王建詩，可從，作張詩誤。」

## 小苑春望宫池柳色

小苑春初至，皇衢日更清。遥瞻萬條柳，迥出九重城。隱映龍池潤，參差鳳闕明。影宜宫雪曙，色帶禁烟晴。深淺殘陽變，高低曉吹輕。年光正堪折，欲寄一枝榮（庫本原作「横」）。

原本、宋本、劉本、陸本、席本與全詩張籍集不載，《張籍詩集》卷三據庫本卷四補，《增訂注釋全唐詩》卷三七五同。庫本編於卷末，顯爲後補。此詩爲唐張昔作。英華卷一八八、品彙卷七九、全詩卷二八八均作張昔詩。孟二冬《登科記考補正》卷一一考，「小苑春望宫池柳色」爲大曆十二年（七七七）省試題，除張昔外，其年進士黎逢、丁位、元友直、楊系、崔續、張季略、裴達、沈迴、楊淩皆存同題詩。

## 興善寺貝多樹

還應毫末長，始見拂丹霄。得子從西國，成陰見昔朝。勢隨雙刹直，寒出四牆遥。帶月啼春鳥，連空噪暝蜩。遠根穿古井，高頂起涼飇。影動懸燈夜，聲繁過雨朝。静遲松桂老，堅任雪霜凋。永共終南在，應隨劫火燒。

原本、宋本等張籍集皆不載，孫望《全唐詩補逸》卷六録自《永樂大典》卷一四五三六。當爲唐張喬詩。佟培基《張籍詩重出甄辨》：「又見張喬集，明刊《張喬詩集》卷一尚有《題興善寺僧道深院》詩，此首載其本集卷三，當爲同時之作，《英華》卷三二六作張喬，當依之。」陳尚君《〈全唐詩外編〉修訂説明》：「《全唐詩》卷六三九作張喬詩。按《文苑英華》卷三二六、席刻本《張喬詩集》卷三皆作張喬詩，可從，作張籍詩似誤。」

## 蘇州江岸留别樂天

銀泥裙映錦障泥，畫舸停橈馬簇蹄。清管曲終鸚鵡語，紅旗影動薄寒嘶。漸消酒色朱顔淺，欲話離情翠黛低。莫忘使君吟咏處，女墳湖北武丘西。

原本、宋本、劉本、陸本、席本不載，《張籍詩集》卷四據全詩卷三八五補。才調卷三、英華卷二八八、庫本卷五亦收作張籍詩，題同。全詩、庫本皆編於卷末，顯爲後補。全詩題注：「一作白居易詩。」《白氏長慶集》卷二四、全詩卷四四七白居易集重出，題作「武丘寺路宴留別諸妓」；宋鄭虎臣《吴都文粹》卷四亦署名白居易。此詩爲白居易作，才調、英華誤。一者，《白氏長慶集》爲白居易自編，可信。二者，詩有「銀泥裙」、「鸚鵡語」、「朱顔淺」、「翠黛低」語，又云「莫忘使君吟咏處」，與張籍「留別樂天」不符，而與蘇州刺史白居易「留別諸妓」合，《白氏長慶集》題作「武丘寺路宴留別諸妓」是。三者，張籍未曾與白居易相逢於蘇州。據朱金城《白居易年譜》，此詩爲寶曆二年（八二六）十月白居易罷刺史離蘇州時作。宋彭叔夏《〈文苑英華〉辨證》卷九：「張籍《蘇州江岸留別樂天》詩：『銀泥裙映錦障泥……汝墳湖北武丘西。』此詩張集不載，見樂天集，題作『武丘寺路宴留別諸妓』。……『汝墳』作『女墳』，乃虎丘寺真娘墓也。以此辨之，文苑誤矣。」甚是。據詩題相同判斷，首誤者當爲才調，英華、全詩、庫本相因。

## 寒食看花

早入公門到夜歸，不因寒食少閑時。顛狂繞樹猿離鎖，踴躍緣岡馬斷羈。酒污衣裳從客笑，醉饒言語覓花知。老來自喜常無事，仰面西園得詠詩。

原本、宋本、劉本、陸本、席本、庫本不載，《張籍詩集》卷四據全詩卷三八五補。書棚本《王建詩集》卷八、四庫全書本《王司馬集》卷五、《唐音統籤》卷三四八、全詩卷三〇〇王建集皆收此詩，題作「寒食日看花」。當爲王建之作。此詩見於南宋蒲積中《歲時雜詠·寒食》（卷一二），署名「王建」，清季振宜編唐詩稿本時失檢而誤輯入張籍集中，後爲全詩館臣所因。詳上《寒食後》考辨。又，此詩意象新奇，氣健暢達，是典型的王建風格，而與張籍詩風有異。

## 留別微之

干時久與本心違，悟道深知前事非。猶厭勞形辭郡印，那能趁伴著朝衣。五千言裏教知足，三百篇中勸式微。少室雲邊伊水畔，比君較老合先歸。

原本、宋本、劉本、陸本、席本與全詩張籍集皆不載，《張籍詩集》卷四據庫本卷五補。《白氏長慶集》卷二四、英華卷二八八、律髓卷二四、全詩卷四四七皆收作白居易詩。爲白居易詩無疑。一者，《白氏長慶集》爲白居易自編。二者，詩所寫與白居易生平契合而與張籍不符。如白居易曾刺蘇州，且因百日病假滿而罷官歸洛陽，正所謂「猶厭勞形辭郡印」，而張籍未曾任刺史，無所謂「辭郡印」。又如「少室」（嵩山峰名）、「伊水」皆近洛陽，白居易罷蘇州刺史而歸居洛陽正所謂「少室雲邊伊水畔，比君較老合先歸」，而張籍晚年不曾居洛陽。據朱金城《白居易年譜》，此詩爲寶曆二年（八二六）十月白居易罷刺史離蘇州時作。三者，現存張籍集多不載此詩。庫本所以誤收，據其文字與英華相同而與律髓、全詩有異推知，當本英華，蓋英華編此詩於張籍詩後，庫本編者失檢而誤輯入張籍集。

## 別韋蘇州

百年愁裏過，萬感醉中來。惆悵城西別，愁眉兩不開。

原本、宋本、劉本、陸本、席本與全詩張籍集皆不載，《張籍詩集》卷五據庫本卷六補，《增訂注釋全唐詩》卷三七五同。庫本編於卷末，顯爲後補。《白氏長慶集》卷一三、英華卷二八八、萬絶卷三、全詩卷四三六皆收作白居易詩，英華題作「別韋蓟」。爲白居易詩無疑。白集編此詩於《盩厔縣北樓望山（自此後詩爲畿尉時作）》後，《戲題新栽薔薇（時尉盩厔）》前，知作於元和二年（八〇七）白居易任盩厔縣尉時。據此詩與白另二詩《郢州贈別王七使君》（見上）、《留別微之》（見上）英華皆編于張籍詩後而庫本皆補入推斷，庫本當本英華，蓋其編者失檢而誤輯。

## 從軍行

孤心眠夜雪，滿眼是秋沙。萬里猶防塞，三年不見家。

原本、宋本、劉本、陸本、席本與全詩張籍集皆不載，《張籍詩集》卷五據庫本卷六補，《增訂注釋全唐詩》卷三七五同。庫本編於卷末，顯爲後補。樂府卷三三、萬絶卷一二、紀事卷四二、《唐音統籤》卷三二一、全詩卷一九與卷三三四皆收作令狐楚《從軍行五首》其二，唐音卷一〇、品彙卷四二亦作令狐楚詩。當爲令狐楚作。

## 寒食憶歸

京中曹局無多事，寒食貧兒要在家。遮莫杏園勝別處，亦須歸看傍村花。

原本、宋本、劉本、陸本、席本、庫本不載，《張籍詩集》卷六據全詩卷三八六補。全詩題注：「以下二首見《歲時雜詠》。」（按：另爲《寒食》。）然宋蒲積中《歲時雜詠》卷一二此詩署名王建。當爲王建所作。全詩所以誤輯，當緣清季振宜編唐詩稿本時失檢。詳上《寒食後》考辨。又，絶句卷三〇、《唐音統籤》卷三五一、全詩三〇一亦皆收爲王建詩。爲王建詩無疑。

## 寒食

緑楊枝上五絲繩，枝弱春多欲不勝。唯有一年寒食日，女郎相喚擺階𪗱。

原本、宋本、劉本、陸本、席本、庫本不載，《張籍詩集》卷六據全詩卷三八六補。此詩同《寒食憶歸》（見上）皆爲王建作，詳上《寒食後》、《寒食憶歸》。按：王建集失載。

## 贈劉郎中

怪君把酒空惆悵，同是貞元花下人。自别花來多少事，東風二十四回春。

原本、宋本、劉本、陸本、席本與全詩張籍集皆不載，《張籍詩集》卷六據庫本卷七補。庫本編於卷末，顯爲後補。《白氏長慶集》卷二五、英華卷三二一、萬絶卷一四、事聚後集卷三一、全詩卷四四八皆收作白居易詩，題作「杏園花下贈劉郎中」。宋潘自牧《記纂淵海》卷九三同樣署名白居易。爲白居易作無疑。

## 綺繡宫

玉樓傾側粉牆空，重疊青山繞故宫。武帝去來紅袖盡，野花黄蝶領春風。

原本、宋本、劉本、陸本、席本與全詩張籍集皆不載，《張籍詩集》卷六據庫本卷七補，《增訂注釋全唐詩》卷三七五同。庫本編於卷末，顯爲後補。書棚本《王建詩集》卷九、四庫全書本《王司馬集》卷八、《唐音統籤》卷三五一、全詩卷三〇一等王建集皆收作王建詩，題作「過綺岫宫」，題注：「東都永寧縣西五里。」萬絶卷三〇、三體卷一、唐音卷七、品彙卷五一亦作王建詩。宋范晞文《對床夜語》卷四、明彭大翼《山堂肆考》卷一七〇同樣署名王建。爲王建作無疑。

## 遇李山人

游山游水幾千重，二十年中一度逢。别易會難君且住，莫教青竹化爲龍。

原本、宋本等張籍集皆不載，孫望《全唐詩補逸》卷六録自《永樂大典》卷三〇〇四。爲唐施肩吾詩。佟培基《張籍詩重出甄辨》：「當爲施肩吾隱居洪州西山仙游時作，不似張籍語。」陳尚君《〈全唐詩外編〉修訂説明》:「此爲施肩吾詩,見《萬首唐人絶句》卷三三、《全唐詩》卷四九四。」(按:當見萬絶卷三四。)

## 遇王山人

每欲尋君千萬峰,豈知人世也相逢。一瓢遺卻在何處,應挂天台最老松。

原本、宋本等張籍集皆不載,孫望《全唐詩補逸》卷六録自《永樂大典》卷三〇〇四。爲唐施肩吾詩。佟培基《張籍詩重出甄辨》:「當爲施肩吾隱居洪州西山仙游時作,不似張籍語。」陳尚君《〈全唐詩外編〉修訂説明》:「《全唐詩》卷四九四作施肩吾詩。按《天台前集》卷中、《萬首唐人絶句》卷三四皆作施詩,非張作。」

# 三、張籍譜略

張籍,字文昌,籍貫蘇州。韓愈《張中丞傳後叙》:「元和二年四月十三日夜,愈與吴郡張籍閲家中舊書。」《唐故中散大夫少府監胡良公墓神道碑》:「公壻廣文博士吴郡張籍。」李商隱《樊南乙集序》稱籍子「吴郡張黯」。《元和郡縣圖志・蘇州》(卷二五):「蘇州,吴郡。」行第十八。韓愈《病中贈張十八》、王建《酬張十八病中寄詩》、白居易《寄張十八》。先世爲農,父「始易農爲儒」。籍世孫張孝祥《代揔得居士回張推官》:「某家世歷陽之東鄙,自先祖始易農爲儒。」《舊唐書・地理志三》(卷四〇):「和州,隋歷陽郡。」籍父出售蘇州舊宅而定居和州,則所謂「先祖」當指籍父。知籍先世爲「農」。妻胡氏,貝州宗城人;岳父胡珦,妻弟胡遇。韓愈《唐故中散大夫少府監胡良公墓神道碑》:「少府監胡公者,諱珦……其子逞、迺、巡、遇、述、遷、造與公壻廣文博士吴郡張籍……胡姓本出安定,後徙清河,於今爲宗城,屬貝州。」籍早年曾與胡氏諸兄弟交往,有《登樓寄胡家兄弟》(卷六)詩。子黯。明盧熊《蘇州府志・貢舉》(卷一三):「(貞元)十五年,舍人高穎(按:當作郢)。張籍。子黯。」「(會昌)六年,侍郎陳商。張黯。」永樂大典本《蘇州府志二十・貢舉題名》載同。明王鏊等《姑蘇志・科第表上》(卷五):「(會昌)六年,侍郎陳商。張黯。籍子。」按:《全唐詩》(卷四九一)謂「張蕭遠……籍之弟也」,不可信,詳本書卷六《張蕭遠雪夜同宿》注釋〔一〕「按」語。七世孫張孝祥。《于湖集・張安國傳》:「孝祥,字安國,歷陽烏江人。籍之七代孫。」宋陸世良《宣城張氏信譜傳》:「(張孝祥)本貫和州烏江縣,唐司業張籍七世孫。」按:張籍約於大曆元年(七六六)生,張孝祥紹興二年(一一三二)生,相距三百六十六年,按「七世」計,上下世平均間距五十二年,不太可能。「七」當誤。

## 代宗李豫大曆元年　丙午　七六六　一歲

約於本年生。白居易元和十年(八一五)冬《與元九書》:「張籍五十未離一太祝。」由元和十年逆推五十年,知籍約生於本年。白稍前所作《讀張籍古樂府》:「如何欲五十,官小身賤貧。病眼街西住,無人行到門。」可佐證。

**生於蘇州(治今江蘇省蘇州市)。** 王建貞元十二年所作《送張籍歸江東》:「回車遠歸省,舊宅江南廂。歸鄉非得意,但貴情義彰。」知籍故「鄉」在「江南廂」,時尚有「舊宅」。又,張籍《送陸暢》(卷六):「共踏長安街裏塵,吴州獨作未歸身。昔年舊宅今誰住,君過西塘與問人。」知籍「舊宅」在「吴州」「西塘」。《隋書·地理志下》(卷三一):「吴郡。陳置吴州。平陳,改曰蘇州,大業初復曰吴州。」又,張籍《送遠曲》(卷七):「吴門向西流水長,水長柳暗烟茫茫。……行人告我挂帆去,此去何時返故鄉。」主人公「我」稱「吴門」(蘇州别稱)爲「故鄉」。以上約略可見,張籍認蘇州爲故鄉。宋湯中《張司業集》跋、元陸友仁《吴中舊事》、明盧熊《蘇州府志》、余嘉錫《四庫提要辨證》、傅璇琮主編《唐才子傳校箋》等皆持此説。

**一説生於和州烏江縣(治今安徽省和縣烏江鎮)。** 《新唐書·張籍傳》、《方輿勝覽》、《唐才子傳》載「(和州)烏江人」,《郡齋讀書志》、《唐詩紀事》、《全唐詩話》載「和州人」,卞孝萱《張籍簡譜》、羅聯添《張籍年譜》持論同。

按:唐人重郡望,張氏郡望有清河、南陽、河間、吴郡(蘇州)等地,韓愈《張中丞傳後叙》、《胡良公墓神道碑》稱「吴郡張籍」,或主要就其郡望而言。據無可能《哭張籍司業》所謂「夕臨諸孤少」可知,籍子黯當生於元和以後籍居京爲官時期,不可能生長於蘇州(貞元間籍遷居和州時,蘇州舊宅即出售),李商隱《樊南乙集序》仍稱「吴郡張黯」,即明顯言其郡望。《舊唐書·張籍傳》不言其籍貫,在《韓愈傳》中有「東郡人張籍」之稱,唐不曾設「東郡」,所指不明,但亦可見《舊唐書》作者不采納「吴郡」之説。在此情況下,歐陽修編《新唐書》,於《張籍傳》中明確交代其里貫,必有認真考索。作爲北宋時期大力提倡韓文、在韓愈接受史上影響最大的學者，歐陽修對韓文極爲熟悉（見其《記舊本韓文後》），歐陽修史筆亦有刻意仿《張中丞傳後叙》者），若無根據，絶不會輕易撇開韓愈「吴郡張籍」之説。故其肯定張籍爲「和州烏江人」應予特别重視。宋晁公武《郡齋讀書志》、計有功《唐詩紀事》、祝穆《方輿勝覽》，元辛文房《唐才子傳》等皆承其説，當非盲從。又，五代人張洎，爲張籍編集，作《張司業集序》，其對於張籍里貫之交代，除出自宋「平江本」系統本如席氏本、清孫潛家鈔本等所録作「蘇州吴人」外，其它各本如劉成德本、嘉萬本、合刻本、蔣孝本（明嘉靖二十九年毗陵蔣孝刻「中唐十二家詩集」本《唐張司業詩集》）、陸鈔本等所録皆作「和州烏江人」。按吴郡爲著名州郡（且爲張氏郡望），和州烏江遠非其比，文書抄録過程中，將和州烏江改爲吴郡可能性很大，而將吴郡改爲和州烏江殆無可能。再聯繫湯中於張洎序後附張籍故里考推斷，宋「平江本」明顯係竄改張序者。張籍作品散失較多，尤其是文，竟僅存兩篇。張洎生活年代距張籍較近，爲其編集時，無疑掌握更多材料，所説當有其據。基於上述原因，本譜於張籍里貫，在吴郡與和州烏江二者間，暫不執定一處，俟學者進一步考定。

王建同年生。張籍《逢王建有贈》（卷四）：「年狀皆齊初有髭，鵲山漳水每追隨。」

## 代宗李豫大曆十年　乙卯　七七五　十歲

本年前後居和州烏江，識于嵩。韓愈《張中丞傳後叙》：「籍大曆中於和州烏江縣見嵩，嵩時年六十餘矣。以巡初嘗得臨涣縣尉，好學無所不讀。籍時尚小，粗問巡、遠事，不能細也。」和州，治今安徽和縣。《舊唐書·地理志三》（卷四〇）：「和州。隋歷陽郡。武德三年，杜伏威歸國，改爲和州。天寶元年，改爲歷陽郡。乾元元年，復爲和州。」據「粗問巡、遠事，不能細也」判斷，籍時在十歲上下。

裴度十一歲，令狐楚十歲。韓愈八歲。劉禹錫、白居易、崔群四歲。柳宗元三歲。

## 德宗李适建中二年　辛酉　七八一　十六歲

少年時代當居蘇州。據王建《送張籍歸江東》、張籍《送陸暢》（卷六）二詩可知籍求學、漫游前曾居蘇州（在蘇州有舊宅。詳「大曆元年」）。籍游薊北時所作《薊北春懷》（卷二）云「因逢過江使，卻寄在家衣」，《思江南舊游》（卷二）云「獨行愁道遠，回信畏家移」，知其時仍家蘇州。籍《寄友人》（卷二）：「憶在江南日，同游三月時。採茶尋遠澗，鬭鴨向春池。送客沙頭宿，招僧竹裏棋。如今各千里，無計得相隨。」《憶故州》（卷六）：「累石爲山伴野夫，自收靈藥讀仙書。如今身是他州客，每見青山憶舊居。」二詩所寫當是籍少年時代在蘇州一帶的生活。

其間作《送遠曲》（卷七）。識于鵠。《傷于鵠》（卷七）：「我初有章句，相合者惟君。」

曾游湖州。《霅谿西亭晚望》（卷二）：「此地動歸思，逢人方倦游。吳興耆舊盡，空見白蘋洲。」據「吳興耆舊盡」語知籍少年時代曾游湖州。

鳳翔之西，邠州之北，盡陷於吐蕃。

## 德宗李适建中四年　癸亥　七八三　十八歲

北上河北「鵲山漳水」一帶，與同齡的王建開始長達十年的求學生活。張籍《逢王建有贈》（卷四）：「年狀皆齊初有髭，鵲山漳水每追隨。使君座下朝聽《易》，處士庭中夜會詩。新作句成相借問，閑求義盡共尋思。經今三十餘年事，卻説還同昨日時。」《登城寄王建》（卷二）：「十年爲道侣，幾處共柴扉。」《酬秘書王丞見寄》（卷四）：「相看頭白來城闕，卻憶漳谿舊往還。」王建《送張籍歸江東》：「昔歲同講道，青襟在師傍。出處兩相因，如彼衣與裳。」知張、王早年「追隨」「鵲山漳水（漳谿）」一帶達十年。籍《逢王建有贈》所謂「三十餘年」指二人元和八年（八一三）秋長安重逢（詳卷四《逢王建有贈》「繫年」）距離同窗之始的時間。由元和八年前推三十一年，知二人同窗至遲在建中四年（七八三）。又，王建《留别舍弟》：「孤賤相長育，未曾爲遠游。……況復干戈地，懦夫何所投。與爾俱長成，尚爲溝壑憂。豈非輕歲月，少小不勤修。……歲暮當歸來，慎莫懷遠游。」據「未曾爲遠游」、「少小不勤修」知詩作於「遠游」求學前，「干戈地」當指河北；又據「與爾俱長成」，知王建時已成年，應不小於十八歲。可見二人同窗不早於建中四年。合上知二人同窗當始於本年。「鵲山漳水」指河北漳水流域的邯鄲、鄴城、磁州（治今河北磁縣）、邢州（治今河北邢臺）、洺州（治今河北永年東南）、魏州（治今河北大名）、貝州（治今河北清河縣西北）等地。

春，經徐州（或因河南戰亂而繞道），作《泗水行》（卷七）、《送遠曲》（卷一）。

約於冬，與王建相識於邯鄲、鄴城一帶。王建《留别舍弟》：「出門念衣單，草木當窮秋。」《邯鄲主人》：「遠客無主人，夜投邯鄲市。飛蛾繞殘燭，半夜人醉起。壚邊酒家女，遺我緗綺被。……門前長安道，去者如流水。」知王建於秋至邯鄲一帶。又有《看石楠花》：「明朝獨上銅臺路，容見花開少許時。」「銅臺」即銅雀臺，曹操於鄴城西北所立三臺之一；石楠花在三月中旬至四月中旬開放。知王建本年冬、明年春在邯鄲、鄴城一帶。張籍當於二地與王建相逢。

上年盧龍鎮朱滔、成德鎮王武俊、魏博鎮田悦、淄青鎮李納合縱叛唐，各自稱王；淮西李希烈自稱建興王、天下都元帥。本年正月李希烈陷汝州，十月陷襄城，十二月陷汴州，東都震恐；十月，朝廷發涇原諸道兵救襄城，涇原軍至長安嘩變，擁立朱泚爲帝，泚自稱秦帝，建元應天。明年正月，朱泚改國號爲漢，改元天皇；李希烈稱楚帝，改元武成。

## 德宗李适貞元二年　丙寅　七八六　二十一歲

約於本年春，張、王由河北南下洛陽。經王屋山，籍作《靈都觀李道士》（卷二）。

至洛陽，置宅，王建作《洛中張籍新居》。

夏，游廣德寺，作《宿廣德寺寄從舅》（卷二）。

秋，作《秋思》（卷六）。

或於本年游「汝北」，作《沈千運舊居》（卷七）。

游寓洛陽期間，籍尚作樂府詩《北邙行》（卷一）、《洛陽行》（卷七）、《永嘉行》（卷一）、《廢宅行》（卷七）、《董逃行》（卷七）等，前二首，王建分别同賦《北邙行》、《上陽宫》。

四月，李希烈爲其牙將陳仙奇毒死，「四鎮二王」之亂平息。七月，吐蕃寇涇、隴、邠、寧，諸鎮守閉壁自固，京師戒嚴。

**德宗李适貞元三年　丁卯　七八七　二十二歲**

約於本年，張、王由洛陽返「鵲山漳水」。

九月，吐蕃退，俘掠邠、涇、隴等州民户殆盡。自是吐蕃常寇涇、隴。

**德宗李适貞元四年　戊辰　七八八　二十三歲**

求學「鵲山漳水」。

七月，契丹、奚族、室韋入侵振武，籍或有感於此而作《征婦怨》（卷一）、《别離曲》（卷一），王建同賦《渡遼水》、《遼東行》、《遠征歸》。

貞元二、三、四年間或稍後，作樂府詩《西州》（卷一）、《少年行》（卷一）。

貞元初，作樂府詩《關山月》（卷一）、《隴頭行》（卷七），王建分别同賦《關山月》、《隴頭水》。

五月，吐蕃三萬餘騎入寇涇、邠、寧、慶、鄜等州，焚彭原縣廨，掠人畜二三萬，二旬方退。

## 德宗李适貞元六年　庚午　七九〇　二十五歲

本年初或上年，入舒州刺史鄭甫幕。約於秋，甫解印，籍返河北。《明一統志・安慶府・名宦》（卷一四）：「麴信陵。貞元中爲望江令。有惠政，亢旱禱雨即應，百姓爲之立祠，白居易爲作《秦中吟》。……張籍。舒州從事。有文名，麴令爲祠堂記。」知籍曾爲舒州（治今安徽潛山縣）從事，望江令麴信陵令其作「祠堂記」。麴信陵爲望江令，《容齋五筆》（卷七「書麴信陵事」條）、《姑蘇志・人物》（卷四七）皆載於貞元六年；百姓爲之立祠，《大清一統志・安慶府》（卷七六）引本縣圖經載爲「貞元元年」，「元年」當爲「六年」之訛（麴信陵貞元元年進士及第）。知貞元六年籍在舒州幕。據郁賢皓《唐刺史考全編》（卷一二八）與唐穆員《舒州刺史鄭公墓志銘》所載，貞元六年舒州刺史爲鄭甫，甫是年「解印遄歸，遘癘於道」，「十月辛丑，卒於東都崇讓里第」，故籍幕主當爲鄭甫。又據籍自謂與王建「追隨」河北十載可知，其入舒州幕時間很短，前此後此皆在河北。故其入幕當在貞元五年或六年；鄭甫解印當即離幕，時約在貞元六年秋。

## 德宗李适貞元七年　辛未　七九一　二十六歲

求學「鵲山漳水」。

本年或稍後，作《將軍行》（卷一）、《塞上曲》（卷七）。

## 德宗李适貞元八年　壬申　七九二　二十七歲

秋，學成，往長安求人舉薦，作《襄國別友》（卷二）；王建仍留邢州，作《送同學故人》。至長安，作《羈旅行》（卷一）、《車遥遥》（卷一）。求薦無果。

約於本年與孟郊相識於長安。

約於本年作《送徐先生歸蜀》（卷二）。

求學「鵲山漳水」期間，張籍尚作《聽夜泉》（卷二）、《贈同谿客》（卷二）、《送南客》（卷二）、《夜宿黑竈谿》（卷二）、《感春》（卷六）、《登樓寄胡家兄弟》（卷六）、《秋山》（卷六）、《山中讀人》（卷八）。此外，張籍還與王建唱和樂府詩，如二人有同題之作《短歌行》（卷七）；籍作《別鶴》（卷二），建賦《別鶴曲》。

按：張籍曾游忻州，作《詠陀羅山》（卷九），時當在早年求學期間。

歐陽詹、韓愈、李觀、李絳、崔群、王涯、馮宿、庾承宣八人聯第，時稱「龍虎榜」。

## 德宗李适貞元九年　癸酉　七九三　二十八歲

初春，離長安南游。

約於三月，至荆州，作《江陵孝女》（卷二）、《離宫怨》（卷六）、《楚妃怨》（卷七）。

秋，游蘄州黄梅（今屬湖北），作《宿臨江驛》（卷二）、《江頭》（卷二）。至贛，作《玉仙館》（卷六）。再至湘，作《行路難》（卷一）、《湘江曲》（卷七）、《湖南曲》（卷七）；或作《岳州晚景》（卷八，重出張均、張説、張謂三家詩，孰作不可定，存疑）。

冬，滯留於湘，作《冬夕》（卷九）。

王建徙居鶴嶺。

## 德宗李适貞元十年　甲戌　七九四　二十九歲

春，游錦州（治今湖南省麻陽縣），作《同錦州胡郎中清明日對雨西亭宴》（卷二）；逾嶺，作《蠻中》（卷六）。

夏，游今貴州、廣西、廣東一帶，作《蠻州》（卷六）、《嶺外逢故人》（卷二）。

秋，北歸經五嶺，作《贈李司議》（卷六）；再經荆州、峽州，作《留别江陵王少府》（卷二）、《楚宫行》（卷一）、《楚妃怨》（卷六）、《重陽日至峽道》（卷六）。

冬，北上薊北，經磁州謁刺史馬正卿，作《宿邯鄲館寄馬磁州》（卷二）；經邢州，聞王建居鶴嶺，作《登城寄王建》（卷二）。或於經中原途中作《築城詞》（卷一）。

## 德宗李适貞元十一年　乙亥　七九五　三十歲

游薊北。

二、三月間，作《薊北春懷》（卷二）。

四月，幽州劉濟大破奚王啜刺等六萬餘衆；秋，籍作《漁陽將》（卷二）。

游薊北期間尚作有《薊北旅思》（卷二）。

## 德宗李适貞元十二年　丙子　七九六　三十一歲

游薊北。三月，得家人遷居和州之信，作《思江南舊游》（卷二）；尋離薊北歸蘇州。

四月，經重平驛（今山東陵縣東北），作《重平驛作》（卷六）。

五月，枉道邢州鶴嶺訪王建，建作《送張籍歸江東》。詩云：「五月天氣熱，波濤毒於湯。」

六月，經揚州，與友人宴游甲仗樓，作《新城甲仗樓》（卷三）；經潤州句容縣（今屬江蘇省），游茅山。《贈道士》：「茆山近別剡谿逢。」

南歸途中作《南歸》（卷七）。

夏秋間抵蘇州。隨即游湖州、杭州、剡谿。在湖州，謁刺史李錡，作《霅谿西亭晚望》（卷二）、《舟行寄李湖州》（卷二）、《水》（卷八，重出馬戴詩）、《題清徹上人院》（卷二）。在杭州，作《宿天竺寺寄靈隱寺僧》（卷六）。在剡谿，作《贈道士》（卷六）。後北歸和州，途經宣州。游溧陽縣，作《長塘湖》（卷七）；登稽亭山寺，作《送稽亭山寺僧》（卷四）。

九月，返和州。購買「江塢」（或即「桃花塢」）。《寄漢陽故人》（卷二）：「同時買江塢，今日隔雲松。」孟郊及第東歸相訪，二人載酒游桃花塢，甚得其樂，臨別籍作《贈孟郊》（卷七）。

早年居蘇州或本年回蘇州，登虎丘山，作《虎丘寺》（卷九）。

張籍早期求學與漫游期間，尚作有《各東西》（卷一）、《江南春》（卷二）、《西樓望月》（卷二）、《山中古祠》（卷二）、《夜到漁家》（卷二）、《送遠客》（卷二）、《宿江店》（卷二）、《春日留别》（卷二）、《送元結》（卷六）、《秋夜長》（卷七）、《江村行》（卷七）、《春江曲》（卷七）、《雲童行》（卷七）、《寄别者》（卷七）。

七月，宣武兵亂，董晉爲宣武軍節度使，韓愈從董晉辟。王建居鶴嶺。

## 德宗李适貞元十三年　丁丑　七九七　三十二歲

居和州，與朱、鬬二山人爲鄰。《寄朱鬬二山人》：「歷陽舊客今應少，轉憶鄰家二老人。」歷陽即和州。

逢漢陽歸使，寄書與故人，作《寄漢陽故人》（卷二）。

十月，北游至汴州，偶逢韓愈，愈激賞而留置城西館以習古文。韓愈《此日足可惜贈張籍》：「念昔未知子，孟君自南方。自矜有所得，言子有文章。我名屬相府，欲往不得行。思之不可見，百端在中腸。維時月魄死，冬日朝在房。驅馳公事退，聞子適及城。命車載之至，引坐於中堂。開懷聽其説，往往副所望。……留之不遣去，館置城西旁。」張籍《祭退之》：「北游偶逢公，盛語相稱明。」

本年或明年，作《董公詩》（卷七），頌宣武軍節度使董晉。

孟郊寓汴州依陸長源。王建約於本年秋或冬離鶴嶺游嶺南。

## 德宗李适貞元十四年　戊寅　七九八　三十三歲

居汴州韓愈城西館，李翺薦張籍、李景儉於徐泗濠節度使張建封，未果。李翺《薦所知於徐州張僕射書》：「有張籍、李景儉者，皆奇士也，未聞閣下知之。凡賢人奇士，皆自有所負，不苟合於世，是以雖見之，難得而知也。」

夏，移居汴州城郊讀書，作《寄韓愈》（卷七）。

秋，勸諫韓愈「絶博塞之好，棄無實之談」，著書以「興存聖人之道」，作《與韓愈書》

（卷一〇）、《重與韓退之書》（卷一〇）。孟郊將南歸，與張籍、韓愈、李翺話别。孟郊《與韓愈李翺張籍話别》：「秋桐故葉下，寒露新雁飛。」韓愈知汴州鄉試，籍賦《徐（按：當作「汴」）州試反舌無聲》（卷三），得「首薦」。韓愈《此日足可惜贈張籍》：「州家舉進士，選試繆所當。馳辭對我策，章句何煒煌。相公朝服立，工席歌鹿鳴。禮終樂亦闋，相拜送於庭。之子去須臾，赫赫流盛名。竊喜復竊歎，諒知有所成。」相公，即宣武軍節度使董晉。張籍《祭退之》：「公領試士司，首薦到上京。一來遂登科，不見苦貢場。」尋離汴赴長安，作《别段生》（卷七）。

是年，與姚峇相識。籍大和元年所作《贈姚峇》（卷七）：「昔逢汴水濱，今會習池陽。」

李翺進士及第。王建經武陵、邵州游嶺南，秋返至瀟湘、江陵。

## 德宗李适貞元十五年　己卯　七九九　三十四歲

春，中書舍人高郢知貢舉，籍賦《省試行不由徑》（卷三）及第。

秋，東歸和州，途經徐州符離探望韓愈，流連一月而去，愈作《此日足可惜贈張籍》。詩云：「僕射南陽公，宅我睢水陽。……閉門讀書史，窗户忽已凉。日念子來游，子豈知我情。别離未爲久，辛苦多所經。對食每不飽，共言無倦聽。連延三十日，晨坐達五更。……子又捨我去，我懷焉所窮。」據「窗户忽已凉」斷，時爲秋。

二月董晉卒，汴州軍亂；三月韓愈抵徐州符離，爲徐泗濠節度使張建封推官。秋，白居易在宣州拔貢，赴長安應舉。王建約於本年南游吴越。

**德宗李适貞元十六年　庚辰　八〇〇　三十五歲**

在和州居喪。三月，韓愈致書孟郊，囑其探望張籍。韓愈本年三月所作《與孟東野書》：「張籍在和州居喪，家甚貧，恐足下不知，故具此白，冀足下一來相視也。」五月，張建封卒，韓愈離徐州往洛陽。孟郊在常州。白居易進士及第。王建居鶴嶺。

**德宗李适貞元十七年　辛巳　八〇一　三十六歲**

在和州居喪。

韓愈居洛陽。孟郊尉宣州溧陽縣（今屬江蘇）。王建離邢州鶴嶺入幽州劉濟幕。

**德宗李适貞元十八年　壬午　八〇二　三十七歲**

在和州居喪，約於春夏間服除，不久即入軍幕，幕主、地點不可知。宋洪邁《容齋三筆》卷六「張籍陳無己詩」條：「張籍在他鎮幕府，鄆帥李師古又以書幣辟之，籍卻而不納，而作《節婦吟》一章以寄之。」據籍集有《涇州塞》詩推測，或入涇州幕，時涇原節度使爲劉昌。《舊唐書·德宗本紀下》（卷一三）：貞元四年正月「以宣武軍行營節度使劉昌爲涇州刺史、四鎮北庭行軍涇原等州節度使」，十九年五月「甲子，四鎮北庭行軍涇原節度使、檢校右僕射、涇州刺史劉昌卒」。劉昌卒，籍當即離幕。

或於本年冬，作《涇州塞》（卷五）。

或於居和州期間，作《贈華嚴院僧》（卷六）、《懷别》（卷七）。按：《懷别》或作於貞元十二年秋孟郊相訪離别時。

早期求學或居和州期間作《鄰婦哭征夫》（卷六）。

韓愈調授國子監四門博士。孟郊在溧陽尉任。白居易在長安，冬試書判拔萃科。王建在幽州劉濟幕。

## 德宗李适貞元十九年　癸未　八〇三　三十八歲

夏，離幕而賃居長安「荒郊」守選。或於佐幕期間作《送韓侍御歸山》（卷四）。

晚秋，作《野居》（卷一）。

十二月，韓愈因上《御史臺上論天旱人饑狀》貶連州陽山縣令，籍送行。籍在《會合聯句》中云：「離别言無期，會合意彌重。」

韓愈春夏間罷四門博士，冬拜監察御史。孟郊在溧陽尉任。元、白同以書判拔萃科登第，同授秘書省校書郎。王建在幽州劉濟幕，隨劉討林胡。

## 德宗李适貞元二十年　甲申　八〇四　三十九歲

居長安「荒郊」守選。

韓愈在陽山。孟郊辭溧陽尉。元、白居易在校書郎任。王建約於本年使淮南（今揚州）運糧。

## 德宗李适貞元二十一年　順宗李誦永貞元年　乙酉　八〇五　四十歲

夏秋間，東平李師道辟爲從事，籍賦《節婦吟》（卷一）以辭。

秋，孟郊作《寄張籍》抒懷。

十月，入長安冬集，參加吏部銓選。

貞元年間，尚作有《征西將》（卷二）、《送防秋將》（卷二）、《没蕃故人》（卷二）。

正月，德宗卒，順宗（李誦）即位。王叔文集團改革弊政。八月，順宗内禪，太子李純（憲宗）即位；劉禹錫、柳宗元等八人貶遠州司馬；韓愈移江陵法曹參軍；韋皋卒，劉闢自爲西川節度留後，舉兵圍梓州。孟郊仍在溧陽。元、白在校書郎任。王建運糧事畢返幽州。

## 憲宗李純元和元年　丙戌　八〇六　四十一歲

在太常太祝任。

約於春，調補太常寺太祝（正九品上）。白居易元和十年春《重到城七絶句·張十八》：「獨有詠詩張太祝，十年不改舊官銜。」知籍本年始官太常太祝。籍《贈主客劉郎中》：「憶昔君登南省日，老夫猶是褐衣身。」「劉郎中」即劉禹錫，其《再游玄都觀絶句·引》：「余貞元二十一年爲屯田員外郎。」籍所言「君登南省」即指此。寓居長安延康坊西南隅西明寺後。孟郊《寄張籍》：「西明寺後窮瞎張太祝。」《長安志·延康坊》（卷一〇）：「西南隅西明寺。」

六月，韓愈由江陵召還，拜國子博士，張籍與韓愈、張徹、孟郊作《會合聯句》（卷八）。

秋或冬，區弘南歸，韓愈作《送區弘南歸》，籍同賦《送區弘》（卷九）。

冬，爲韓愈子昶（符）授詩，愈作《贈張籍》述其事。

本年與韓愈、孟郊等會飲於張署宅，愈作《醉贈張秘書》，稱「張籍學古淡，軒鶴避雞群」。

正月，高崇文出師討劉闢；九月，擒闢於成都府西洋灌田，亂平。孟郊僑寓長安。白居易四月與元稹應才識兼茂明於體用科，同登第；白授盩厔縣尉；元稹授左拾遺，丁母憂。王建在幽州劉濟幕。陸暢、周況、李紳等登進士第。

**憲宗李純元和二年　丁亥　八〇七　四十二歲**

在太常太祝任。

四月十三日夜，於韓愈宅同愈閲李翰《張巡傳》，言及少時於和州烏江縣見于嵩事。見韓愈《張中丞傳後叙》。

約於本年與白居易訂交。

十一月，平浙西李錡之亂。韓愈以國子博士分司東都，六月，赴洛陽。孟郊任河南水陸運從事，試協律郎，居洛陽。白居易於秋自盩厔尉調充進士考官，十一月召爲翰林學士。元稹仍居喪。王建在幽州劉濟軍幕。

**憲宗李純元和三年　戊子　八〇八　四十三歲**

在太常太祝任。

元和初或貞元末，作《學仙》（卷七）

元和元年至本年某秋，張弘靖宿直中書省，賦《直夜思聞雅琴》，籍作《奉和舍人叔直省時思琴》（卷七）。

韓愈在東都分司國子博士任。孟郊在河南水陸運從事任。白居易四月除左拾遺，仍充翰林學士。元稹十二月服除。王建在幽州劉濟幕。

## 憲宗李純元和四年　己丑　八〇九　四十四歲

在太常太祝任。

約於本年春，徐晦閑居渼陂，籍作《寄徐晦》（卷六）。

七月，京兆尹楊憑因貪贓枉法貶臨賀尉，籍刺而作《傷歌行》（卷一）。

深秋或初冬，抱病，欲訪白居易，作《寄白學士》（卷六），白居易酬《答張籍因以代書》。

本年，元宗簡赴鳳翔（或入軍幕），籍作《送元八》（卷六）。

元和元年至本年間，散騎常侍盧虔有詩寄華山隱者，籍作《憶盧常侍寄華山鄭隱者》（卷三）。

韓愈在東都分司國子博士任，六月改分司都官員外郎，兼判祠部。孟郊丁母憂在洛陽居喪。白居易在左拾遺、翰林學士任。元稹二月除監察御史，三月使東川，使還分司東都。王建在幽州劉濟幕。張徹進士及第。秘書監贈兵部尚書盧虔七月卒。

## 憲宗李純元和五年　庚寅　八一〇　四十五歲

在太常太祝任。

約於本年春，賈島在幽州作《投張太祝》。參李嘉言《賈島年譜》。詩有「向春初陽葩」語。

秋，抱病，作《夜懷》（卷七）、《病中寄白學士拾遺》（卷七）、《雨中寄元宗簡》（卷七）。

冬，賈島由范陽至長安，以詩《攜新文詣張籍韓愈途中成》投張籍，二人訂交。據清鄭珍《巢經巢文集》卷五《跋韓愈〈送無本師歸范陽〉》。元宗簡回京，旋返鳳翔，籍作《送元宗簡》（卷六），白居易作《送元八歸鳳翔》。

約於本年，絳縣劉明府頻頻寄書存問，籍作《答劉明府》（卷六）。

韓愈在東都分司都官員外郎任，冬授河南令。孟郊居洛陽。白居易五月由左拾遺改官京兆府户曹參軍，仍充翰林學士。元稹在東都分司監察御史任，因彈劾河南尹房式不法事，召回長安；三月貶江陵府士曹參軍。王建離幽州入魏博幕。元宗簡在鳳翔。

## 憲宗李純元和六年　辛卯　八一一　四十六歲

在太常太祝任。夏秋間因眼疾罷官。

春，作《春日李舍人宅見兩省諸公唱和因書情即事》（卷二）。李舍人，李絳。

春夏間，患眼内障，尋罷官。約於七月，李翺由浙東返京師，籍欲求助於浙東觀察使李遜「以濟醫藥」，韓愈作《代張籍與李浙東書》。書有「前某官」、「兩目不見物」語，知張籍因眼疾罷官。李翺《解江靈》：「元和六年八月，余自京還東，暮宿在江。」知韓愈代作此書約在本年七月（韓愈方由洛陽令改職方員外郎至京）。《唐六典》：「身有疾病滿百日……並解官申省以聞。」知張籍患眼疾當在本年春夏間。

冬，陸暢東歸湖州，張籍相送，托其打聽蘇州舊宅，作《送陸暢》（卷六）。韓愈同作《送陸暢歸江南》。

本年持石鼓文謁韓愈，愈作《石鼓歌》。《石鼓歌》：「張生手持石鼓文，勸我試作《石鼓歌》。」「張生」即張籍。錢仲聯《韓昌黎詩繫年集釋》繫韓詩於本年。

韓愈在河南令任，七月授職方員外郎回長安。孟郊仍居洛陽。白居易在京兆府户曹參軍任，充翰林學士；四月丁母憂，退居下邽。元稹在江陵士曹參軍任。王建在魏博幕，本年或明年寒食出使江陵。楊巨源爲河中節度使張弘靖從事。賈島三月往洛陽拜謁韓愈，又隨韓愈返長安，十一月歸范陽。劉禹錫在朗州司馬任。李絳十二月拜相。

## 憲宗李純元和七年　壬辰　八一二　四十七歲

患眼疾，閑居長安。

春，元宗簡贈詩問疾，籍作《病中酬元宗簡》（卷六），詩云：「莫説櫻桃花已發，今年不作看花人。」

七月，新羅王重興卒，金彦昇立，唐廷遣使吊祭册立，以新羅質子金士信爲副使，籍作《送金少卿副使歸新羅》（卷四）。

秋，賈島由范陽返京，居延壽坊，與張籍爲鄰。據李嘉言《賈島年譜》。賈島《延康吟》：「寄居延壽里，爲與延康鄰。不愛延康里，愛此里中人。」《早起》：「出門路縱横，張家路最直。昨夜夢見書，張家廳上壁。」所謂「里中人」、「張家」，均謂張籍。延壽坊、延康坊同在朱雀大街西第三街街西，其間僅隔光德坊。

或於本年，或稍後，於長安逢「山東」故人，作《逢故人》（卷六）。

八月，魏博節度使田季安卒，軍亂；十月，田興（明年改名弘正）知鎮軍事，以魏博歸唐。韓愈在職方員外郎任，二月復爲國子博士。孟郊居洛陽。白居易居下邽金氏村。元稹在江陵府士曹參軍任。王建在魏博幕。楊巨源在河中節度使張弘靖幕。

## 憲宗李純元和八年　癸巳　八一三　四十八歲

患眼疾，閑居長安。眼疾好轉。

秋，王建離魏博往長安求官。二人重逢，籍作《逢王建有贈》（卷四）、《喜王六同宿》（卷六）。

約於本年秋與韋處厚游開元觀，作《同韋員外開元觀尋時道士》（卷六）。

孟郊於洛陽作《寄張籍》，詩云：「西明寺後窮瞎張太祝，縱爾有眼誰爾珍？」據華忱之《孟郊年譜》。

韓愈在國子博士任，三月改官比部郎中、史館修撰。孟郊仍居洛陽。白居易服除仍居住下邽金氏村。元稹在江陵府士曹參軍任。楊巨源在河中節度使張弘靖幕。張蕭遠進士及第。

## 憲宗李純元和九年　甲午　八一四　四十九歲

眼疾初愈，復官太常太祝。

春，眼疾初愈，作《患眼》（卷六）。詩云「三年患眼今年校……看花猶似未分明。」不久復官太常太祝。白居易元和十年春《重到城七絶句・張十八》：「獨有詠詩張太祝，十年不改舊官銜。」同年詩《讀張籍古樂府》：「如何欲五十，官小身賤貧。」

山南西道節度使鄭餘慶奏孟郊爲興元軍參謀，試大理評事；八月，孟郊赴任，暴疾卒於河南閿鄉縣；籍與韓愈會哭，籍謚孟郊「貞曜先生」，愈作《貞曜先生墓志銘》。愈《銘》：「唐元和九年，歲在甲午八月乙亥，貞曜先生孟氏卒。……愈走泣哭，且召張籍會哭。」《新唐書·孟郊傳》（卷一七六）：「卒，年六十四。張籍謚曰貞曜先生。」賈島作《哭孟郊》、《吊孟協律》。

九月，獨游京郊野寺，作《閑游》（「老身不計人間事」，卷六）。

冬，白居易回京任太子左贊善大夫，與籍交往密切，系統閲讀籍樂府詩，作《讀張籍古樂府》，推許籍「尤工樂府詩，舉代少其倫」，「風雅比興外，未嘗著空文」，「上可裨教化，舒之濟萬民。下可理情性，卷之善一身」。白詩云：「如何欲五十，官小身賤貧。」本年籍四十九歲。

歲末，籍訪宿白居易昭國里宅，白作《酬張十八訪宿見贈》。白詩云：「問其所與游，獨言韓舍人。……胡爲謬相愛，歲晚逾勤勤。」韓舍人，韓愈。愈本年十二月以考功郎中知制誥，知制誥亦稱舍人。

本年秋冬間或明春，楊巨源授秘書郎并置宅，籍作《題楊秘書新居》（卷六），賈島同唱《楊秘書新居》。

約於本年前後，與姚合訂交。合推崇籍詩，尤其是其「樂府」，作《贈張籍太祝》。合本年下第，賃舍親仁里。其《寄楊茂卿校書》：「到京就省試，落籍先有名。……還家豈無路，羞爲路人輕。決心住城中，百敗望一成。」《下第》：「歸路羞人問，春城賃舍居。」《親仁里居》：「三年賃舍親仁里，寂寞何曾似在城。」

貞元二十年至本年某春，作《寄李渤》（卷六）。

閏八月，彰義軍節度使吴少陽卒，子元濟自稱知軍事。韓愈在比部郎中、史館修撰任，十月授考功郎中，十二月以考功郎中知制誥。元稹自江陵移唐州從事。王建九月授昭應丞。張弘靖六月以河中節度使入拜刑部尚書、同中書門下平章事，楊巨源隨之入朝。賈島居長安。李絳二月辭相守禮部尚書。

## 憲宗李純元和十年　乙未　八一五　五十歲

在太常太祝任。

春，白居易作《重到城七絶句・張十八》，感慨籍「十年不改舊官銜」。

七、八月間，白居易作《寄張十八》，求籍新詩並邀至昭國坊宅「同宿」。詩云：「秋來未相見，應有新詩章。早晚來同宿，天氣轉清凉。」

十二月，憲宗出宫人，籍作《送宫人入道》（卷二），于鵠、王建、張蕭遠、殷堯藩分别同賦《送宫人入道歸山》、《送宫人入道》、《送宫人入道》、《宫人入道》。

朝廷發諸道軍征討吴元濟不勝。六月，裴度拜相。韓愈在考功郎中知制誥任。白居易在太子左贊善大夫任，八月貶江州刺史，追改江州司馬。元稹正月自唐州召還，三月復出爲通州司馬。王建在昭應丞任，年底曾至長安。元宗簡約於本年春或稍前任侍御，居昇平坊。楊巨源在秘書郎任。賈島居長安。劉禹錫、柳宗元等召還長安，尋劉出爲連州刺史，柳出爲柳州刺史。李絳二月出爲華州刺史。

## 憲宗李純元和十一年　丙申　八一六　五十一歲

轉國子助教。眼疾痊愈，仍需要療護。

春，由太常太祝轉國子助教（從六品上）。《舊唐書·張籍傳》（卷一六〇）：「調補太常寺太祝，轉國子助教。」白居易元和十年冬《與元九書》：「張籍五十，未離一太祝。」韓愈有《游城南十六首·贈張十八助教》，作於春；錢仲聯《韓昌黎詩繫年集釋》繫於本年，當是。知籍轉國子助教在本年春。暮春，眼疾痊愈，與韓愈同游長安城南，愈作《游城南十六首·贈張十八助教》。

夏，令進士賀拔恕替韓愈抄科斗《孝經》、漢衛宏《官書》。韓愈《科斗書後記》：「張籍令進士賀拔恕寫以留愈……十一年六月四日，右庶子韓愈記。」

夏或初秋，韓愈題詩（《題張十八所居》）張籍宅，籍答《酬韓庶子》（卷二）。

秋，張籍於病中寄詩昭應丞王建，建作《酬張十八病中寄詩》。建詩云「彼愁此又憶，一夕兩盈盈」，其當在昭應；又云「秋燈照雨明」，時爲秋；題云「病中」，與籍《酬韓庶子》所謂「身病足閒時」合。

十二月上旬，韓愈以《晚寄張十八助教周郎博士》邀張籍與周況同游。詩云：「晴雲如擘絮，新月似磨鐮。」「吾生可攜手，歎息歲將淹。」周郎，周況。韓愈從婿，時爲四門博士。

本年韓愈作《調張籍》。據錢仲聯《韓昌黎詩繫年集釋》。

本年與元宗簡交往甚密，常同游共宿。籍《哭元九少尹》（卷四）：「初作學官常共宿。」

本年或明年春夏間，作《寄元員外》（卷四），邀元宗簡同游。

本年或稍後，于鵠卒，籍作《傷于鵠》（卷七）；於長安東郊章敬寺憑吊懷暉禪師，作《題暉師影堂》（卷五）。

韓愈正月遷中書舍人，五月降官太子右庶子。白居易在江州司馬任。元稹在通州司馬任。王建在昭應丞任。元宗簡春夏間由侍御改官金部員外郎。楊巨源約於本年由秘書郎遷太常博士。賈島居長安。姚合進士及第。張弘靖正月出爲河東節度使。李絳二月入爲兵部尚書。

## 憲宗李純元和十二年　丁酉　八一七　五十二歲

遷廣文博士。

本年遷廣文博士（正六品上），具體時間不可考。韓愈《唐故中散大夫少府監胡良公墓神道碑》：

「公壻廣文博士吳郡張籍。」王建有《寄張廣文博士》、《留别張廣文籍》，前詩作於本年（詳後），後詩作於明年初春（詳後）。據韓愈《晚寄張十八助教周郎博士》知上年底籍仍官「助教」。

春或稍後，韋處厚自開州寄至車前子與張籍醫眼疾，籍作《答開州韋使君寄車前子》（卷六）。

八月，裴度統軍征討淮西，宋景隨行，稍後籍作《寄宋景》（卷六）。

秋，左司郎中元宗簡作《秋居十首》，籍賦《和左司元郎中秋居十首》（卷二），姚合同賦《和元八郎中秋居》。

王建於昭應作《寄張廣文博士》問疾。詩云「春明門外作卑官，病友經年不得看。莫道長安近于日，昇天卻易到城難」，「卑官」指昭應丞。建明年春遷官太府寺丞。上年十二月籍在「助教」任。

王建爲昭應丞期間（元和九年九月至本年冬），籍欲春游驪山，作《寄昭應王中丞》（卷二）。不久或赴昭應，作《華清宫》（卷六）。

元和元年（八〇六）至本年夏間，作《送蜀客》（卷六）。

裴度持節征討淮西，韓愈兼御史中丞充彰義軍行軍司馬；十月淮西平；十二月度封晉國公，愈授刑部侍郎。白居易在江州司馬任。元稹在通州司馬任。王建在昭應丞任。約於春夏間，元宗簡由金部員外郎遷左司郎中。楊巨源在太常博士任。約於本年前後，賈島赴襄陽，游荆州。姚合於本年末或明年初辟爲田弘正魏博幕從事。

## 憲宗李純元和十三年　戊戌　八一八　五十三歲

在廣文博士任。

新春，感慨楊巨源貧窮不得志，作《贈令狐博士》（卷四）。

春，王建授太府寺丞，謝恩入長安，返渭南作《留别張廣文籍》。詩云：「謝恩新入鳳凰城，亂定相逢合眼明。」「恩」指授太府寺丞，「亂定」指元和十二年冬平淮西。又云「杏花寒食的同行」，知時爲元和十三年春。稍後籍作《贈王建》（卷六）。

五月，李愬於襄陽受詔任鳳翔隴右節度使，「路由闕下」；約於六月，籍作《送李僕射赴鎮鳳翔》（卷四），王建同賦《贈李愬僕射》。

岳父胡珦卒，年七十九。韓愈《唐故中散大夫少府監胡良公墓神道碑》：「珦，字潤博，年七十九以官卒。……元和十二年，朝廷以公年老能自祗力，事職不懈，可嘉，拜少府監，兼知内中尚。明年，以病卒。」

本年或稍後，作《和韋開州盛山十二首》（卷五）。

韓愈在刑部侍郎任。白居易在江州司馬任，十二月代李景儉爲忠州刺史。元稹在通州司馬任，冬移虢州長史。元宗簡在左司郎中任。楊巨源春由太常博士遷虞部員外郎。

姚合在魏博幕。

## 憲宗李純元和十四年　己亥　八一九　五十四歲

在廣文博士任。

四月，裴度出爲河東節度使，籍作《送裴相公赴鎮太原》（卷四），王建同賦《送裴相公上太原》。

夏秋間，與妻兄弟遣人去潮州請韓愈爲岳父胡珦撰碑志，愈作《唐故中散大夫少府監胡良公墓神道碑》。愈《碑》：「珦……子湜、迺、巡、遇、述、遷、造與公壻廣文博士吴郡張籍，以公之族出、行治、歷官、壽年爲書，使人自京師南走八千里至閩南兩越之界上請爲公銘。」知時在元和十四年三月至十月韓愈貶潮州期間。按：宋趙明誠《金石録》卷九載「唐少府監胡珦碑。韓愈撰，胡證八分書。長慶三年四月」，所指當是立碑時間。籍自作《行狀》，已佚。馬其昶《韓昌黎文集校注》引蜀本注：「牛僧孺撰《墓志》，陳鴻撰《謚》，張籍撰《行狀》。」

八月，魏博節度使田弘正入朝，籍作《田司空入朝》（卷四）。

韓愈在刑部侍郎任，正月上《論佛骨表》貶潮州刺史，四月至潮州，十月量移袁州刺史。白居易在忠州刺史任。元稹在虢州長史任，冬召還授膳部員外郎。王建在太府寺丞任。元宗簡在左司郎中任。楊巨源在虞部員外郎任。姚合在魏博幕。劉禹錫在連州刺史任，母卒，奉靈柩返洛陽。柳宗元十一月卒於柳州。令狐楚七月授朝議大夫、中書侍郎、同平章事。河東節度使張弘靖五月入爲吏部尚書。李絳六月出爲河中觀察使。

## 憲宗李純元和十五年　庚子　八二〇　五十五歲

在廣文博士任；約於秋，轉秘書郎；冬遷國子監博士，始登朝班。

春，施肩吾及第東歸，籍作《送施肩吾東歸》（卷四）。本年或稍後，尚作《贈施肩吾》（卷六）。

約於秋，授秘書郎（從六品上）。元稹有《授張籍秘書郎制》，《資治通鑑·唐紀·元和十五年》：「五月庚戌，以稹爲祠部郎中、知制誥。」知籍爲秘書郎在本年五月後。又，本年冬籍遷國子博士，則其爲秘書郎在本年秋前後。

八月十四日，葬岳父胡珦於京兆奉先。韓愈《唐故中散大夫少府監胡良公墓神道碑》：「明年八月十四日，葬京兆奉先。」所謂「明年」即本年。

冬，裴度自河東贈馬，籍酬《謝裴司空寄馬》（卷四），裴度作《酬張秘書因寄馬贈詩》，韓愈、白居易、元稹、劉禹錫、李絳、張賈分别作《賀張十八秘書得裴司空馬》、《和張十八秘書謝裴相公寄馬》、《酬張秘書因寄馬贈詩》、《裴相公大學士見示答張秘書謝馬詩并群公屬和因命追作》、《和裴相國答張秘書贈馬詩》、《和裴司空答張秘書贈馬詩》。韓愈薦爲國子監博士（正五品上）。張籍《祭退之》：「我官麟臺中，公爲大司成。……特狀爲博士，始獲升朝行。」知籍任國子博士由國子祭酒（「大司成」）韓愈舉薦。愈《舉薦張籍狀》舊題注：「公時爲國子祭酒，以狀薦籍。籍用是自校書郎除國子博士，元和十五年也。」（按：「校書郎」爲「秘書郎」之誤。）裴度贈馬時，籍仍爲秘書郎。

本年五月至明年七月間，楊巨源赴鳳翔少尹任，籍作《送楊少尹赴鳳翔》（卷四）。

本年冬或明年早春，作《書懷寄元郎中》（卷四）。

元和初中期，作《張蕭遠雪夜同宿》（卷六）；中後期，張徹歸鄉，籍作《送從弟徹東歸》（卷四）。元和末，作《求仙行》（卷一）。元和年間，作《和周贊善聞子規》（卷二）。

正月，憲宗暴卒，穆宗（李恒）即位。裴度在河東節度使任。韓愈九月由袁州刺史召還，除國子祭酒，十一月到京。白居易夏由忠州召還，除尚書司門員外郎；十二月二十八日授主客郎中、知制誥。元稹在膳部員外郎任，五月遷祠部郎中、知制誥。王建在太府寺丞任。元宗簡在左司郎中任。劉禹錫在洛陽丁母憂。姚合冬罷魏博幕，調武功主簿。賈島約於本年秋卧疾長安慈恩寺。令狐楚爲憲宗山陵使，因親吏贓污事發，七月出爲宣歙觀察使，再貶衡州刺史。李絳七月入爲兵部尚書，九月改御史大夫。

## 穆宗李恒長慶元年　辛丑　八二一　五十六歲

在國子博士任。

早春，由延康坊移居靖安坊，與韓愈爲鄰。賈島題詩（《題張博士新居》）籍新居。元宗簡以詩相賀，籍作《移居靖安坊答元八郎中》（卷四）。

二月，白居易置新昌宅，作《新昌新居書事四十韻因寄元郎中張博士》。元郎中，元稹。張博士，張籍。元稹元和十五年五月至長慶元年二月十六日爲祠部郎中。白詩在白集中前有《新居早春二首》，其二云「新居未曾到，鄰里是誰家」。另有《竹窗》：「今春二月初，卜居在新昌。」

或於本年夏初，作《送汀州元使君》（卷四）。疑「元」作「源」，元使君乃源寂。

四、五月間，久雨，韓愈作《雨中寄張博士籍侯主簿喜》，籍答《酬韓祭酒雨中見寄》（卷二）。

七月辛酉，太和公主出降回紇，籍作《送和蕃公主》（卷四），王建、楊巨源分别同唱《太和公主和蕃》、《送太和公主和蕃》。

或於本年秋，作《送李騎曹靈州歸覲》（卷二），賈島、姚合、無可分别同唱《送李騎曹》、《送李琮歸靈州覲省》、《送李騎曹之武寧》。李騎曹，疑指李聽子李琮，姚合詩題「琮」爲「琮」之訛。

十月，白居易遷中書舍人，籍作《寄白二十二舍人》（卷四）。

十一月，妻弟胡遇卒，作《哭胡十八遇》（卷四）。

冬，作《早朝寄白舍人嚴郎中》（卷四）。白舍人，白居易。嚴郎中，嚴休復。

本年八月至明年盛春之間，訪王建，作《贈王秘書》（「不曾浪出謁公侯」，卷四）

本年或稍後，「選人」劉競贈詩張籍，籍作《答劉競》（卷六）。

本年前後，元稹、白居易於元宗簡宅吟詠張籍新詩。元稹長慶四年《酬樂天吟張員外詩見寄因思上京每與樂天於居敬兄昇平里詠張新詩》：「樂天書内重封到，居敬堂前共讀時。四友一爲泉路客，三人兩詠浙江詩。」居敬，元宗簡。四友，即張籍、白居易、元稹、元宗簡。自元和十五年夏白居易由忠州召還至長慶二年春元宗簡卒，四人同在長安，事當發生於此間。

裴度在河東節度使任。韓愈在國子祭酒任，七月授兵部侍郎。白居易在主客郎中、知制誥任，十月轉中書舍人。元稹二月自祠部郎中知制誥，充翰林學士，拜中書舍人，十月遷工部侍郎。王建在太府寺丞任，約於八月改秘書郎。元宗簡春由左司郎中遷京兆少尹。楊巨源遷國子司業。劉禹錫冬除夔州刺史。姚合在武功主簿任。令狐楚四月改郢州刺史，十二月遷太子賓客，分司東都。張弘靖三月出爲幽州節度使，七月軍亂被囚，貶爲吉州刺史。李絳爲吏部尚書，十月檢校右僕射出爲東都留守。

## 穆宗李恒長慶二年　壬寅　八二二　五十七歲

在國子博士任，盛春遷水部員外郎。

早春，白居易以詩（《曲江獨行招張十八》）招籍同游曲江，籍作《酬白二十二舍人早春曲江見招》（卷二）。

二月，與韓愈同游楊於陵尚書林亭，愈作《早春與張十八博士籍游楊尚書林亭寄第三閣老兼呈白馮二閣老》。「楊尚書」，楊於陵。「第三閣老」，楊於陵子嗣復。「白馮二閣老」，白居易、馮宿。《唐六典·中書省》卷九：「其中書舍人在省，以年深者爲閣老。」《唐國史補》卷下：「兩省（中書省、門下省）相呼爲閣老。」本年春，楊嗣復、白居易、馮宿皆知制誥，《舊唐書·穆宗本紀》（卷一六）：「（長慶元年十二月）兵部郎中知制誥馮宿、庫部郎中知制誥楊嗣復各罰一季俸料。」故相稱「閣老」。白酬《和韓侍郎題楊舍人林池見寄》。韓侍郎，韓愈，長慶元年七月授兵部侍郎。楊舍人，楊嗣復。白詩有「二月因何更有冰」語。

盛春，元宗簡卒，作《哭元九少尹》（卷四）。「元九」應作「元八」。與韓愈雨後同游曲江，韓作《同水部張員外籍曲江春游寄白二十二舍人》，白答《酬韓侍郎張博士雨後游曲江見寄》。韓詩有「曲江水滿花千樹」語，時爲盛春。白居易長慶元年十月遷中書舍人，二年七月除杭州刺史；韓愈長慶元年七月授兵部侍郎，二年九月轉吏部侍郎。二詩稱白「舍人」、「韓侍郎」，知唱和事在長慶二年盛春。二詩分别稱籍「張員外」、「張博士」，知時當籍由國子博士改水部員外郎之際，蓋韓以新官稱，白以舊官稱。此亦可證籍授水部員外郎在本年盛春。除水部員外郎（從六品上），白居易、朱慶餘分别作《喜張十八博士除水部員外郎》、《賀張水部員外拜命》，籍作《新除水曹郎答白舍人見賀》（卷四）。白居易有《張籍可水部員外郎制》。

晚春，東都留守李絳寄詩，籍作《酬李僕射晚春見寄》（卷三）。

本年春，或長慶三、四年春，作《書懷寄王秘書》（卷四）、《贈王秘書》（「早在山東聲價遠」，卷四）。王秘書，王建。

四月初，穆宗於宣政殿賜百官櫻桃，籍作《朝日敕賜櫻桃》（卷四），韓愈作《和水部張員外宣政衙賜百官櫻桃詩》。不久，嚴謨出爲桂管觀察使，籍作《送嚴大夫之桂州》（卷二），韓愈、白居易、王建分別作《送桂州嚴大夫同用南字（嚴謨也）》、《送嚴大夫赴桂州》。

六月，裴度罷相，籍作《沙堤行呈裴相公》（卷一）；度賦詩言志，籍作《和裴僕射移官言志》（卷二），韓愈作《奉和僕射裴相公感恩言志》。不久，籍出使襄陽，與梧州王使君同行；路經商州，受到刺史王公亮款待，作《贈商州王使君》（卷四）。

七月，使至襄陽，與王使君分別，作《送梧州王使君》（卷六）。在襄陽，游山寺，作《游襄陽山寺》（卷二）；訪李山人，作《題李山人幽居》（卷二）。

八月初，使回至商州内鄉縣，與白居易相遇，同宿驛亭，白作《逢張十八員外籍》。白居易七月出爲杭州刺史，因宣武軍亂，取道襄陽。　或此次出使經藍田縣王順山下，作《使行望悟真寺》（卷六）。（按：或作於大和元年籍使襄陽途中。）返京後至九月間，裴度退朝有詩寄韓愈，愈作《和僕射相公朝回見寄》，籍作《酬裴僕射朝回寄韓吏部》（卷二）；籍又作《寄令狐賓客》（卷四）。令狐賓客，東都太子賓客令狐楚。

本年深秋或明年深秋，與王建贈詩賈島，島作《酬張籍王建》。島詩云「鼠拋貧屋收田日，雁度寒江擬雪天」，時深秋。又云「水曹芸閣枉來篇」，時籍在水部，建在秘書省。籍長慶二年春遷水部員外郎，四年五月離任；建長慶元年八月至寶曆二年在秘書郎、丞任。

元和元年（八〇六）至本年春之間，元宗簡贈張籍紗帽，籍作《答元八遺紗帽》（卷六）。

任國子助教、廣文博士或國子博士期間，曾作《早春閑游》（卷二）、《胡山人歸王屋因有贈》（卷四）；某仲春以學官攝行巡謁順宗豐陵，作《拜豐陵》（卷四）；或即此次謁陵途中登渭北寺，作《題渭北寺上方》（卷六）。

二月，裴度以河東節度使充東都留守，元稹以工部侍郎同中書門下平章事；三月裴度復入中書知政事；二人有隙而遭李逢吉黨陷害，六月俱罷相，裴度爲左僕射，元稹出爲同州刺史。　韓愈在兵部侍郎任，九月轉吏部侍郎。　白居易在中書舍人任，七月除杭州刺史。王建在秘書郎任。劉禹錫正月至夔州刺史任。令狐楚閏十月轉陝虢觀察使，十一月復爲太子賓客分司東都。張弘靖二月改爲撫州刺史。李絳八月爲華州刺史，充潼關防禦、鎮國軍等使。

## 穆宗李恒長慶三年　癸卯　八二三　五十八歲

在水部員外郎任。移居别坊。

早春，韓愈欲游曲江，托張籍先爲探看，作《早春呈水部張十八員外二首》。櫻桃花發，裴度賞花賦詩，籍作《和裴僕射看櫻桃花》（卷六）。

王起侍郎知貢舉放榜，籍作《喜王起侍郎放牒》（卷四）。李餘及第歸蜀，籍作《送李餘及第後歸蜀》（卷四），賈島、姚合、朱慶餘皆作《送李餘及第歸蜀》。

寒食，穆宗於宫中賜宴百官，籍作《寒食内宴二首》（卷四）。

四月，鄭權出爲嶺南節度使，籍作《送鄭尚書出鎮南海》（卷三）、《送鄭尚書赴廣州》（卷四），韓愈、王建分别作《送鄭尚書赴南海》、《送鄭權尚書南海》。

秋，籍以新詩二十五首寄杭州刺史白居易和浙東觀察使元稹，白、元分别作《張十八員外以新詩二十五首見寄郡樓月下吟翫通夕因題卷後封寄微之》、《酬樂天吟張員外詩見寄因思上京每與樂天於居敬兄昇平里詠張新詩》。白詩云：「秦城南省清秋夜，江郡東樓明月時。」時爲秋。白長慶四年五月離杭州，元稹本年八月改越州刺史兼浙東觀察使。張蒙（濛）赴饒州刺史任，籍作《送從弟濛赴饒州》（卷四），賈島、姚合、朱慶餘皆作《送饒州張使君》，章孝標作《送張使君赴饒州》。

深秋，白居易自杭州寄詩《江樓晚眺景物鮮奇吟翫成篇寄水部張員外》；冬，籍作《答白杭州郡樓登望畫圖見寄》（卷四）。

本年，孔戣致仕，籍作《贈孔尚書》（卷四），朱慶餘同賦《孔尚書致仕因而有寄贈》。

本年或稍後，作《凉州詞三首》（卷六）。

約於本年秋冬間，項斯與張籍離别，作《留别張水部籍》。題云「張水部」，知作於籍爲水部員外郎即長慶二年春至四年五月間。詩云「要取春前到」，時當爲秋或冬。又云「省中重拜别」，知張籍爲水部員外郎已有時日。故當作於本年。

本年前後，移居别坊。《祭退之》：「籍受新官詔，拜恩當入城。公故同歸還，居處隔一坊。」所述事在長慶四年，知籍時已離靖安坊。

裴度在左僕射任，八月出爲山南西道節度使。韓愈在吏部侍郎任，六月授京兆尹兼御史大夫，十月罷尹爲兵部侍郎，尋改吏部侍郎。白居易在杭州刺史任。元稹在同州刺史任，八月改越州刺史兼御史大夫、浙東觀察使。王建在秘書郎任，秋因病辭官居家。姚合爲萬年縣尉。新出土的《吴興姚府君（合）墓銘（并序）》：「韓文公尹京兆，愛清才，奏爲萬年尉。」令狐楚在東都分司太子賓客任。

## 穆宗李恒長慶四年　甲辰　八二四　五十九歲

在水部員外郎任，五月秩滿；七月授主客郎中。

春或夏初，答白居易自杭州寄詩，作《酬杭州白使君兼寄浙東元大夫》（卷四）。

五月，韓愈病重告假，籍適水部秩滿待授他官，二人同往長安城南韓愈别墅，詩酒相酬兩月。據籍《祭退之》（卷七）。其間，二人同效阮籍詩，愈作《與張十八同效阮步兵一日復一夕》，籍詩佚。據錢仲聯《韓昌黎詩繫年集釋》。賈島亦間或同游。《祭退之》：「偶有賈秀才，來兹亦間並。」賈島現存《黄子陂上韓吏部》詩。

七月十五日前後，籍授主客郎中（從五品上），愈百日假將滿，二人一同回城；臨行前，二人夜泛南溪，籍作《同韓侍郎南谿夜賞》（卷六），愈詩佚。籍《祭退之》：「兩月同游翔……籍受新官詔，拜恩當入城。」知籍因授新官，與韓愈一同回城。姚合《和前吏部韓侍郎夜泛南溪》：「新秋月滿南溪裏，引客乘船處處行。」知時爲七月十五前後。據大和二年劉禹錫替張籍爲主客郎中推知，籍所授新官爲主客郎中。

八月十六夜，籍與王建同過韓愈宅玩月，愈作《玩月喜張十八員外以王六秘書至》。據《祭退之》。

十二月二日，韓愈卒於靖安里宅，籍協助料理後事。據籍《祭退之》、皇甫湜《韓文公墓誌銘（並序）》。

本年楊巨源辭官歸田，執政請爲河中少尹，籍作《送楊少尹赴蒲城》（卷四）。

約於本年春，王建寄詩，籍作《酬秘書王丞見寄》（卷四）。

約於本年，朱慶餘作《上張水部》。

籍爲水部員外郎期間，尚作有《題韋郎中新亭》（卷四）。

長慶年間，與姚合、無可、朱慶餘等同駙馬崔杞交游，籍作《晚春過崔駙馬東園》（卷二）、《和崔駙馬聞蟬》（卷六）、《崔駙馬養鶴》（卷六），姚合作《題大理崔少卿駙馬林亭》、《題崔駙馬宅》、《崔少卿鶴》，無可、朱慶餘同作《題崔駙馬林亭》；某春，林蘊出爲邵州刺史，籍作《送邵州林使君》（卷四），姚合、朱慶餘分别作《送林使君赴邵州》、《送邵州林使君》；籍作《贈閻少保》（卷四），王建同賦《贈閻少保》。閻少保，閻濟美。籍尚作《宫詞二首》（卷六）。

元和、長慶年間，作《送閑師歸江南》（卷二）。

正月，穆宗服金石藥卒，敬宗（李湛）即位。裴度在山南西道節度使任。白居易在杭州刺史任，五月除太子左（或作「右」）庶子分司東都。元稹在浙東觀察處置使任。王建約於本年春或稍前遷秘書丞。劉禹錫秋移和州刺史。令狐楚三月爲河南尹，九月爲宣武軍節度使。張弘靖三月爲太子少師，六月卒。

## 敬宗李湛寶曆元年　乙巳　八二五　六十歲

在主客郎中任。

正月初七，王建以秘書丞攝將軍領衛兵護駕祀昊天上帝於南郊，籍因病未能從行，作《賀秘書王丞南郊攝將軍》（卷四）。

三月，劉禹錫在和州刺史任，籍作《寄和州劉使君》（卷四），劉於新秋酬《張郎中籍遠寄長句開緘之日已及新秋因舉目前仰酬高韻》。癸酉，韓愈葬河陽，籍作《祭退之》（卷七）。

夏初，李絳居長安「西園」賦詩，籍作《和李僕射西園》（卷三）；絳雨中寄詩盧元輔、嚴休復，籍作《和李僕射雨中寄盧嚴二給事》（卷三）。

約於本年夏，過賈島青門坊外「原東居」，作《過賈島野居》（卷二），賈島同賦《張郎中過原東居》。

早秋，山南西道節度使裴度酬河中少尹楊巨源寄詩，籍作《和裴司空酬蒲城楊少尹》（卷四）。秋，左僕射李絳病中賦詩，籍作《和李僕射秋日病中作》（卷二）。

上年秋或本年秋，姚合因病辭萬年縣尉閑居長安，作《寄主客張郎中》，籍酬《贈姚合少府》（卷二）。按：籍詩題「贈」當作「答」。

冬，顥（或作「霄韻」）法師離京師雲游五臺山，兼謁河東節度使李光顔，籍作《送僧游五臺兼謁李司空》（卷二），賈島、無可、朱慶餘分别同賦《送慈恩寺霄韻法師謁太原李司空》、《送顥法師往太原講兼呈李司徒》、《送僧往太原謁李司空》。

裴度在山南西道節度使任。白居易在東都分司太子左庶子任，三月除蘇州刺史。元稹在浙東觀察史任。王建在秘書丞任。楊巨源在河中少尹任。令狐楚在宣武軍節度使任。李絳四月爲左僕射，十二月爲太子少師分司東都。

## 敬宗李湛寶曆二年　丙午　八二六　六十一歲

在主客郎中任。

或於本年早春，過賈島「原東居」，作《與賈島閑游》（卷六）。

春，朱慶餘進士及第，作《近試上張籍水部》（按：當作《閨意》），籍答《酬朱慶餘》（卷九）。又作《寄蘇州白二十二使君》（卷四）。白二十二使君，蘇州刺史白居易。

春末或夏初，朱慶餘東歸，籍作《送朱慶餘及第歸越》（卷二），姚合同賦《送朱慶餘及第後歸越》。

十一月，李逢吉出任山南東道節度使，籍作《送李司空赴鎮襄陽》（卷四）。

寶曆間，李幼公爲杭州刺史，籍作《贈李杭州》（卷四）；韓約任虔州刺史，籍作《寄虔州韓使君》（卷四）。

寶曆間或大和初，孫革任洛陽縣令，籍作《寄孫洛陽格》（卷四）；趙正卿爲陸渾縣令，籍作《寄陸渾趙明府》（卷四）；又作《贈梅處士》（卷四）。

元和末至本年間，大理評事李遂游吴越，籍作《送李評事游越》（卷二）。

裴度二月自興元入朝復知政事；十二月八日，劉克明等宦官弑敬宗，立絳王悟，樞秘使王守澄、中尉魏從簡等誅劉克明，立江王昂，是爲文宗；裴度預謀有功，加門下侍郎、集賢殿大學士、太清宫使。白居易在蘇州刺史任，二月落馬傷足，五月病眼，請百日長假，九月假滿罷官。元稹在浙東觀察使任。王建在秘書丞任，約於本年遷太常丞。劉禹錫秋罷和州刺史返洛陽。姚合四月爲東都監察御史。令狐楚在宣武軍節度使任。

## 文宗李昂大和元年　丁未　八二七　六十二歲

在主客郎中任。

七月十三日，敬宗皇帝葬於莊陵，作《莊陵挽歌詞三首》（卷二），劉禹錫、姚合分别作《敬宗睿武昭愍孝皇帝挽歌三首》、《敬宗皇帝挽詞三首》。

深秋，出使襄陽，經藍谿驛作《使至藍谿驛寄太常王丞》（卷二）。太常王丞，王建。在襄陽，遇舊友殷山人，作《贈殷山人》（卷三）。又遇舊友姚忥，時忥居「下位」，頗不得意，籍臨别作《贈姚忥》（卷七）。

冬，使回，作《使回留别襄陽李司空》（卷二）。李司空，李逢吉。回京，以藤杖筍鞋贈王建，作《贈太常王建藤杖筍鞋》（卷二）。

本年或稍後，廣宣師「新承墨詔」，籍作《贈廣宣師》（卷四）。

或於大和初作《贈賈島》（卷四）。

裴度在宰相任。白居易於春返洛陽；三月徵爲秘書監，復舍長安新昌里；歲暮使洛陽，與劉禹錫、姚合等交游。元稹在浙東觀察使任，九月加檢校禮部尚書。王建在太常丞任。劉禹錫六月爲主客郎中分司東都。姚合在東都監察御史任。令狐楚在宣武軍節度使任。李絳正月檢校司空，兼太常卿。

## 文宗李昂大和二年　戊申　八二八　六十三歲

在主客郎中任，春改國子司業。

三月，張籍由主客郎中改任國子司業（從四品下），劉禹錫由東都分司主客郎中入京替籍爲主客郎中，籍作《贈主客劉郎中》（卷六）。與劉禹錫、白居易同游曲江杏園，作《同白侍郎杏園贈劉郎中》（卷六）。與裴度、崔群、劉禹錫、賈餗等於裴度興化里西池聯句，成《春池汎舟聯句》（卷八）。白居易留雙鶴於洛陽履道里宅，裴度以詩（《白二十二侍郎有雙鶴留在洛下予西園多野水長松可以栖息遂以詩請之》）相乞，張籍、劉禹錫分别作《和裴司空以詩請刑部白侍郎雙鶴》（卷二）、《和裴相公寄白侍郎求雙鶴》；白居易酬《答裴相公乞鶴》，不久贈鶴，又作《送鶴與裴相臨别贈詩》。

約於本年春，傳説長安唐昌觀有仙女折玉蘂花，嚴休復、張籍、白居易、劉禹錫、元稹唱和叙其事。籍作《同嚴給事聞唐昌觀玉蘂近有仙過作二首》（卷六）。嚴、白、劉、元分别作《唐昌觀玉蘂花折有仙人游悵然成二絶》、《酬嚴給事（聞玉蘂花下有游仙絶句）》、《和嚴給事聞唐昌觀玉蘂花下有游仙二絶》、《和嚴給事聞唐昌觀玉蘂花下有游仙》。

四月，與裴度、白居易、劉禹錫、行式兩次相聚於裴度興化里西池聯句，成《首夏猶清和聯句》（卷八）、《薔薇花聯句》（卷八）。

五月，與裴度、白居易、劉禹錫、行式再次相聚於裴度興化里西池聯句，成《西池落泉聯句》（卷八）。

春夏間，裴度以詩言志，通簡舊僚，籍作《和裴司空即事通簡舊僚》（卷二）。

七月初，白居易招籍同宿，作《雨中招張司業宿》。秋，王建出爲陝州司馬，籍作《贈王司馬赴陝州》（卷四），白居易、劉禹錫、賈島分别作《送陝州王司馬建赴任（建善詩者）》、《送王司馬之陝州（自太常丞授工爲詩）》、《送陝府王建司馬》。

本年孟夏或明年孟夏，洛陽令孫革寄詩張籍，籍作《酬孫洛陽》（卷二）。

本年或明年，作《同將作韋二少監贈水部李郎中》（卷四）。

本年五月至明年七月間，作《贈姚合》（卷六）。

籍任主客郎中期間，尚作《送新羅使》（卷二）。

爲秘書郎（元和十五年）或水部員外郎（長慶二年盛春至四年五月）或主客郎中（長慶四年七月至大和二年三月）期間，作《閑游》（「終日不離塵土間」，卷六）。

裴度在宰相任。白居易自洛陽使還，二月除刑部侍郎，十二月乞百日病假。元稹在浙東觀察使任。姚合五月入京爲殿中侍御史。劉禹錫爲主客郎中。令狐楚十月由宣武軍入爲户部尚書。

## 文宗李昂大和三年　己酉　八二九　六十四歲

在國子司業任。

初春，裴度招令狐楚看雪，楚賦詩抒懷，籍作《和户部令狐尚書喜裴司空見招看雪》（卷二）。元稹自越州寄綾素予籍，籍作《酬浙東元尚書見寄綾素》（卷八）。

三月初，令狐楚由户部尚書改爲東都留守，籍作《送令狐尚書赴東都留守》（卷四），白居易、劉禹錫分别作《送東都留守令狐尚書赴任》、《同樂天送令狐相公赴東都留守》。寒食，作《寒食夜寄姚侍御》（卷二），姚合答《酬張籍司業見寄》。

四月，白居易以太子賓客分司東都，籍與裴度、劉禹錫、白居易等兩次於裴度興化池亭聯句送别，成《宴興化池亭送白二十二東歸》（卷八）、《西池送白二十二東歸兼寄令狐相公聯句》（卷九）；又與白居易、李紳、魏扶、韋式等於興化亭同賦一字至七字詩送别，籍作《賦花》（按：王仲鏞疑張、白等詩爲「僞撰」，或是）。白居易發長安，籍作《送白賓客分司東都》（卷四）。

七月，周元範使京返浙東，籍作《送浙東周阮範判官》（卷四），賈島、朱慶餘分别同賦《送周判官元範赴越》、《送浙東周判官》。詳郭文鎬《張籍生平二三事考辨》（載《唐代文學研究》第一輯）。

本年三月至十二月間，令狐楚在東都置平泉東莊，鄰近李絳宅，楚寄詩山南西道節度使李絳，籍作《和令狐尚書平泉東莊近居李僕射有寄》（卷三）。

籍爲國子司業期間尚作有《和陸（裴）司業習静寄所知》（卷二）、《詠懷》（卷二）、《寄梅處士》（卷四）。

裴度在宰相任。元稹在浙東觀察使任，九月詔爲尚書左丞，歲末至長安。王建離陝州司馬回京任侍御。劉禹錫轉禮部郎中。姚合在殿中侍御史任，約於八月遷侍御史。令狐楚三月出爲東都留守，十二月進位檢校右僕射、天平軍節度使。李絳正月檢校司空，兼興元尹、山南西道節度使。

## 文宗李昂大和四年　庚戌　八三〇　六十五歲

初春，王建離侍御任，卜居咸陽北石安原，籍作《寄王六侍御》（卷四），意欲歸隱。約於盛春，籍卒於國子司業任。詩文未集，子尚少。遺囑歸葬「鄉山」。賈島、無可分别作《哭張籍》、《哭張籍司業》（《全唐詩》卷六三九重出張喬詩，題作「哭陳陶」。《文苑英華》卷三百四署名無可，當爲無可作）。

張籍晚年作有《寄紫閣隱者》（卷二，姚合同賦《寄紫閣隱者》）、《答僧拄杖》（卷二）、《晚秋閑居》（卷二）、《書懷》（卷四）、《法雄寺東樓》（卷六）。

長慶元年至本年間，丘儒卒，作《哭丘長史》（卷四）、《哭丘長史》（卷六）；又作《閑居》（卷二）、《春日早朝》（卷六）、《寺宿齋》（卷六）、《夏日閑居》（卷八）。

元和八年至本年間，作《經王處士原居》（卷二）、《宫山祠》（卷六）、《美人宫棋》（卷六），王建分别同賦《贈王處士》、《宫人斜》、《夜看美人宫棋》。

元和七年至本年間，作《逢賈島》（卷六）。

張籍元和元年入仕之後尚作有《三原李氏園宴集》（卷一）、《送南遷客》（卷二）、《送越客》（卷二）、《送邊使》（卷二）、《送友人歸山》（卷二）、《送韋評事歸華陰》（卷二）、《送閩僧》（卷二）、《送海客歸舊島》（卷二）、《登咸陽北寺樓》（卷二）、《送鄭秀才歸寧》（卷二）、《送人任濟陰》（卷二）、《夏日閑居》（卷二）、《早春病中》（卷二）、《送安西將》（卷二）、《舊宫人》（卷二）、《送揚州判官》（卷四）、《贈王司馬》（卷四）、《送從弟删東歸》（卷四）、《送枝江劉明府》（卷四）、《送侯判官赴廣州從軍》（卷四）、《贈趙將軍》（卷四）、《哭孟寂》（卷六）、《送蕭遠弟》（卷六）、《送辛少府任樂安》（卷六）、《贈任道人》（卷六）、《送許處士》（卷六）、《送律師歸婺州》（卷六）、《酬藤杖》（卷六）、《寄故人》（卷六）、《和長安郭明府與友人縣中會飲》（卷六）、《唐昌觀看花》（卷六）、《九華觀看花》（卷六）、《寄府吏》（卷六）、《劉兵曹贈酒》（卷六）、《寄朱闞二山人》（卷六）、《寄王奉御》（卷六）、《玉真觀》（卷六）、《獻從兄》（卷七）、《城南》（卷七）。

未繫年的詩歌有《雜怨》（卷一）、《寄遠曲》（卷一）、《白紵歌》（卷一）、《野老歌》（卷一）、《寄衣曲》（卷一）、《猛虎行》（卷一）、《牧童詞》（卷一）、《古釵歎》（卷一）、《謪客詞》（卷一）、《採蓮曲》（卷一）、《吴宫怨》（卷一）、《白頭吟》（卷一）、《賈客樂》（卷一）、《妾薄命》（卷一）、《朱鷺》（卷一）、《遠别離》（卷一）、《江南曲》（卷一）、《烏啼引》（卷一）、《促促詞》（卷一）、《宛轉行》（卷一）、《思遠人》（卷二）、《望行人》（卷二）、《贈辟穀者》（卷二）、《不食姑》（卷二）、《古苑杏花》（卷二）、《送流人》（卷二）、《送蠻客》（卷二）、《上國贈日南僧》（卷二）、《寄友人》（卷二）、《律僧》（卷二）、《山中秋夜》（卷二）、《出塞》（卷二）、《古樹》（卷二）、《隱者》（卷二）、《哭山中友人》（卷二）、《送從弟戴玄往蘇州》（卷二）、《贈海東僧》（卷二）、《不食仙姑山房》（卷二）、《太白老人》（卷四）、《崑崙兒》（卷四）、《送吴鍊師歸王屋》（卷四）、《羅道士》（卷四）、《送遠客》（卷五）、《寄西峰僧》（卷五）、《禪師》（卷五）、《惜花》（卷五）、《野田》（卷五）、《岸花》（卷五）、《題玉像堂》（卷六）、《招周居士》（卷六）、《送暟師》（卷六）、《送僧往金州》（卷六）、《尋徐道士》（卷六）、《憶故州》（卷六）、《送客游蜀》（卷六）、《别客》（卷六）、《憶遠》（卷六）、《尋仙》（卷六）、《答鄱陽客藥名詩》（卷六）、《倡女詞》（卷六）、《題僧院》（卷六）、《吴楚歌詞》（卷六）、

《題方睦上人月臺觀》（卷六）、《華山廟》（卷六）、《成都曲》（卷六）、《寒塘曲》（卷六）、《春别曲》（卷六）、《山禽》（卷六）、《白鼉吟》（卷七）、《樵客吟》（卷七）、《烏棲曲》（卷七）、《雀飛多》（卷七）、《寄菖蒲》（卷七）、《山頭鹿》（卷七）、《憶遠曲》（卷七）、《春堤曲》（卷七）、《春水曲》（卷七）、《春日行》（卷七）、《廢瑟詞》（卷七）、《離婦》（卷七）、《新桃》（卷七）、《惜花》（「濛濛庭樹花」，卷七）、《懷友》（卷七）、《卧疾》（卷七）、《野寺後池寄友》（卷七）、《惜花》（「春潭足芳樹」，卷七）、《别于鵠》（卷七）、《送安法師》（卷八）、《老將》（卷八）、《題故僧影堂》（卷八，重出許渾詩，孰作不可定）、《弱柏院僧影堂》（卷八）、《贈箕山僧》（卷九）、《送友人盧處士游吴越》（卷九，重出温庭筠詩，孰作不可定）。

注：本集作品「繫年」中已作考證或説明的内容，《譜略》皆略而不考。

## 四、張籍研究資料

### （一）生平傳志資料

**《舊唐書·張籍傳》（卷一六〇）：**

張籍者，貞元中登進士第。性詭激，能爲古體詩，有警策之句，傳於時。調補太常寺太祝，轉國子助教、秘書郎。以詩名當代，公卿裴度、令狐楚，才名如白居易、元稹，皆與之游，而韓愈尤重之。累授國子博士、水部員外郎，轉水部郎中，卒。世謂之張水部云。

**《舊唐書·韓愈傳》（卷一六〇）**：

（愈）少時與洛陽人孟郊、東郡人張籍友善。二人名位未振，愈不避寒暑，稱薦於公卿間，而籍終成科第，榮於禄仕。後雖通貴，每退公之隙，則相與談讌，論文賦詩，如平昔焉。

**《新唐書·張籍傳》（卷一七六）**：

張籍者，字文昌，和州烏江人。第進士，爲太常寺太祝。久次，遷秘書郎。愈薦爲國子博士。歷水部員外郎、主客郎中。當時有名士皆與游，而愈賢重之。籍性狷直，嘗責愈喜博塞及爲駁雜之説，論議好勝人，其排釋老不能著書若孟軻、揚雄以垂世者。愈最後答書曰：「吾子不以愈無似……吾子其未之思乎？」籍爲詩，長於樂府，多警句。仕終國子司業。

**《新唐書·韓愈傳》（卷一七六）**：

從愈游者，若孟郊、張籍，亦皆自名於時。

**《新唐書·孟郊傳》（卷一七六）**：

（郊）卒，年六十四。張籍謚曰貞曜先生。

**（唐）范攄《雲谿友議》（卷下）「閨婦歌」條：**

朱慶餘校書，既遇水部郎中張籍知音，遍索慶餘新製篇什數通，吟改後，只留二十六章，水部置於懷抱，而推贊焉。清列以張公重名，無不繕録而諷詠之，遂登科第。朱君尚爲謙退，作《閨意》一篇，以獻張公。張公明其進退，尋亦和焉。詩曰：「洞房昨夜停紅燭，待曉堂前拜舅姑。妝罷低聲問夫壻：畫眉深淺入時無？」張籍郎中酬曰：「越女新妝出鏡心，自知明豔更沈吟。齊紈未足人間貴，一曲菱歌敵萬金。」朱公才學，因張公一詩，名流於海内矣。

**（後唐）馮贄《雲仙散録》「杜詩燒灰」條：**

《詩源指訣》曰：張籍取杜甫詩一帙，焚取灰燼，副以膏蜜，頻飲之，曰：「令吾肝腸從此改易。」

**（宋）賀鑄《歷陽十詠・百福寺**（與縣廨鄰。按縣譜，即唐詩人張司業籍之故居也。籍繪像今存）**》：**

文昌西郭居，修竹閉環堵。琴樽不復存，青蓮開梵宇。塵紛晦遺像，粉繪才可睹。拜奠媿無言，長哦君樂府。

**（宋）賀鑄《歷陽十詠・桃花塢**（縣西二里麻溪上。按縣譜，張司業之别墅也。籍與孟郊載酒屢游焉。茂林修竹，尤占近郭之勝）**》：**

種樹臨溪流，開亭望城郭。當年孟張輩，載酒來行樂。斯人久埃滅，節物今猶昨。看取不言華，春風自相約。

**（宋）趙令畤《侯鯖録》（卷五）「辨傳奇鶯鶯事」條：**

王性之作《傳奇辨正》云，嘗讀蘇翰林贈張子野詩，有云：「詩人老去鶯鶯在。」注言所謂張生，乃張籍也。僕按元微之所作傳奇，鶯鶯事在貞元十六年春；又言明年生文戰不利，乃在十七年，而唐《登科記》，張籍以貞元十五年高郢下登科，既先二年，决非張籍明矣。

**（宋）佚名《宣和書譜·行書三》（卷九）「張籍」條：**

（籍）善書翰，行草爲最。……其作詩善樂府，句法出諸客右。觀夫字畫凜然，其典雅斡旋處，當自與文章相表裏，不必以書專得名也，且後世欲見韓門弟子之風采者，當於此求其髣髴。今御府所藏行書一。

**（宋）張孝祥《讀書堂在烏江，即唐張文昌讀書處，自五代至宋皆世守之，渡江後爲史氏所有》：**

漫有五車書不讀，豈似一編勤過目。癡兒鬻肆蠹魚書，巨富牙籤塵滿屋。市南水竹一畝空，平生腹笥史長公。閉户卻掃得真樂，冥搜萬古窺鴻濛。淹留歲時亦何有，策勛兹事要持久。吾家文昌讀書處，好在溪山落君手。上方治定登文儒，東觀石渠森寶書，望公起直承明廬。從來海内知名士，須讀人間未讀書。（録自宋陳思編《兩宋名賢小集》卷一四六，《于湖集》不載。按：詩題宋祝穆《古今事文類聚·别集》卷四題作「烏江史氏讀書堂」。）

**（宋）計有功《唐詩紀事》（卷三四）**：

籍，字文昌，和州人。歷水部外郎，終主客郎中。（按：宋尤袤《全唐詩話》卷二「張籍」條載同）

**（宋）祝穆《方輿勝覽·和州·人物》（卷四九）**：

張籍。烏江人，與韓愈游。有宅，在通淮門裏，報恩寺是也。有讀書處，在縣西五里紫極觀後桃花塢。

**（宋）吴龍翰《古梅遺稿·過和州報恩寺唐籍故居也》（卷三）**：

昔年此地著書人，詩骨成塵草木深。突兀眼前僧結屋，塔鈴風裏替君吟。

**（元）辛文房《唐才子傳·張籍》（卷五）**：

籍，字文昌，和州烏江人也。貞元十五年封孟紳榜及第。授秘書郎，歷太祝，除水部員外郎。初至長安，謁韓愈。一會如平生歡，才名相許，論心結契。愈力薦爲國子博士。

然性狷直，多所責諷於愈。愈亦不忌之。時朝野名士皆與游，如王建、賈島、于鵠、孟郊諸公集中，多所贈答。情愛深厚。皆別家千里，游宦四方，瘦馬羸童，青衫烏帽，故每邂逅於風塵，必多殷勤之思。銜杯命素，又況於同志者乎？聲調相似，況味頗同。公於樂府古風，與王司馬自成機軸，絶世獨立。自李、杜之後，風雅道喪，至元和中，暨元、白歌詩，爲海内宗匠，謂之「元和體」，病格稍振，無愧洪河砥柱也。樂天贈詩曰：「張公何爲者？業文三十春。尤工樂府詞，舉代少其倫。」仕終國子司業。有集七卷，傳于世。

**（元）陸友仁《吴中舊事》：**

《新唐書》載張籍和州烏江人，而張洎作《張司業詩序》云籍蘇州吴郡人，二者無可考證。今烏江縣有張司業宅，則疑傳載爲是。予因以詩集考之，有《贈陸暢》詩云：「共踏長安街裏塵，吴州獨作未歸身。」胥門舊宅今誰住，（按：原本吴州作吴門，誰住作誰在，今從本集改正）。君過西塘與問人。」由是可知籍吴人無疑矣，抑亦嘗寓烏江耶？

**《明一統志·安慶府·名宦》（卷一四）：**

唐張知謇。舒州刺史。有惠政，武后降璽書存問。獨孤及。舒州刺史。……麴信陵。貞元中爲望江令。有惠政，亢旱禱雨即應，百姓爲之立祠，白居易爲作《秦中吟》。張萬福。攝舒州刺史。督淮南，盜賊窮破株黨。張籍。舒州從事。有文名，麴令爲祠堂記。胡珦。舒州刺史。歲大熟，麥一莖數穗，閭里歌頌之。後卒，韓愈作《神道碑銘》云：「坊舒之政，于兹有靳。」蓋嘉之也。

**《明一統志·和州·古蹟》（卷一七）：**

張籍宅。在州城通淮門内，舊光孝寺。籍，唐文人。又，州西桃花塢有籍讀書處。

**《明一統志·和州·人物》（卷一七）：**

張籍。烏江人。善古詩及書翰行草，舉進士，歷水部員外郎，官至國子司業。籍性狷直，不容物。是時韓愈以文衡輕重天下士，而籍爲愈客，且薦於朝，自是名播人口，一時賢士爭與之游。

**（明）盧熊《蘇州府志·貢舉》（卷一三）：**

（貞元）十五年，舍人高穎（編者按：當作郢）。張籍。子黯。

（會昌）六年，侍郎陳商。張黯。

**（明）盧熊《蘇州府志·人物·文藝》（卷三八）：**

張籍，字文昌，吴縣人，貞元十五年進士。爲太常寺太祝，以次遷秘書郎。韓愈薦爲國子博士，歷水部員外郎、主客郎中。當時有名士皆與游，而愈賢重之。籍性狷直，嘗責愈喜博塞及爲駁雜之説，論議好勝人，其排釋老不能著書若孟軻、揚雄以垂世。愈亦遺書答之。仕至國子司業。張洎論籍爲詩長于古風，當時與元微之、白樂天、孟東野歌詞，爲天下宗匠，號「元和體」，又長于今體律詩，貞元已前，多拘于常態，至籍一變，而章句之妙冠于流品，李杜之後一人而也（編者按：當作已）。子黯。按韓退之題《張中丞傳》云籍「吴郡」人，其本集有《贈陸暢》詩云「共踏長安街裏塵，吴州獨作未歸身。胥門舊宅今誰住，君過西塘與問人」，則爲蘇人無疑也。或云籍和州烏江人，故居在通淮門裏，大曆中爲烏江令所葺，據此蓋籍寓居也，烏江令，本傳不書，蓋亦傳聞之誤。（編者按：明王鏊等《姑蘇志·人物》卷五四於此後添加「湯中、張震發有詩集跋語，辨之甚詳」語。）

**（明）王鏊等《姑蘇志·第宅》（卷三一）：**

張籍故居在胥門。籍詩云：「共踏長安街裏塵，吴門獨作未歸身。胥門舊宅今誰住，君過西塘與問人。」此詩籍贈陸暢者。觀此則籍爲吴人可知矣。

**（明）王路《花史左編》（卷一二）「柳葉」條：**

唐張籍性耽花卉，聞貴侯家有山茶一株，花大如盎，度不可得，乃以愛姬柳葉換之，人謂「花淫」。

**余嘉錫《四庫提要辨證·集部一》（卷二〇）「張司業集八卷」條：**

張籍，兩唐書均附見《韓愈傳》，舊書不言其里貫，新書謂爲和州烏江人，《唐詩紀事》（卷三十四）、《郡齋讀書志》（卷十七）、《唐才子傳》（卷五），諸書皆從之，惟《書録解題》卷十九「張司業集」條下云：「湯中季庸考訂其爲吴郡人。」（詳見後。）既有此一説，則無論其是否，皆所當辨，《提要》竟置之不言，蓋憚於考索耳。今案席啟寓刻本《張司業集》，張洎序後，有跋一篇，不署姓名，蓋即湯中所作，其略曰：「按唐史所載，司業爲和州烏江人，而王荆公詩乃云，『蘇州司業詩名老』，二説異同。然考之昌黎集，《張中丞傳後序》云：『元和二年，愈與吴郡張籍，同閲家中舊書。』則信其爲吴人矣。但《與孟東野書》又有『張籍在和州居喪，家甚貧』之語，當是司業生於吴而嘗居於和，故唐史誤以爲和人也。司業詩中《寄蘇州白使君》云，『登第早年同座主，題詩今日是州民』（題詩，本集卷六作題書，當從之。正德本卷四作『題詩今日異州人』，乃明人所妄改），蓋用晉人簡帖中二字（案《法書要録》卷十《右軍書記》内，有一書云『五月二十七日，州民王羲之死罪死罪』），韋蘇州所謂『敬共尊郡守，牋簡具州民』是也。故司業以此施之樂天。至其寄和州使君劉夢得，則云『送客頻過沙口店（案頻字，本集卷六作時，未知孰是，正德本作將，非也），看花多上水心亭』，不過紀其嘗所宴游之地，而無復敬恭桑梓之意矣。即此二詩觀之，益信司業之爲吴人，而唐史之説不必惑云。」自《新唐書》既行以後，無以張籍爲吴人者，故朱長文《吴郡圖經續記》、范成大《吴郡志》，皆無籍姓名。及湯中之説出，學者始稍稍折而從之。如韓文《五百家注》卷二《此日足可惜一首贈張籍》下，引集注云：「籍，字文昌，吴郡人。」又卷十三《張中丞傳後叙》下引孫汝聽曰：「張籍，蘇州吴人。」是也。亡友高閬仙（步瀛）,嘗疑其無確證（見《唐宋文舉要》甲編卷五）。余案元陸友仁《吴中舊事》（卷一）曰:「《新唐書》載張籍和州烏江,而張洎作《張司業詩序》云,籍蘇州吴郡人（案席氏本同,但注云『一作和州烏江人』,正德本則徑改之矣）,二者無可考證。今烏江縣有張司業宅,則疑傳載爲是。予因以詩集考之,有《贈陸暢》詩云:『共踏長安街裏塵,吴州獨作未歸身。胥門舊宅今誰住（胥門二字,正德本作昔年,蓋以意妄改）,君過西塘與問人。』由是可知籍吴人無疑矣,抑亦嘗寓烏江耶?」陸氏蓋未見湯中之跋,故以爲無可考證,然其所引《贈陸暢》詩,則固確鑿可憑,足補湯氏之闕矣。余謂張籍之爲吴人而嘗僑寓和州,此在《張中丞傳後叙》中,固有明文可考,不必别求證據也。《叙》於篇首即稱「吴郡張籍」,其後又云:「張籍曰:有于嵩者,少依於巡;……籍大曆中,於和州烏江縣見嵩,嵩時年六十餘矣;……籍時尚小,粗問巡、遠事,不能細也。」（《昌黎集》卷十三）是則籍爲吴郡人,小時嘗寓烏江。昌黎所叙原自分明,諸家於篇末一節,鮮有注意及之者,蓋忽而不之察耳。昌黎《與孟東野書》（《昌黎集》卷十五）,注以爲貞元十六年三月作,籍以十五年登第,而其明年猶在和州居喪,蓋以家貧,未能返里也。陸友仁謂烏江縣有張司業宅,考《輿地紀勝》卷四十八《和州·古跡》云:「張籍宅,在城通淮門裏。報恩光孝禪寺,父老傳唐張水部宅基也。又有書堂山,在烏江一里,舊傳張籍讀書處。」若此説可信,則籍之舊宅,在和州者當有兩處。

一在烏江，乃其小時讀書之所；一在歷陽（唐和州治歷陽縣），疑其居喪之時即寓於此。然不得因是便爲和州人也。陸暢者，吴郡人。（見《唐詩紀事》卷三十五。）《昌黎集》卷五有《送暢歸江南》詩，略云：「踐此秦關雪，家彼吴洲雲。」知其即家於吴，籍因其歸而念及胥門舊宅，足見其祖居故在蘇州。《王建集》卷四有《送張籍歸江東》詩，則籍亦非終身不歸鄉里者，安得爲烏江人耶？宋祁修《新唐書》時，誤以《張中丞傳後叙》之「吴郡張籍」爲稱其郡望，如「昌黎韓愈」之比，遂據其篇末之言，以爲和州烏江人，不知籍言「大曆中，於和州烏江縣見于嵩」，正可見其非烏江人耳。如第以烏江有張司業宅爲證，則歷陽亦有張籍宅，籍果爲何縣人耶？明王鏊《姑蘇志》卷三十一《第宅》門、卷五十四《人物》門，均據籍送陸暢詩，以籍爲吴人。乾隆《一統志》卷五十六《蘇州·人物》内，亦收入張籍。是籍之里貫，早有定論，作《提要》者何不一考歟？

## （二）張籍集序、跋、提要

**（五代）張洎《張司業集序》**：

司業諱籍，字文昌，和州烏江人也（編者按：席本、孫潛家鈔本作「蘇州吴人也」，皆注「一作和州烏江人也」）。貞元十五年，丞相渤海公下及第。歷官太祝、秘書郎、國子博士、水部員外郎、國子司業。公爲古風最善，自李杜之後，風雅道喪，繼其美者唯公一人，故白太傅讀公集曰：「張公何爲者，業文三十春。尤工樂府詞，舉代少其倫。」又姚秘監嘗讀公詩云：「妙絶江南曲，凄凉怨女詞。古風無手敵，新語是人知。」其爲當時文士推服也如此。元和中，公及元丞相、白樂天、孟東野歌調（編者按：陸本、席本作「詞」），天下宗匠，謂之「元和體」。又長於今體律詩，貞元已前，作者間出，大抵互相祖尚，拘於常態，迨公一變，而章句之妙，冠於流品矣！自皇朝多故，荐經離亂，公之遺集，十不存一。予自丙午歲迨至乙丑歲，相次緝綴，僅得四百餘篇，藏諸篋笥，餘則更俟博訪，以廣其遺闕云爾。

## （宋）湯中附張籍故里考：

唐書《韓愈傳》後云：「張籍者，字文昌，和州烏江人……終國子司業。」按唐史所載，司業爲和州烏江人，而王荆公詩乃云「蘇州司業詩名老」，二説異同。然考之昌黎集，《張中丞傳後序》云：「元和二年，愈與吴郡張籍同閲家中舊書。」則信其爲吴人矣。但《與孟東野書》又有「張籍在和州居喪，家甚貧」之語，當是司業生於吴而嘗居於和，故唐史誤以爲和人也。司業詩中《寄蘇州白使君》云「登第早年同座主，題詩今日是州民」，蓋用晉人簡帖中二字，韋蘇州所謂「敬共（編者按：當作恭）尊郡守，牋簡具州民」是也。故司業以此施之樂天。至其寄和州使君劉夢得，則云「送客頻過沙口店，看花多上水心亭」，不過紀其嘗所宴游之地，而無復敬共桑梓之意矣。即此二詩觀之，益信司業之爲吴人，而唐史之説不必惑云。

**（宋）湯中《張司業詩集序》：**

張司業詩集，世所傳者，歷陽、盱江二本爾，編次不倫，字亦多誤。余家藏元豐八年寫本，以樂府首卷，絶句繫後，既有條理，其間古詩亦多二本十數首。如《學仙》、《董公》二詩，乃樂天所稱，謂可上風人主，下誨藩臣者，二本闕焉，此獨有之。但寫時亦欠校勘，不無錯字。今合三本校定爲八卷，共四百二十六首。復録退之、樂天、夢得酬贈諸篇附卷後，差完善可觀已。《祭退之》長篇，諸本皆闕，今用昌黎外集添入。但樂天所稱《商女》、《勤齊》二詩，及韓集所載《同張十八效阮步兵一日復一日體》，此等詩皆不復可見，以此知遺逸多矣。本朝張文懿公於唐人詩中最愛司業之作，王荆公絶句亦云：「蘇州司業詩名老，樂府皆言妙入神。看似尋常最奇崛，成如容易卻艱辛。」前輩推重司業之詩如此，近時罕有傳誦者，故爲之搜訪整比，以俟好風雅者刻焉。番陽湯中。

**（明）劉成德《唐司業張籍詩集序》：**

唐開元盛時，杜甫、李白、高適、儲光羲、王維諸賢，至大曆以後，已兩變矣。當時以文名家者，有韓愈、柳宗元、李翱、張籍之徒，相與奮起，振六朝五季澆漓之習，而自成一家之言。韓昌黎、柳柳州、李協律集俱盛傳，惟張司業，按唐史云，有集七卷，不傳。余登進士，同年沁水常倫明卿，授以録本，蓋以乃翁侍御所藏者。惜不見其全集，所幸有古體七首、今體三百四首。後余於載籍中，又得樂府、五七言古詩三十首，今體五言（編者按：「言」當作「十」）二首，而次編之，共得三百九十三首。夫詩文至五季，壞亦極矣！而元和中，昌黎公特振衰頽，以古文自任，其議論正大，氣象雄偉，可以羽翼六經；而柳宗元得叙事之體，變化莫測，起伏層迭。昔人評其文曰：「韓愈之文出於經，柳宗元之文出於史。」故一時文人響應。而李翶、張籍出入門下，爲昌黎厚友。籍性狷直率，博聞古好（編者按：「古好」當作「好古」），議論勝人；其排佛老，嘗言不能著書如孟軻、楊雄以垂世。觀其昌黎代作李浙東一書，議論風生，期大之意甚深，謂其善爲樂府，「使人憑几而聽之，未必不若絲竹管絃敲金擊石也」。其《送孟東野序》曰：「孟郊東野，始以其詩鳴，高出魏晉。」「從吾游者，李翶、張籍其尤也。三子者之鳴，信善鳴矣。抑不知天將和其聲，而使鳴國家之盛邪？抑將窮餓其身，思愁其心腸，而使自鳴其天才也（編者按：「天才也」當作「不幸邪」）？三子之命則懸于天矣！其在上也，奚以喜；其在下也，奚以悲。」韓愈之哀三子之才，至於如此。余併其詩而觀之，其樂府詩，景真情真，有風人之意；而五言近體，又皆勁健清雅，脱落塵想，俱從胸臆中出。然後知昌黎之詩豐而腴，柳州之詩峭而勁，司業之詩新而奇，李翺之詩悲而壯，卒皆可傳。惟東野之詩，則有窮促寒苦之狀，吾恐温厚之教，宜非若是。觀者自有巨目，不待余贅言也。今昌黎原道，功業爲唐獨出，血食廟庭，而柳州、李翺、張籍之文，爲世所珍，是和其聲而鳴其盛，非窮悲而自鳴矣！而今而後，知人能文章，其命之遇與不遇，益（編者按：當作「蓋」）不足悲喜也。張籍字文昌，和州烏江人，貞元十五年及第。歷官太祝、秘書郎，昌黎薦之，遷國子博士，轉水部員外郎，歷主客郎中，卒授國子司業云。正德乙亥秋七月吉　河中東峰劉成德序。

**（明）馬如蛟《合刻兩張先生集序》：**

天地之所以不朽者，士氣維之，故氣以克塞爲用，而成於識，劃邪正之竅，扼升降之機，立身行道，傳以文詞，世胥賴焉。否則，其人爲春華，及秋而殞已；其文詞爲月滿，及晝而泯已。志稱吾和，崇山大江，舒奇發秀，名哲斌斌，倘萃毓一門，輝映歷代，亦已足奇，若皆爲邪正升降之功臣如文昌、安國兩先生者，不更奇乎！當佛骨尊貴之日，唐之士如風偃萎草，獨一韓昌黎爭之耳。文昌先生則不欲其紛以口舌，欲其砥以簡編，猶夫杼軸具而絲自理，不必憂其亂也，至以博塞爲害性，以尚勝爲少容，先生之識，其進於道哉！宋至紹興，理淆政壞，誰敢違長腳相者？安國先生則孤行其意，尊君晉彥，復不令舍所學以自全。考其封事，如修日曆，立大本，詘和議，重自治，廣才路，皆阿衡之法也。浮沉中外，所向輒理，非有異人之識能辨此乎？兩先生之概如是，豈待文詞而傳？然即以想其文詞，則爲世利賴，不容不傳可知。白太傅、姚秘監皆稱文昌工樂府詞；謝昭武謂安國以才勝，有凌轢坡仙之意。以余觀之，文昌秀宕絶塵，其《送韓侍御》、《望行人》、《惜花》、《尋仙》諸詩，似亦不遜美詞曲。安國磅礴縱横，言有實際，細膩不及阿祖，而豪矗過之。若夫明道秉節，厲世磨鈍，固後先一轍矣。甚矣，張氏之有賴於世也！自文昌而下，才雋繁蔚，其最著者如少師、轉運、參知、司農丞，咸以文行事功作世綱維，蓋烏江廣衍灝淼，孕育無窮張氏，特鍾其靈氣有如此者。文昌、安國用未竟才，大力者仍賓其遺言，使與經籍典謨，表章來學，故復以裒集之權授灃浦刺史，頒佈之權授觀止輔令。於是乎兩張先生之氣久而益昌，天地不朽之道其在斯乎？崇禎六年癸酉仲夏柱下舊史郡後學馬如蛟謹題。

**（明）張時行《合刻兩張先生集序》：**

張文昌，名籍，和州歷陽人，居城西桃花塢，登貞元十五年進士。契道德性命之精力，以聖學爲己任，故與韓愈、李翱以斯道相切磋，時劉夢得爲刺史，每以詩文相唱和，故辭賦與劉禹錫、柳宗元相上下。其名重當時，聲流奕世，柰傳久而訛，或謬以爲蘇州人，或謬以爲荆州人，吾郡人士見之扼腕，矧吾宗人也。余遂慨然以全集板行，并《于湖集》合併鏤刻，使他郡不得傳會蹈襲，如明珠貴重於天下古今，其源則出於合浦；如水流行於四瀆九州，其源則發於岷峨。余不惴固陋，僭越梓行覽者，當諒余苦衷也。後裔張時行私記。

**（明）張尚儒《合刻兩張先生集序》：**

司業公詩集，行于世者有歷陽、盱江二本，全椒張舍人洎、番陽湯司諫中輯本，毗陵蔣氏刊本，種種不一，儒恨未之見也。髮燥以來，心竊嚮往之。承之楚荆，詢之大家世族，凡散見雜集中者，無不裒而集之。庚戌歸來，友人萬惺聞購得河中劉侍御成德刊本，合以蘭嵎朱太史刻之金陵者，併前所輯，得詩四百四十九首，而司業公之詩遺者或寡矣。並録《與韓昌黎書》二首，訂爲八卷，藏之笥中。丁巳仲秋，澹園焦師（竑）又畀以秘閣鈔本《于湖公集》，曰：「文昌、于湖兩張公，德業文章後先相望，當合刻以傳，而國寶家珍散逸數百年者，璀璨一時，復還舊觀，豈非厚幸乎哉！」癸酉仲春，張觀止有事殺青，楊克家、張仁甫重加校正。姑述其所得之艱若此。歷陽後學張尚儒謹識。

**陳延傑《張籍詩注・序》：**

史稱張籍以詩名，當代公卿裴度、令狐楚，才名如白居易、元稹，皆與之游，而韓愈尤重之。推此意，籍亦一篤實君子，蓋狷者流也。吾嘗以爲元和、長慶間，詩有二派：其一生澀奥衍，若韓愈、孟郊、盧仝、李賀、賈島其著也；其一平易清遠，若元稹、白居易、劉禹錫是。籍詩直而不野，婉而多諷，蓋介乎二者之間，殆如史所稱以交游而及于詩如此歟？

籍能爲樂府詞，怊悵切情，有風人之旨，蓋近乎韓、孟者。其五言律，雅健清遠，善狀物態，李懷民《主客圖》所推爲「清真雅正主」者，良不虚也。至于七言律以及五絶，又皆有和平之音，此並近乎元、白者。若夫七言絶句，則詞旨鏗鏘，音調凄楚，又近乎劉賓客者也。嗟夫！籍家無錢財，誠不以畜妻子憂飢寒亂心，乃能爲二派之詩，一吐其胸中之奇，其亦大可悲矣！吾觀昌黎《代籍與李浙東書》，謂其善爲古詩，使人憑几而聽之，未必不如聽吹竹彈絲敲金擊石也。其志可憫，故其遇止窮于水部，此又東坡所謂詩人例作水曹郎也。然則籍廢于俗輩，而獨以詩名，其天將窮餓其身，思愁其心腸，而使自鳴其不平者歟？水部詩自宋以來無注者，余頗惜之。余窮卧溪山，亦以身廢，既爲郊、島詩作注，又感水部之寒餓，復注其詩，令後之學者，得以知其志焉。江寧陳延傑。（陳延傑《張籍詩注》，臺灣商務印書館一九七一年三月臺二版）

**中華書局上海編輯所《張籍詩集・出版説明》：**

張籍是唐代的現實主義詩人之一。他繼承了偉大的現實主義詩人杜甫的創作道路，認爲文學應該反映民生疾苦，不可無病呻吟，言之無物，更不可出諸游戲。他的創作方法，對稍後於他的現實主義大詩人白居易，起過一定的影響。在他早期所作的樂府和古體詩中，有不少篇章具有較高的思想性和藝術性，一直爲當時和後代所稱道。白居易首先贊譽説：「張君何爲者？業文三十春。尤工樂府詩，舉代少其倫。爲詩意如何？六義互鋪陳。風雅比興外，未嘗著空文。」後來歐陽修、王安石等人對他的樂府詩，也都加以贊許。在他的詩篇中，他以現實主義的手法和人道主義的精神，比較廣泛而深刻地反映了當時的社會現實：統治者的昏庸腐朽帶給廣大人民以苦難，異族入侵下人民所遭受的蹂躪，官僚地主對於勞動人民的高度剥削和殘酷奴役，勞動人民的極端貧困，以及封建社會中婦女所遭受的不幸等等。總之，他同情受苦受難的勞動人民，大聲疾呼地替他們申訴，在一定程度上表達了廣大人民的憤怒和願望。

不過在張籍的詩篇中，也有不少應和詩、近體格律詩，缺乏社會現實意義，思想性不高，甚至還有少數幾篇宣揚了「及時行樂」的消極思想。但就他的主要傾向性説來，仍不失爲唐代現實主義詩人之一。研究他的作品，對於瞭解我國古典詩歌中的現實主義傳統有一定作用。

張籍的詩篇，《新唐書·藝文志》著録「張籍詩集七卷」。南唐末年，張洎費了二十多年的努力，輯得四百餘篇，名「木鐸集」，編爲十二卷。到南宋末年，番陽湯中（季庸）用家藏元豐八年（公元一〇八五年）寫本爲主，兼以各本校定，編爲「張司業集」八卷，魏峻（叔高）爲刻於平江。明正德十年（一五一五）河中劉成德又編次一本。今傳明嘉、萬間刻本

「唐張司業詩集」八卷，前載張洎、劉成德兩序；從其書名、分卷看來，可以知道是出於張洎、湯中一個系統的本子。

傳世的另一古本，是宋蜀刻本唐人集中的「張文昌文集」，名爲文集，所收均係詩篇，共三百十七首，分爲四卷。此本編刊時間，晚於張洎，但並不出於張本的系統。以現存的刻本論，則爲最早的本子。由於所收詩篇並不是最完備的，所以我們此次重印，仍用明嘉、萬間刻八卷本（四部叢刊即以此本影印）作爲底本。此本共收張氏作品四百五十餘首。

## 《唐張司業詩集》（原本）跋：

張司業詩集，世所傳者，有歷陽、盱江二本，咸編次不全；番陽湯侍講司諫中，乃以家藏元豊八年寫本，刻而傳之，其間篇什，頗多於二本。辛酉歲，余移告家居，因合三本校之，得其樂府、古風、近體詩，共七十九首，録于毗陵蔣氏刊本後，錯字亦稍爲正，惜未能盡去也。余嘗觀唐史，稱司業爲詩，長于樂府，多警句；白太傅讀其集，賦詩曰：「張公何爲者，業文三十春。尤工樂府詞，舉代少其倫。」而姚秘監又贈詩曰：「妙絶江南曲，凄凉怨女詩。古風無敵手，新語是人知。」其爲當時所推服者如此。迨後若張文懿公，最重籍作；荆公絶句云：「蘇州司業詩名老，樂府皆言妙入神。」其爲異代所稱仰也又如此。然則司業之詩，是可遺其一耶？今增定之，則滄海之珠庶幾無遺，延津之劍得以復合，非敢附于四公之後也。七月既望識。

**《張司業詩集》（平江本）宋魏峻附拾遺詩跋：**

右五詩（編者按：指《三原李氏園宴集》、《山中酬人》、《岳州晚景》、《水》、《和李僕射西園》）見《木鐸集》，「木鐸」者，司業詩之别名也。前國子監書庫官張元龍震發得於故家。張氏問其由來，則皇祐三年舍人毗陵錢公輔通守越郡時，得於太守楊君，云張洎家本也。視他本最完，大略與今所刻司諫湯公家藏本相出入，而此五詩則今刻本無之。今刻本第六卷《贈項斯》。七言，則《木鐸集》闕焉，因互見云。魏峻並識。（録自席本）

**《張司業詩集》（平江本）宋魏峻跋：**

自昔名人勝士生平游歷之地，世傳以爲美談，而物之經品題者，一時亦爲之增重，錢塘之人以歐公不一來爲恨，東坡謂江山奇麗秀絶之氣，常爲能文者用，西湖特公几案間一物，所謂言有大而非誇者也。唐張司業樂府，世多傳，罕有盡得其他詩者，侍講司諫湯公獨表而出之。司業所居里，舊史略弗録，新史稱爲和州烏江人，未有質其居吴者，司諫始訂而信之。峻嘗誦司業詩，有「學者」「號韓張」之句，世無韓吏部，不當在弟子列。其磊磊落落在人耳目者如此，而遺風餘韻，邦人弗傳，圖志弗載，世之泯滅不少，概見者可勝道

哉！峻既刊司業詩，因取以補郡志之闕，遂爲中吴一段奇事。淳祐丙午立春日壽春魏峻識。（録自席本）

**《張司業詩集》（平江本）清錢謙益跋：**

唐新書《韓愈傳》云「張籍，和州烏江人」，番陽湯中據退之《傳後序》稱「吴郡張籍」及司業《寄蘇州白使君》云「登第早年同座主，題詩今日是州民」，知司業爲吴人，後嘗居和，故唐史誤以爲和人也。張洎亦云蘇州吴人。此本多古詩十數首，《學仙》、《董公》二詩，樂天所稱可上諷人主，下可誨藩臣者，亦具載焉，較他本最爲完善。虞山錢謙益。（録自席本）

**《張司業詩集》（平江本）清馮班跋：**

余得此本於錢禮部，錢得於趙清常。平生所見凡四五本，唯此爲佳，讀者其知之。上當馮班。（録自席本）

**《張司業詩集》（陸本）中卷後清陸貽典附記：**

宋刻張司業集有二，一本八卷，一本上中下三卷，而要以八卷爲勝。「百家唐詩」中所刻一卷，僅三卷中之下卷耳，其爲可笑如此。予既别抄北宋本，復借遵王南宋本補此二卷。聞此外尚有《木鐸集》，惜無從一見之也。辛丑六月十一日貽典識。

**《張司業詩集》（陸本）清黄丕烈跋：**

此顧氏試飲堂藏書也。余于庚午冬曾借校一過，今書已散在坊間，余仍訪得之，與之劃抵舊時帳，坊友甚快快，即以校本貼補之。臨陸校本，因續得八卷本舊鈔者，悉校之。此不復校八卷本者，各存其面目而已。而後乃今，張集之舊本，洵稱雙璧矣。回憶庚午之借，壬午之得，歲星一周，光陰如箭，不知甲午之交又如何爾。八月六日蕘夫。

**《張司業詩集》（清孫潛家鈔本）孫潛跋：**

此本鈔得久矣。己丑十二月因用錢宗伯家原本讀一過，其引別書參入者係宗伯手筆云。

又用一鈔本勘定，其本分三卷，五言今體上，七言今體中，樂府爲下，蓋近人分體本子也。比此本少二十餘首，次序亦全不同，字句之間頗有可參者，聊爲寫之行間云。其本亦藏宗伯處。潛夫。

**（清）紀昀等《四庫全書·〈張司業集〉提要》：**

唐張籍撰。籍字文昌，和州人。貞元十五年進士，官至國子司業，事蹟附載《唐書·韓愈傳》中。籍以樂府鳴一時，其骨體實出王建上。後人概稱「張王」，未爲篤論。韓愈稱「張籍學古淡，軒鶴避雞群」，諒矣。其文惟《文苑英華》載與韓愈二書，餘不概見。相其筆力，亦在李翺、皇甫湜間，視李觀、歐陽詹之有意劖雕，亦爲勝之。《昌黎集》有代籍上李浙東書，稱以盲廢。然集中《祭退之》詩稱「公比欲爲書，遺約有修章。令我署其末，以爲後事程」，則愈没之時，籍猶執筆作字，知其目疾已愈，世傳盲廢者非也。其集爲張洎所編。洎序稱自丙午至乙丑相次綴輯，得四百餘篇。考丙午爲南唐李昪昪元元年，當晉開運三年，乙丑爲宋乾德三年，蓋洎搜葺二十年始成完本，亦云勤矣。陳振孫《書録解題》云：「張洎所編籍詩，名《木鐸集》，凡十二卷。近世湯中季庸以諸本校定爲《張司業集》八卷，刻之平江。」此本爲明萬曆中和州張尚儒與張孝祥《于湖集》合刻者，尚儒稱購得河中劉侍御本，又參以朱蘭嵎太史金陵刊本，得詩四百四十九首，并録《與韓昌黎書》二首，訂爲八卷，則已非張洎、湯中之舊。然其數不甚相遠，似乎無所散佚也。（《欽定四庫全書總目（整理本）》，中華書局一九九七年一月版）

## （三）時人有關詩文

**王建《送張籍歸江東》：**

清泉瀚塵緇，靈藥釋昏狂。君詩發大雅，正氣回我腸。復令五彩姿，潔白歸天常。昔歲同講道，青襟在師傍。出處兩相因，如彼衣與裳。行行成此歸，離我適咸陽。失意未還家，馬蹄盡四方。訪余詠新文，不倦道路長。僮僕懷昔念，亦如還故鄉。相親惜晝夜，寢息不異床。猶將在遠道，忽忽起思量。黄金未爲罍，無以挹酒漿。所念俱貧賤，安得相發揚。回車遠歸省，舊宅江南廂。歸鄉非得意，但貴情義彰。五月天氣熱，波濤毒於湯。慎勿多飲酒，藥膳願自强。（《全唐詩》卷二九七）

**王建《酬張十八病中寄詩》：**

本性慵遠行，綿綿病自生。見君綢繆思，慰我寂寞情。風幌夜不掩，秋燈照雨明。彼愁此又憶，一夕兩盈盈。（《全唐詩》卷二九七）

**王建《洛中張籍新居》：**

最是城中閑静處，更回門向寺前開。雲山且喜重重見，親故應須得得來。借倩學生排藥合，留連處士乞松栽。自君移到無多日，牆上人名滿緑苔。（《全唐詩》三〇〇）

**王建《揚州尋張籍不見》：**

别後知君在楚城，揚州寺裏覓君名。西江水闊吴山遠，卻打船頭向北行。（《全唐詩》三〇一）

**王建《留别張廣文》：**

謝恩新入鳳皇城，亂定相逢合眼明。千萬求方好將息，杏花寒食的同行。（《全唐詩》

三〇一）

**王建《寄廣文張博士》：**

春明門外作卑官，病友經年不得看。莫道長安近于日，昇天卻易到城難。（《全唐詩》卷三〇一）

**孟郊《與韓愈李翱張籍話别》：**

朱弦奏離别，華燈少光輝。物色豈有異，人心顧將違。客程殊未已，歲華忽然微。秋桐故葉下，寒露新雁飛。遠游起重恨，送人念先歸。夜集類飢鳥，晨光失相依。馬跡繞川水，雁書還閨闈。常恐親朋阻，獨行知慮非。（《全唐詩》卷三七九）

**孟郊《寄張籍》：**

夜鏡不照物，朝光何時升。黯然秋思來，走入志士膺。志士惜時逝，一宵三四興。清漢徒自朗，濁河終無澄。舊愛忽已遠，新愁坐相凌。君其隱壯懷，我亦逃名稱。古人貴從晦，君子忌黨朋。傾敗生所競，保全歸懵懵。浮雲何當來，潛虬會飛騰。（《全唐詩》卷三七八）

**孟郊《寄張籍》：**

未見天子面，不如雙盲人。賈生對文帝，終日猶悲辛。夫子亦如盲，所以空泣麟。有時獨齋心，髣髴夢稱臣。夢中稱臣言，覺後真埃塵。東京有眼富，不如西京無眼貧。西京無眼猶有耳，隔牆時聞天子車轔轔。轔轔車聲輾冰玉，南郊壇上禮百神。西明寺後窮瞎張太祝，縱爾有眼誰爾珍。天子咫尺不得見，不如閉眼且養真。（《全唐詩》卷三七八）

**韓愈《此日足可惜贈張籍》（愈時在徐，籍往謁之，辭去，作是詩以送）：**

此日足可惜，此酒不足嘗。捨酒去相語，共分一日光。念昔未知子，孟君自南方。自矜有所得，言子有文章。我名屬相府，欲往不得行。思之不可見，百端在中腸。維時月魄死，冬日朝在房。驅馳公事退，聞子適及城。命車載之至，引坐於中堂。開懷聽其說，往往副所望。孔丘殁已遠，仁義路久荒。紛紛百家起，詭怪相披猖。長老守所聞，後生習爲常。少知誠難得，純粹古已亡。譬彼植園木，有根易爲長。留之不遣去，館置城西旁。歲時未云幾，浩浩觀湖江。衆夫指之笑，謂我知不明。兒童畏雷電，魚鱉驚夜光。州家舉進士，選試繆所當。馳辭對我策，章句何煒煌。相公朝服立，工席歌鹿鳴。禮終樂亦闋，相拜送於庭。之子去須臾，赫赫流盛名。竊喜復竊歎，諒知有所成。人事安可恒，奄忽令我傷。聞子高第日，正從相公喪。哀情逢吉語，惝怳難爲雙。暮宿偃師西，徒展轉在床。夜聞汴州亂，繞壁行傍徨。我時留妻子，倉卒不及將。相見不復期，零落甘所丁。驕兒未絶乳，念之不能忘。忽如在我所，耳若聞啼聲。中途安得返，一日不可更。俄有東來説，我家免罹殃。乘船下汴水，東去趨彭城。從喪朝至洛，還走不及停。假道經盟津，出入行澗岡。日西入軍門，羸馬顛且僵。主人願少留，延入陳壺觴。卑賤不敢辭，忽忽心如狂。飲食豈知味，絲竹徒轟轟。平明脱身去，決若驚鳧翔。黄昏次汜水，欲過無舟航。號呼久乃至，夜濟十里黄。中流上灘潬，沙水不可詳。驚波暗合沓，星宿爭翻芒。轅馬蹢躅鳴，左右泣僕童。甲午憩時門，臨泉窺鬬龍。東南出陳許，陂澤平茫茫。道邊草木花，紅紫相低昂。百里不逢人，角角雄雉鳴。行行二月暮，乃及徐南疆。下馬步堤岸，上船拜吾兄。誰云經艱難，百口無夭殤。僕射南陽公，宅我睢水陽。篋中有餘衣，盎中有餘糧。閉門讀書史，窗户忽已凉。日念子來游，子豈知我情。别離未爲久，辛苦多所經。對食每不飽，共言無倦聽。連延三十日，晨坐達五更。我友二三子，宦游在西京。東野窺禹穴，李翺觀濤江。蕭條千萬里，會合安可逢。淮之水舒舒，楚山直叢叢。子又捨我去，我懷焉所窮。男兒不再壯，百歲如風狂。高爵尚可求，無爲守一鄉。（《全唐詩》卷三三七）

**韓愈《醉贈張秘書》**：

人皆勸我酒，我若耳不聞。今日到君家，呼酒持勸君。爲此座上客，及余各能文。君詩多態度，藹藹春空雲。東野動驚俗，天葩吐奇芬。張籍學古淡，軒鶴避雞群。阿買不識字，頗知書八分。詩成使之寫，亦足張吾軍。……今我及數子，固無蕕與薰。險語破鬼

膽，高詞媲皇墳。至寶不雕琢，神功謝鋤耘。方今向太平，元凱承華勳。吾徒幸無事，庶以窮朝曛。（《全唐詩》卷三三七）

韓愈《喜侯喜至贈張籍張徹》：

昔我在南時，數君常在念。摇摇不可止，諷詠日喁噞。如以膏濯衣，每漬垢逾染。又如心中疾，鍼石非所砭。常思得游處，至死無倦厭。地遐物奇怪，水鏡涵石劍。荒花窮漫亂，幽獸工騰閃。礙目不忍窺，忽忽坐昏墊。逢神多所祝，豈忘靈即驗。依依夢歸路，歷歷想行店。今者誠自幸，所懷無一欠。孟生去雖索，侯氏來還歉。欹眠聽新詩，屋角月豔豔。雜作承間騁，交驚舌互䑛。繽紛指瑕疵，拒捍阻城塹。以余經摧挫，固請發鉛槧。居然妄推讓，見謂爇天燄。比疎語徒妍，悚息不敢占。呼奴具盤餐，飣餖魚菜贍。人生但如此，朱紫安足僭。（《全唐詩》卷三三七）

韓愈《贈張籍》：

吾老著讀書，餘事不挂眼。有兒雖甚憐，教示不免簡。君來好呼出，踉蹡越門限。懼其無所知，見則先媿赧。昨因有緣事，上馬插手版。留君住廳食，使立侍盤盞。薄暮歸見君，迎我笑而莞。指渠相賀言，此是萬金産。吾愛其風骨，粹美無可揀。試將詩義授，如以肉貫弗。開袪露毫末，自得高蹇嵼。我身蹈丘軻，爵位不早綰。固宜長有人，文章紹編剗。感荷君子德，恍若乘朽棧。召令吐所記，解摘了瑟僴。顧視窗壁間，親戚競覘con。喜氣排寒冬，逼耳鳴睍睆。如今更誰恨，便可耕灞滻。（《全唐詩》卷三四〇）

韓愈《調張籍》：

李杜文章在，光燄萬丈長。不知群兒愚，那用故謗傷。蚍蜉撼大樹，可笑不自量。伊我生其後，舉頸遥相望。夜夢多見之，晝思反微茫。徒觀斧鑿痕，不矚治水航。想當施手時，巨刃磨天揚。垠崖劃崩豁，乾坤擺雷硠。惟此兩夫子，家居率荒涼。帝欲長吟哦，故遣起且僵。剪翎送籠中，使看百鳥翔。平生千萬篇，金薤垂琳琅。仙官敕六丁，雷電下取將。流落人間者，太山一毫芒。我願生兩翅，捕逐出八荒。精誠忽交通，百怪入我腸。刺手拔鯨牙，舉瓢酌天漿。騰身跨汗漫，不著織女襄。顧語地上友，經營無太忙。乞君飛霞佩，與我高頡頏。（《全唐詩》卷三四〇）

韓愈《病中贈張十八》：

中虚得暴下，避冷卧北窗。不蹋曉鼓朝，安眠聽逄逄。籍也處閭里，抱能未施邦。文章自娱戲，金石日擊撞。龍文百斛鼎，筆力可獨扛。談舌久不掉，非君亮誰雙。扶几導之言，曲節初摐摐。半途喜開鑿，派别失大江。吾欲盈其氣，不令見麾幢。牛羊滿田野，解旆束空杠。傾尊與斟酌，四壁堆罌缸。玄帷隔雪風，照爐釘明釭。夜闌縱捭闔，哆口疏眉厖。勢侔高陽翁，坐約齊橫降。連日挾所有，形軀頓胮肛。將歸乃徐謂，子言得無哤。回軍與角逐，斫樹收窮龐。雌聲吐款要，酒壺綴羊腔。君乃崑崙渠，籍乃嶺頭瀧。譬如蟻蛭微，詎可陵崆峴。幸願終賜之，斬拔枿與樁。從此識歸處，東流水淙淙。（《全唐詩》卷三四〇）

**韓愈《晚寄張十八助教周郎博士》：**

日薄風景曠，出歸偃前簷。晴雲如擘絮，新月似磨鐮。田野興偶動，衣冠情久厭。吾生可攜手，歎息歲將淹。（《全唐詩》卷三四二）

**韓愈《題張十八所居》：**見《酬韓庶子》（卷二）「原唱」。

**韓愈《奉酬盧給事雲夫四兄曲江荷花行見寄並呈上錢七兄閣老張十八助教》：**

曲江千頃秋波淨，平鋪紅雲蓋明鏡。大明宫中給事歸，走馬來看立不正。遺我明珠九十六，寒光映骨睡驪目。我今官閑得婆娑，問言何處芙蓉多。撐舟昆明度雲錦，腳敲兩舷叫吴歌。太白山高三百里，負雪崔嵬插花裏。玉山前卻不復來，曲江汀瀅水平杯。我時相思不覺一回首，天門九扇相當開。上界真人足官府，豈如散仙鞭笞鸞鳳終日相追陪。（《全唐詩》卷三四二）

**韓愈《示兒》：**

始我來京師，止攜一束書。……凡此座中人，十九持鈞樞。又問誰與頻，莫與張樊如。來過亦無事，考評道精麤。……（《全唐詩》卷三四二）

（編者按：謂張籍、樊宗師）

**韓愈《翫月喜張十八員外以王六秘書至》：**

前夕雖十五，月長未滿規。君來晤我時，風露渺無涯。浮雲散白石，天宇開青池。孤質不自憚，中天爲君施。翫翫夜遂久，亭亭曙將披。況當今夕圓，又以嘉客隨。惜無酒食樂，但用歌嘲爲。（《全唐詩》卷三四二）

**韓愈《與張十八同效阮步兵一日復一夕》：**

一日復一日，一朝復一朝。秖見有不如，不見有所超。食作前日味，事作前日調。不知久不死，憫憫尚誰要。富貴自縶拘，貧賤亦煎焦。俯仰未得所，一世已解鑣。譬如籠中鶴，六翮無所摇。譬如兔得蹄，安用東西跳。還看古人書，復舉前人瓢。未知所究竟，且作新詩謡。（《全唐詩》卷三四二）

**韓愈《詠雪贈張籍》：**

只見縱横落，寧知遠近來。飄颻還自弄，歷亂竟誰催。座暖銷那怪，池清失可猜。坳中初蓋底，垤處遂成堆。慢有先居後，輕多去卻回。度前鋪瓦隴，發本積牆隈。穿細時雙樹透，乘危忽半摧。舞深逢坎井，集早值層臺。砧練終宜擣，階紈未暇裁。城寒裝睥睨，樹凍裹莓苔。片片匀如剪，紛紛碎若挼。定非燖鵠鷺，真是屑瓊瑰。緯繣觀朝萼，冥茫矚晚埃。當窗恒凜凜，出户即皚皚。壓野榮芝菌，傾都委貨財。娥嬉華蕩漾，胥怒浪崔嵬。磧迥疑浮地，雲平想輾雷。隨車翻縞帶，逐馬散銀杯。萬屋漫汗合，千株照曜開。松篁遭挫抑，糞壤獲饒培。隔絶門庭遽，擠排陛級纔。豈堪裨嶽鎮，强欲效鹽梅。隱匿瑕疵盡，包羅委瑣該。誤雞宵呃喔，驚雀暗裴回。浩浩過三暮，悠悠匝九垓。鯨鯢陸死骨，玉石火炎灰。厚慮填溟壑，高愁𢾗斗魁。日輪埋欲側，坤軸壓將頹。岸類長蛇攪，陵猶巨象豗。水官夸傑黠，木氣怯胚胎。著地無由卷，連天不易推。龍魚冷蟄苦，虎豹餓號哀。巧借奢華便，專繩困約災。威貪陵布被，光肯離金罍。賞翫捐他事，歌謡放我才。狂教詩硉矹，興與酒陪鰓。惟子能諳耳，諸人得語哉。助留風作黨，勸坐火爲媒。雕刻文刀利，搜求智網恢。莫煩相屬和，傳示及提孩。（《全唐詩》卷三四三）

**韓愈《游城南十六首·贈張十八助教》：**

喜君眸子重清朗，攜手城南歷舊游。忽見孟生題竹處，相看淚落不能收。（《全唐詩》卷三四三）

**韓愈《賀張十八秘書得裴司空馬》**：見《謝裴司空寄馬》（卷四）「唱和」。

**韓愈《雨中寄張博士籍侯主簿喜》**：見《酬韓祭酒雨中見寄》（卷二）「原唱」。

**韓愈《早春與張十八博士籍游楊尚書林亭寄第三閣老兼呈白馮二閣老》**：

牆下春渠入禁溝，渠冰初破滿渠浮。鳳池近日長先暖，流到池時更不流。（《全唐詩》卷三四四）

**韓愈《同水部張員外籍曲江春游寄白二十二舍人》**：

漠漠輕陰晚自開，青天白日映樓臺。曲江水滿花千樹，有底忙時不肯來。（《全唐詩》卷三四四）

**韓愈《和水部張員外宣政衙賜百官櫻桃詩》**：見《朝日敕賜櫻桃》（卷四）「唱和」。

**韓愈《早春呈水部張十八員外二首》**：

天街小雨潤如酥，草色遥看近卻無。最是一年春好處，絶勝烟柳滿皇都。（《全唐詩》卷三四四）

莫道官忙身老大，即無年少逐春心。憑君先到江頭看，柳色如今深未深。（《全唐詩》卷三四四）

**韓愈《張中丞傳後叙》**：

元和二年四月十三日夜，愈與吴郡張籍閲家中舊書，得李翰所爲《張巡傳》。……張籍曰：有于嵩者，少依於巡。及巡起事，嵩常在圍中。籍大曆中於和州烏江縣見嵩，嵩時年六十餘矣。……籍時尚小，粗問巡、遠事，不能細也。……（馬其昶《韓昌黎文集校注》卷二）

**韓愈《答張籍書》**：見《與韓愈書》（卷一〇）「酬答」。

**韓愈《重答張籍書》**：見《重與韓退之書》（卷一〇）「酬答」。

**韓愈《與孟東野書》**：

去年春，脱汴州之亂……李習之娶吾亡兄之女，期在後月，朝夕當來此；張籍在和州居喪，家甚貧；恐足下不知，故具此白，冀足下一來相視也。……春且盡，時氣向熱，惟侍奉吉慶。……（馬其昶《韓昌黎文集校注》卷二）

**韓愈《代張籍與李浙東書》**：

月日，前某官某謹東向再拜寓書浙東觀察使中丞李公閤下：

籍聞議論者皆云：方今居古方伯連帥之職，坐一方得專制於其境内者，惟閤下心事犖犖，與俗輩不同。籍固以藏之胸中矣！

近者閤下從事李協律翺到京師，籍於李君友也，不見六七年，聞其至，馳往省之，問無恙外，不暇出一言，且先賀其得賢主人。李君曰：「子豈盡知之乎？吾將盡言之。」數日籍益聞所不聞。籍私獨喜，常以爲自今已後，不復有如古人者，於今忽有之。退自悲不幸兩目不見物，無用於天下，胸中雖有知識，家無錢財，寸步不能自致；今去李中丞五千里，何由致其身於其人之側，開口一吐出胸中之奇乎？因飲泣不能語。

既數日，復自奮曰：無所能人乃宜以盲廢；有所能人雖盲，當廢於俗輩，不當廢於行古人之道者。浙水東七州，户不下數十萬，不盲者何限；李中丞取人固當問其賢不賢，不當計盲與不盲也。當今盲於心者皆是，若籍自謂獨盲於目爾，其心則能别是非。若賜之坐而問之，其口固能言也。幸未死，實欲一吐出心中平生所知見：閤下能信而致之於門邪？籍又善於古詩，使其心不以憂衣食亂，閤下無事時一致之座側，使跪進其所有，閤下憑几而聽之，未必不如聽吹竹彈絲敲金擊石也。夫盲者業專，於藝必精，故樂工皆盲，籍儻可與此輩比並乎！

使籍誠不以蓄妻子憂飢寒亂心，有錢財以濟醫藥，其盲未甚，庶幾其復見天地日月，因得不廢，則自今至死之年，皆閤下之賜。閤下濟之以已絶之年，賜之以既盲之視，其恩輕重大小，籍宜如何報也！閤下裁之度之。籍慚靦再拜。（同上卷三）

**韓愈《與馮宿論文書》：**

近李翺從僕學文，頗有所得，然其人家貧多事，未能卒其業。有張籍者，年長於翺，而亦學於僕，其文與翺相上下，一二年業之，庶幾乎至也；然閔其棄俗尚而從於寂寞之道，以之爭名于時也！（同上卷三）

**韓愈《送孟東野序》：**

唐之有天下，陳子昂、蘇源明、元結、李白、杜甫、李觀皆以其所能鳴。其存而在下者，孟郊東野始以其詩鳴；其高出魏晉，不懈而及於古，其他浸淫乎漢氏矣。從吾游者，李翺、張籍其尤也，三子者之鳴信善矣，抑不知天將和其聲，而使鳴國家之盛邪？抑將窮餓其身，思愁其心腸，而使自鳴其不幸邪？三子者之命，則懸乎天矣。其在上也奚以喜，其在下也奚以悲！（同上卷四）

**韓愈《唐故朝散大夫商州刺史除名徙封州董府君墓志銘》：**

公諱溪，字惟深，丞相贈太師隴西恭惠公第二子。……生六子，四男二女。長曰全正，惠而早死。次曰居中，好學善爲詩，張籍稱之。（同上卷六）

**韓愈《貞曜先生墓志銘》：**

唐元和九年，歲在甲午八月己亥，貞曜先生孟氏卒。無子，其配鄭氏以告（編者按：

原作「舍」，據《全唐文》等改），愈走位哭，且召張籍會哭……將葬，張籍曰：「先生揭德振華，於古有光，賢者故事有易名，況士哉！如曰『貞曜先生』，則姓名字行有載，不待講説而（編者按：原作「簡」，據《全唐文》等改）明。」皆曰「然」。遂用之。（同上卷六）

**韓愈《唐故中散大夫少府監胡良公墓神道碑》：**

少府監胡公者，諱珦，字潤博，年七十九以官卒。明年八月十四日，葬京兆奉先，夫人天水趙氏祔焉。其子湜、迺、巡、遇、述、還、造與公壻廣文博士吴郡張籍，以公之族出、行治、歷官、壽年爲書，使人自京師南走八千里至閩南兩越之界上請爲公銘刻之墓碑於潮州刺史韓愈……七子皆有學守。女嫁名人。（同上卷七）

**韓愈《舉薦張籍狀》：**

登仕郎守秘書省校書郎張籍。右件官學有師法，文多古風；沈默静退，介然自守；聲華行實，光映儒林。臣當司見闕國子監博士一員，生徒藉其訓導；伏乞天恩，特授此官，以彰聖朝崇儒尚德之道。謹録奏聞，伏聽敕旨。（同上卷八）

**李翺《薦所知於徐州張僕射書》：**

李觀薦郊於梁肅補闕書曰：「郊之五言，其有高處，在古無上，其有平處，下顧二謝。」韓愈送郊詩曰：「作詩三百首，杳默咸池音。」彼二子皆知言者，豈欺天下之人哉？郊窮餓不得安養其親，周天下無所遇，作詩曰：「食薺腸亦苦，强歌聲無歡。出門即有閡，誰謂天地寬？」其窮也甚矣。又有張籍、李景儉者，皆奇才也，未聞閣下知之。凡賢人奇士，皆自有所負，不苟合於世，是以雖見之，難得而知也。見而不能知其賢，如勿見而已矣；知其賢而不能用，如勿知其賢而已矣；用而不能盡其材，如勿用而已矣；能盡其材而容讒人之所間者，如勿盡其材而已矣。故見賢而能知，知而能用，用而能盡其材，而不容讒人之所間者，天下一人而已矣。兹有二人焉皆來，其一賢士也，其一常常之人也，待之禮貌不加隆焉，則賢者行，而常常人日來矣，況其待常常之人加厚，則善人何求而來哉？（《李文公集》卷八）

**白居易《答張籍因以代書》**：見《寄白學士》（卷六）「唱和」。

**白居易《酬張太祝晚秋卧病見寄》**：見《病中寄白學士拾遺》（卷七）「唱和」。

**白居易《酬張十八訪宿見贈（自此後詩爲贊善大夫時所作）》**：

昔我爲近臣，君常稀到門。今我官職冷，唯君來往頻。我受狷介性，立爲頑拙身。平生雖寡合，合即無緇磷。況君秉高義，富貴視如雲。五侯三相家，眼冷不見君。問其所與游，獨言韓舍人。其次即及我，我媿非其倫。胡爲謬相愛，歲晚逾勤勤。落然頹檐下，一話夜達晨。牀單食味薄，亦不嫌我貧。日高上馬去，相顧猶逡巡。長安久無雨，日赤風昏

昏。憐君將病眼，爲我犯埃塵。遠從延康里，來訪曲江濱。所重君子道，不獨媿相親。（《全唐詩》卷四二九）

**白居易《讀張籍古樂府》**：見《董公詩》（卷七）「集評」。

**白居易《寄張十八》**：

飢止一簞食，渴止一壺漿。出入只一馬，寢興止一床。此外無長物，於我有若亡。胡然不知足，名利心遑遑。念兹彌嬾放，積習遂爲常。經旬不出門，竟日不下堂。同病者張生，貧僻住延康。慵中每相憶，此意未能忘。迢迢青槐街，相去八九坊。秋來未相見，應有新詩章。早晚來同宿，天氣轉清涼。（《全唐詩》卷四二九）

**白居易《重到城七絶句·張十八》**：

諫垣幾見遷遺補，憲府頻聞轉殿監。獨有詠詩張太祝，十年不改舊官銜。（《全唐詩》卷四三八）

**白居易《和張十八秘書謝裴相公寄馬》**：見《謝裴司空寄馬》（卷四）「唱和」。

**白居易《曲江獨行招張十八》**：

曲江新歲後，冰與水相和。南岸猶殘雪，東風未有波。偶游身獨自，相憶意如何。莫待春深去，花時鞍馬多。（《全唐詩》卷四四二）

**白居易《新昌新居書事四十韻因寄元郎中張博士》：**

冒寵已三遷，歸朝始二年。囊中貯餘俸，園外買閑田。狐兔同三徑，蒿萊共一壥。新園聊剗穢，舊屋且扶顛。檐漏移傾瓦，梁欹换蠹椽。平治繞臺路，整頓近階磚。巷狹開容駕，牆低壘過肩。門閭堪駐蓋，堂室可鋪筵。丹鳳樓當後，青龍寺在前。市街塵不到，宫樹影相連。省吏嫌坊遠，豪家笑地偏。敢勞賓客訪，或望子孫傳。不覓他人愛，唯將自性便。等閑栽樹木，隨分占風烟。逸致因心得，幽期遇境牽。松聲疑澗底，草色勝河邊。虚潤冰銷地，晴和日出天。苔行滑如簟，莎坐軟於綿。簾每當山卷，帷多帶月褰。籬東花掩映，窗北竹嬋娟。跡慕青門隱，名慚紫禁仙。假歸思晚沐，朝去戀春眠。拙薄才無取，疎慵職不專。題牆書命筆，沽酒率分錢。柏杵舂靈藥，銅瓶漱暖泉。爐香穿蓋散，籠燭隔紗然。陳室何曾掃，陶琴不要弦。屏除俗事盡，養活道情全。尚有妻孥累，猶爲組綬纏。終須抛爵禄，漸擬斷腥羶。大抵宗莊叟，私心事竺乾。浮榮水劃字，真諦火生蓮。梵部經十二，玄書字五千。是非都付夢，語默不妨禪。博士官猶冷，郎中病已痊。多同僻處住，久結静中缘。緩步攜筇杖，徐吟展蜀箋。老宜閑語話，悶憶好詩篇。蠻榼來方瀉，蒙茶到始煎。無辭數相見，鬢髮各蒼然。（《全唐詩》卷四四二）

**白居易《酬韓侍郎張博士雨後游曲江見寄》：**

小園新種紅櫻樹，閑繞花行便當游。何必更隨鞍馬隊，衝泥踏雨曲江頭。（《全唐詩》卷四四二）

**白居易《喜張十八博士除水部員外郎》：** 見《新除水曹郎答白舍人見賀》（卷四）「唱和」。

**白居易《逢張十八員外籍》：**

旅思正茫茫，相逢此道傍。曉嵐林葉暗，秋露草花香。白髮江城守，青衫水部郎。客亭同宿處，忽似夜歸鄉。（《全唐詩》卷四四三）

**白居易《江樓晚眺景物鮮奇吟翫成篇寄水部張員外》：** 見《答白杭州郡樓登望畫圖見寄》（卷四）「原唱」。

**白居易《張十八員外以新詩二十五首見寄郡樓月下吟翫通夕因題卷後封寄微之》：**

秦城南省清秋夜，江郡東樓明月時。去我三千六百里，得君二十五篇詩。陽春曲調高難和，淡水交情老始知。坐到天明吟未足，重封轉寄與微之。（《全唐詩》卷四四六）

**白居易《雨中招張司業宿》：**

過夏衣香潤，迎秋簟色鮮。斜支花石枕，臥詠蘂珠篇。泥濘非游日，陰沈好睡天。能

來同宿否，聽雨對牀眠。（《全唐詩》卷四四九）

**白居易《詩酒琴人例多薄命予酷好三事雅當此科而所得已多爲幸斯甚偶成狂詠聊寫媿懷》：**

愛琴愛酒愛詩客，多賤多窮多苦辛。中散步兵終不貴，孟郊張籍過於貧。一之已歎關於命，三者何堪并在身。只合飄零隨草木，誰教凌厲出風塵。榮名厚禄二千石，樂飲閑游三十春。何得無厭時咄咄，猶言薄命不如人。（《全唐詩》卷四五五）

**白居易《與元九書》：**

況詩人多蹇，如陳子昂、杜甫，各授一拾遺，而迍剥至死。李白、孟浩然輩，不及一命，窮悴終身。近日，孟郊六十，終試協律。張籍五十，未離一太祝。彼何人哉？彼何人哉？……當此之時，足下興有餘力，且與僕悉索還往中詩，取其尤長者，如張十八古樂府，李二十新歌行，盧、楊二秘書律詩，竇七、元八絶句，博搜精掇，編而次之，號《元白往還詩集》。衆君子得擬議於此者，莫不踊躍欣喜，以爲盛事。嗟乎！言未終而足下左轉。不數月，而僕又繼行。心期索然，何日成就？又可爲之歎息矣！（顧學頡校點《白居易集》卷四五）

**白居易《張籍可水部員外郎制》：**

敕：登仕郎守國子博士張籍：文教興則儒行顯，王澤流則歌詩作。若上以張教流澤爲意，則服儒業詩者，宜稍進之。頃籍自校秘文而訓國胄，今又覆名揣稱，以水曹郎處焉。前年已來，凡歷文雅之選三矣，然人皆以爾爲宜。豈非篤於學，敏於行，而貞退之道勝也？與之寵名者，可以獎夫不汲汲於時者。可守尚書水部員外郎，散官、勳如故。（同上卷四九）

**裴度《酬張秘書因寄馬贈詩》：**見《謝裴司空寄馬》（卷四）「唱和」。

**元稹《見人詠韓舍人新律詩因有戲贈》：**

喜聞韓古調，兼愛近詩篇。玉磬聲聲徹，金鈴箇箇圓。高疎明月下，細膩早春前。花態繁於綺，閨情軟似綿。輕新便妓唱，凝妙入僧禪。欲得人人伏，能教面面全。延之苦拘檢，摩詰好因緣。七字排居敬，千詞敵樂天。殷勤閑太祝，好去老通川。莫漫裁章句，須饒紫禁仙。（《全唐詩》卷四〇七）

**元稹《酬張秘書因寄馬贈詩》：**見《謝裴司空寄馬》（卷四）「唱和」。

**元稹《酬樂天吟張員外詩見寄因思上京每與樂天於居敬兄昇平里詠張新詩》：**

樂天書内重封到，居敬堂前共讀時。四友一爲泉路客，三人兩詠浙江詩。别無遠近

皆難見，老減心情自各知。杯酒與他年少隔，不相酬贈欲何之。（《全唐詩》卷四一七）

**元稹《授張籍秘書郎制》**：

敕：張籍：《傳》云：「王澤竭而詩不作。」又曰：「采詩以觀人風。」斯亦警予之一事也。以爾籍雅尚古文，不從流俗，切磨諷興，有助政經。而又居貧宴然，廉退不競。俾任石渠之職，思聞木鐸之音。可守秘書郎。（冀勤點校《元稹集外集·補遺四》卷四）

**劉禹錫《張郎中籍遠寄長句開緘之日已及新秋因舉目前仰酬高韻》**：見《寄和州劉使君》（卷四）「唱和」。

**劉禹錫《裴相公大學士見示答張秘書謝馬詩并群公屬和因命追作》**：見《謝裴司空寄馬》（卷四）「唱和」。

**賈島《攜新文詣張籍韓愈途中成》**：

袖有新成詩，欲見張韓老。青竹未生翼，一步萬里道。仰望青冥天，雲雪壓我腦。失卻終南山，惆悵滿懷抱。安得西北風，身願變蓬草。地祇聞此語，突出驚我倒。（《全唐詩》卷五七一）

**賈島《投張太祝》**：

風骨高更老，向春初陽葩。泠泠月下韻，一一落海涯。有子不敢和，一聽千嘆嗟。身臥東北泥，魂挂西南霞。手把一枝栗，往輕覺程賒。水天朔方色，暖日嵩根花。達閑幽棲山，遺尋種藥家。欲買雙瓊瑶，慚無一木瓜。（《全唐詩》卷五七一）

**賈島《早起》**：

北客入西京，北雁再離北。秋寢獨前興，天梭星落織。耽翫餘恬爽，顧盼輕痾力。旅途少顔盡，明鏡勸仙食。出門路縱横，張家路最直。昨夜夢見書，張家廳上壁。（《全唐詩》卷五七一）

**賈島《題張博士新居》**：

青楓何不種，林在洞庭村。應爲三湘遠，難移萬里根。斗牛初過伏，菡萏欲香門。舊即湖山隱，新廬葺此原。（《全唐詩》卷五七二）

**賈島《張郎中過原東居》**：見《過賈島野居》（卷二）「同唱」。

**賈島《酬張籍王建》**：

疎林荒宅古坡前，久住還因太守憐。漸老更思深處隱，多閑數得上方眠。鼠抛貧屋收田日，雁度寒江擬雪天。身是龍鍾應是分，水曹芸閣枉來篇。（《全唐詩》卷五七四）

**賈島《宿姚合宅寄張司業籍》**：

閑宵因集會，柱史話先生。身愛無一事，心期往四明。松枝影摇動，石磬響寒清。誰

伴南齋宿，月高霜滿城。（《全唐詩》卷五七三）

**賈島《哭張籍》**：

精靈歸恍惚，石磬韻曾聞。即日是前古，誰人耕此墳。舊游孤棹遠，故域九江分。本欲蓬瀛去，餐芝御白雲。（《全唐詩》卷五七三）

**姚合《贈張籍太祝》**：見《江南曲》（卷一）「集評」。

**姚合《寄主客張郎中》**：見《贈姚合少府》（卷二）「繫年」。

**姚合《酬張籍司業見寄》**：見《寒食夜寄姚侍御》（卷二）「唱和」。

**朱慶餘《上張水部》**：

出入門闌久，兒童亦有情。不忘將姓字，常説向公卿。每許連床坐，仍容並馬行，恩深轉無語。懷抱甚分明。（《全唐詩》卷五一四）

**朱慶餘《近試上張籍水部》（一作閨意獻張水部）**：見《酬朱慶餘》（卷九）「原唱」。

**朱慶餘《賀張水部員外拜命》**：

省中官最美，無似水曹郎。前代佳名遜，當時重姓張。白鬚吟麗句，紅葉吐朝陽。徒有歸山意，君恩未可忘。（《全唐詩》卷五一五）

**項斯《留别張水部籍》：**

省中重拜别，兼領寄人書。已念此行遠，不應相問踈。子城西並宅，御水北同渠。要取春前到，乘閑候起居。（《全唐詩》卷五五四）

**李絳《和裴相國答張秘書贈馬詩》：**見《謝裴司空寄馬》（卷四）「唱和」。

**張賈《和裴司空答張秘書贈馬詩》：**見《謝裴司空寄馬》（卷四）「唱和」。

**無可《哭張籍司業》：**

先生抱衰疾，不起茂陵間。夕臨諸孤少，荒居吊客還。遺文禪東岳，留語葬鄉山。多雨銘旌故，殘燈素帳閑。樂章誰與集，壠樹即堪攀。神理今難問，予將叫帝關。（《全唐詩》卷八一四）

**牟融《重贈張籍》：**

舊日儀容只宛然，笑談不覺度流年。凡緣未了嗟無子，薄命能孤不怨天。一醉便同塵外客，百杯疑是酒中仙。人生隨處堪爲樂，管甚秋香滿鬢邊。（《全唐詩》卷四六七）

**韓昶《自爲墓志銘（並序）》：**

昌黎韓昶，字有之，傳在國史。生徐之苻離，小名曰苻。幼而就學，性寡言笑，不爲兒戲，不能闇記書。至年長，不能通誦得三五百字，爲同學所笑。至六七歲，未解把筆書字，即是性好文字，出言成文，不同他人所爲。張籍奇之，爲授詩，時年十餘歲。日通一卷，籍大奇之。試授諸童，皆不及之。能以所聞，曲問其義，籍往往不能答。受詩未通兩三卷，便自爲詩。及年十一二，樊宗師大奇之。（《全唐文》七四一）

## （四）著録

**（宋）王堯臣等《崇文總目》清秦鑑等輯釋本卷五：**

張籍詩七卷。鑑按今本八卷。

**（宋）歐陽修等《新唐書·藝文志一》（卷五七）：**

張籍《論語注辨》二卷。

**（宋）歐陽修等《新唐書·藝文志四》（卷六〇）：**

《張籍詩集》七卷。

**（宋）鄭樵《通志·藝文略》（卷七〇）：**

《張籍詩集》七卷。

《垂風集》十卷。采張籍等十人詩。

**（宋）晁公武《郡齋讀書志·别集類上》（卷一七）：**

《張籍詩集》五卷。右唐張籍文昌也。和州人。貞元十五年登進士第。終國子司業。籍性狷急，爲詩長於樂府，多警句。元和中，與白樂天、孟東野相酬唱，天下宗之，謂之「元和體」云。其集五卷，張洎爲之編次。

**（宋）陳振孫《直齋書録解題·詩集類上》（卷一九）：**

《張籍集》三卷。案：《唐書·藝文志》作七卷。唐國子司業張籍文昌撰。川本作五卷。

《木鐸集》十二卷。張洎所編。錢公輔名《木鐸集》，與他本相出入，亦有他本所無者。

《張司業集》八卷，附録一卷。湯中季庸以諸本校定，且考訂其爲吴郡人。魏峻叔高刻之平江，續又得《木鐸集》，凡他本所無者，皆附其末。

**（元）脱脱等《宋史·藝文志》（卷二〇八）：**

《張籍集》十二卷。

**（元）馬端臨《文獻通考·經籍考六九》（卷二四二）：**

《張籍詩集》五卷。

晁氏曰：唐張籍文昌，和州人。貞元十五年登進士第，終國子司業。籍性狷急，爲詩長於樂府，多警句。元和中，與白樂天、孟東野歌詞，天下宗之，謂之「元和體」。一本纔三卷。

陳氏曰：張洎所編。錢公輔名《木鐸集》，與他本相出入，亦有他本所無者，凡十二卷。近世湯中季庸以諸本校定爲《張司業集》八卷，且考訂其爲吴郡人，魏峻叔高刻之平江。續又得《木鐸集》，凡他本所無者，皆附其末。

**（明）楊士奇等《文淵閣書目》（卷一〇）**：

張籍司業詩 一部三册。

**（明）楊慎《升菴詩話》（卷八）「書貴舊本」條**：

先太師收唐百家詩，皆全集，近蘇州刻則每本減去十之一，如《張籍集》本十二卷，今只三四卷，又傍取他人之作入之……將誰欺乎？

**（明）胡震亨《唐音癸籤·集録一》（卷三〇）**：

張籍詩七卷。

**（明）高儒《百川書志》（卷一四）**：

《張司業集》七卷。國子司業蘇州張籍文昌著，今併一册，卷數仍舊，樂府三百九十有奇。

**（清）趙宏恩等《江南通志·藝文志》（卷一九三）：**

《張文昌集》七卷。吴郡張籍。

**（清）張之洞（范希曾補正）《書目答問·集部·别集第二》（卷四）：**

《張司業集》八卷，拾遺一卷，附録一卷。唐張籍。席氏唐百家詩本，明萬曆張尚儒刻本八卷。【補】涵芬樓《續古逸叢書》影印宋蜀本，《四部叢刊》影印明毗陵蔣氏刻本八卷。

**（清）黄丕烈《蕘圃藏書題識》卷七：**

《張司業詩集》八卷。舊鈔本。《張司業詩集》，余所藏三卷本，係影宋本，續又借試飲堂顧氏藏陸敕先手校本，臨校一過。頃書友以八卷本舊鈔者示余，取對前本，知八卷爲勝，方信顧本陸敕先跋以爲八卷最勝者，果不誣矣。三卷中詩此皆有之，而諸體中間有多於彼者，此所以爲勝也。其聯句、拾遺、附録，皆八卷所録爲獨，迥與三卷本不同矣。至於古色古香，人所共愛，余又無庸贅言。嘉慶癸酉春三月三日復翁識。

**傅增湘《藏園群書經眼録·集部一》（卷一二）：**

《張司業集》三卷。唐張籍撰，存卷中。清寫本。黄丕烈校並跋：「宋刻張司業集有二，一本八卷，一本上中下三卷，而要以八卷本爲勝。百家唐詩中所刻一卷僅三卷中之下卷耳，其爲可笑如此。余既别鈔北宋本，復借遵王南宋本補此二卷。聞此外尚有《木鐸集》，惜無從一見之。辛丑六月十一日貽典識。」「案敕先跋謂宋刻張司業有三本，除此三卷及八卷外，當《通考》所載《張籍詩集》五卷也。《木鐸集》凡十二卷，直齋陳氏云，然未之見也。近獲湯中季庸以諸本校定爲《張司業集》八卷，中魏峻叔復高又得《木鐸集》，凡他本所無者皆附其末，則八卷本爲勝矣。復翁識。」「同日影寫宋刻本補入，并校一過。」（余藏）

**余嘉錫《四庫提要辨證·集部一》（卷二〇）「張司業集八卷」條：**

《唐書·藝文志》、《崇文總目》、《通志·藝文略》均有《張籍詩集》七卷，此不知何人所編，疑在張洎之前。《唐才子傳》卷五云：「籍有集七卷傳于世。」蓋姑承唐志之舊，未必其本元時尚在也。《宋史·藝文志》則作「《張籍集》十二卷」，當即張洎所編之《木鐸集》耳。然洎所編輯，亦非一本。《郡齋讀書志》卷十七云：「《張籍詩集》五卷，張洎爲之編次。」《書録解題》卷十九云：「《張籍集》三卷，川本作五卷。」又云：「《木鐸集》十二卷，張洎所編，錢公輔名《木鐸集》，與他本相出入，亦有他本所無者。」考張洎序云：「自丙午歲，迨乙丑歲，相次緝綴，僅得四百餘篇，藏諸篋笥，餘更俟博訪，以廣其遺闕云爾。」是洎原欲陸續搜訪以求完善，故其所編，遂有數本，其作五卷或三卷者，初編之本也，蓋即乾德乙丑以前所綴輯；其作十二卷者，續編之本也，所謂「博訪以廣遺闕」者，後爲錢公輔所得，名之爲《木鐸集》，以別於他本，非張洎所自名也。《提要》引之而删去「錢公輔」三字，非也。《解題》又云：「《張司業集》八卷，附録一卷，湯中季庸以諸本校定，且考訂其爲吴郡人，魏峻叔高刻之於平江。續又得《木鐸集》，凡他本所無者，悉附其末。」則司業集乃湯中所校定重編，魏峻爲之刻行時，又取《木鐸集》中逸詩附入之。今通行諸本，即出於此。第明刊各本，多所竄亂，惟康熙間席啓寓刻《百名家集》本，獨能不失宋刻之舊耳。《提要》引《解題》語不全，無以見斯集之源流，故詳著之如此。

## 《中國古籍善本書目·集部·上》：

張文昌文集□卷　唐張籍撰，宋刻本　存四卷　一至四

張司業詩集八卷　唐張籍撰　附録一卷　清初影宋鈔本，清張師誠跋

唐張司業詩集八卷　唐張籍撰，明刻本，清丁丙跋

張司業詩集八卷　唐張籍撰　附録一卷　明鈔本，清錢孫艾、黄丕烈跋，清韓應陛跋並録清黄丕烈跋

張司業詩集八卷　唐張籍撰，清康熙席氏琴川書屋刻唐詩百名家全集本，清孫曰秉批校，清孫馮翼校並跋，孫豫謙題款

張司業詩集八卷　唐張籍撰　附録一卷　清康熙席氏琴川書屋刻唐詩百名家全集本，傅增湘校並跋

張司業詩集八卷　拾遺一卷　唐張籍撰　附録一卷　清孫潛家鈔本，清孫潛校並跋

唐張司業詩集六卷　唐張籍撰，明正德十年劉成德刻本

張司業詩集三卷　唐張籍撰，明鈔本

張司業詩集三卷　唐張籍撰，清順治十八年陸貽典影宋鈔本〔卷下配明刻唐百家詩本〕，清陸貽典校並跋，清黄丕烈跋

張司業詩集三卷　唐張籍撰，清初公文紙影宋鈔本，清劉位坦跋

張司業集三卷　唐張籍撰，清鈔本，清黄丕烈校並跋　存一卷　中

王民信主編《中國歷代詩文別集聯合書目》第四輯：

張司業詩集三卷　宋臨安陳氏書籍鋪刊本（中圖存二卷，缺卷上）　明嘉靖庚戌（二十九年）毗陵蔣孝刊中唐詩本（中圖）

張籍集一卷　全唐文六百八十四　御覽詩　才調集三　又玄集　注解章泉澗泉二先生選唐詩　中晚唐詩　石倉四十六　唐詩鏡四十一　中晚唐詩叩彈集　全唐詩録五十四　唐律多師集　唐律消夏録五　唐二百六十三家詩選　衆妙集

張司業樂府集一卷　唐百家詩

唐張司業詩集八卷　中唐詩十二家　廣十二家唐詩　唐詩百名家詩集

張籍集三卷　而菴説唐詩六、九、十一

張籍集二卷　全唐詩六函六册、十一函九册

張文昌文集四卷　續古逸叢書

張司業集八卷　四庫全書本

唐張司業詩集八卷　四部叢刊據明本影印

## （五）歷代評述

### 一、唐五代

李肇：「元和已後，爲文筆則學奇詭于韓愈，學苦澀于樊宗師。歌行則學流蕩于張籍。詩章則學矯激于孟郊，學淺切于白居易，學淫靡于元稹。俱名爲元和體。大抵天寶之風尚黨，大曆之風尚浮，貞元之風尚蕩，元和之風尚怪也。」（《唐國史補》卷下「叙時文所尚」條）

趙璘：「元和以來……張司業籍善歌行，李賀能爲新樂府，當時言歌篇者，宗此二人。」（《因話録·商部下》卷三）

張爲：「清奇雅正主：李益。上入室一人：蘇郁。入室十人：劉畋、僧清塞、盧休、于鵠、楊洵美、張籍、楊巨源、楊敬之、僧無可、姚合。升堂七人：方干、馬戴、任蕃、賈島、

厲玄、項斯、薛壽。及門八人：僧良乂、潘誠、于武陵、詹雄、衛準、僧志定、俞鳧、朱慶餘。」（《詩人主客圖》）

張洎：「項斯字子遷，江東人也。會昌四年，左僕射王起下進士及第。始命潤州丹徒縣尉，卒於任所。吴中張水部爲律格詩，尤工於匠物，字清意遠，不涉舊體，天下莫能窺其奧，唯朱慶餘一人親授其旨。沿流而下，則有任蕃、陳標、章孝標、倪勝、司空圖等，咸及門焉。寶曆、開成之際，君聲價藉甚，時特爲水部之所知賞，故其詩格頗與水部相類，詞清妙而句美麗奇絶，蓋得於意表，迨非常情所及。故鄭少師薰云：『項斯逢水部，誰道不關情。』又楊祭酒敬之云：『幾度見詩詩揔好，及觀標格過於詩。平生不解藏人善，到處逢人説項斯。』自僖、昭已還，雅道陵缺，君之遺句，絶無知者。慮年祀浸久，没而不傳，故聊序所云，著于卷首。」（《項斯詩集序》）

二、宋

石介：「李唐元和間，文人如蠭起。李翺與李觀，言雄破姦宄。孟郊及張籍，詩苦動天地。持正不退讓，子厚稱絶偉。元白雖小道，爭名愈弗已。卒能霸斯文，昌黎韓夫子。……」（《徂徠集·贈張績禹功》卷二）

鄭獬：「在韓退之門下，用文章雄立於一世者，獨李翱、皇甫湜、張籍耳。然翺之文尚質而少工，湜之文務實而不肆，張籍歌行乃勝於詩，至於他文不少見，計亦在歌詩下。使之質而工，奇而肆，則退之作也。」（《鄖溪集・劉舍人書（敞）》卷一四）

梅堯臣：「退之昔負天下才，掃掩衆説猶除埃。張籍盧仝鬭新怪，最稱東野爲奇瑰。當時辭人固不少，漫費紙札磨松煤。……」（《宛陵先生集・依韻和永叔澄心堂紙答劉原甫》卷三五）

蘇頌：「張籍書世罕傳者，予頃游歷陽，見僧寺有收得其墨蹟與詩刻，今覽此帖，疑昔所見者。唐人大率能書，籍雖非以書名，然其用筆皆有法，尤可佳也。丹陽蘇某子容題。」（《蘇魏公文集・題張籍墨跡》卷七二）

劉攽：「張籍樂府詞，清麗深婉，五言律詩亦平澹可愛，至七言詩，則質多文少。材各有宜，不可强飾。」（《中山詩話》）

孫僅：「公之詩，支而爲六家：孟郊得其氣焰，張籍得其簡麗，姚合得其清雅，賈島得其奇僻，杜牧、薛能得其豪健，陸龜蒙得其贍博。」（《讀杜工部詩集序》，見清仇兆鼇《杜詩詳注・附編》）

蘇軾：「公昔騎龍白雲鄉……草木衣被昭回光。追逐李杜參翱翔，汗流籍湜走且僵，

滅没倒景不可望。作書詆佛譏君王，要觀南海窺衡湘……」（《蘇軾文集·潮州韓文公廟碑》卷一七）

王安石：「蘇州司業詩名老，樂府皆言妙入神。看似尋常最奇崛，成如容易卻艱辛。」（《臨川先生文集·題張司業詩》卷三一）

黄庭堅：「劉夢得《竹枝》九篇，蓋詩人中工道人意中事者也，使白居易、張籍爲之，未必能也。」（《山谷别集·又書自草竹枝歌後》卷一二）

魏泰：「詩者述事以寄情，事貴詳，情貴隱，及乎感會于心，則情見于詞，此所以入人深也。如將盛氣直述，更無餘味，則感人也淺，烏能使其不知手舞足蹈；又況厚人倫，美教化，動天地，感鬼神乎？……魏晉南北朝樂府，雖未極淳，而亦能隱約意思，有足吟味之者。唐人亦多爲樂府，若張籍、王建、元稹、白居易以此得名。其述情叙怨，委曲周詳，言盡意盡，更無餘味。及其末也，或是詼諧，便使人發笑，此曾不足以宣諷。」（《臨漢隱居詩話》）

魏泰：「韋應物古詩勝律詩，李德裕、武元衡律詩勝古詩，五字句又勝七字。張籍、王建詩格極相似，李益古、律詩相稱，然皆非應物之比也。」（《臨漢隱居詩話》）

胡仔述吕本中《江西宗派圖序》：「唐自李杜之出，焜燿一世，後之言詩者，皆莫能及。

至韓、柳、孟郊、張籍諸人，激昂奮厲，終不能與前作者並。元和以後至國朝，歌詩之作或傳者，多依效舊文，未盡所趣。惟豫章始大出而力振之……」（《苕溪漁隱叢話前集·山谷中》卷四八）

周紫芝：「張緒風流士，文昌古淡詩。發揚知有助，埋没竟多時。公已勤讎校，神應作護持。何當遺珠玉，璀璨滿書幃。」（《太倉稊米集》卷二四《與王漕乞張右史集二首》其二）

周紫芝：「（唐樂府）李太白最高而微短于韻，王建善諷而未能脱俗，孟東野近古而思淺，李長吉語奇而入怪，唯張文昌兼諸家之善，妙絶古今。近出張右史，酷嗜其作，亦頗逼真。余嘗見其《輸麥行》，自題其尾云：『此篇效張文昌，而語差繁。』則知其效籍之意蓋甚篤，而樂府亦自是爲之反魂矣。」（《太倉稊米集·古今諸家樂府序》卷五一）

周紫芝：「唐人作樂府者甚多，當以張文昌爲第一。近時高郵王觀亦可稱，而人不甚知。觀嘗作《游俠曲》云……此篇詞意，大似李太白，恨未入文昌之室耳。至《莫惱翁》篇云：『穀垂乾穗豆垂角，雨足年登不勝樂。烏巾紫領銀鬚長，白酒滿杯翁自酌。翁醉不知秋色涼，兒捋翁鬚孫撼床。莫惱翁，翁年已高百事慵。』遂與文昌爭衡矣。」（《竹坡詩話》）

周紫芝：「本朝樂府，當以張文潛爲第一。文潛樂府刻意文昌，往往過之。頃在南都，見《倉前村民輸麥行》，嘗見其親稿，其後題云：『此篇效張文昌，而語差繁。』乃知其喜文昌如此。《輸麥行》云：『余過宋，見倉前村民輸麥，止車槐陰下，其樂洋洋也。晚復過之，則扶車半醉，相招歸矣。感之，因作《輸麥行》，以補樂府之遺。「場頭雨乾場地白，老穉相呼打新麥。半歸倉廩半輸官，免教縣吏相催迫。羊頭車子毛布囊，淺泥易涉登前岡。倉頭買券槐陰涼，清嚴官吏兩平量。出倉掉臂呼同伴，旗亭酒美單衣換。半醉扶車歸路涼，月出到家妻具飯。一年從此皆閒日，風雨閉門公事畢。射狐罝兔歲蹉跎，百壺社酒相經過。」』」（《竹坡詩話》）

許顗：「張籍、王建，樂府、宫詞皆傑出，所不能追逐李、杜者，氣不勝耳。」（《彦周詩話》）

劉次莊：「（樂府）自唐以來，杜甫則壯麗結約，如龍驤虎伏，容止有威。李白則飄揚振激，如浮雲轉石，勢不可遏。李賀則摘裂險絶，務爲難及，曾無一點塵嬰之。張籍則平易優游，足有雅思，而氣骨差弱。世異才殊，體隨之變，亦其勢也。」（《〈塵土黄〉序》，宋吴曾《能改齋詞話》卷一「樂府《塵土黄》詞」條引）

計有功：「籍詩善叙事。」（《唐詩紀事》卷三四）

張戒：「元、白、張籍、王建樂府，專以道得人心中事爲工，然其詞淺近，其氣卑弱。」

（《歲寒堂詩話》卷上）

張戒：「《國風》云：『愛而不見，搔首踟躕。』『瞻望弗及，佇立以泣。』其詞婉，其意微，不迫不露，此其所以可貴也。……杜牧之云：『多情卻是總無情，惟覺尊前笑不成。』意非不佳，然而詞意淺露，略無餘蘊。元、白、張籍，其病正在此，只知道得人心中事，而不知道盡則又淺露也。」（《歲寒堂詩話》卷上）

張戒：「元、白、張籍詩，皆自陶、阮中出，專以道得人心中事爲工，本不應格卑，但其詞傷于太煩，其意傷于太盡，遂成冗長卑陋爾。比之吴融、韓偓俳優之詞，號爲格卑，則有間矣。若收斂其詞，而少加含蓄，其意味豈復可及也。」（《歲寒堂詩話》卷上）

張戒：「張司業詩與元、白一律，專以道得人心中事爲工，但白才多而意切，張思深而語精，元體輕而詞躁爾。籍律詩雖有味而少文，遠不逮李義山、劉夢得、杜牧之，然籍之樂府，諸人未必能也。」（《歲寒堂詩話》卷上）

張戒：「元、白、張籍以意爲主，而失于少文，（李）賀以詞爲主，而失于少理，各得其一偏。故曰：『文質彬彬，然後君子。』」（《歲寒堂詩話》卷上）

張表臣：「李唐群英，惟韓文公之文、李太白之詩，務去陳言，多出新意。至於盧仝、貫休輩效其顰，張籍、皇甫湜輩學其步，則怪且醜，僵且仆矣。」（《珊瑚鈎詩話》卷一）

黄徹：「孟郊詩最淡且古，坡謂『有如食彭越，竟日嚼空螯』。退之論數子，乃以『張籍學古淡』，東野爲『天葩吐奇芬』，豈勉所長而諱所短，抑亦東野古淡自足，不待學耶？」（《䂬溪詩話》卷四）

趙彦衛述吕本中《江西詩社宗派圖》：「古文衰於漢末，先秦古書存者，爲學士大夫剽竊之資；五言之妙，與《三百篇》、《離騷》爭烈可也。自李、杜之出，後莫能及。韓、柳、孟郊、張籍諸人，自出機杼，别成一家。元和之末，無足論者，衰至唐末極矣。然樂府長短句，有一唱三嘆之音。」（《雲麓漫鈔》卷一四）

曾季貍：「唐人樂府，惟張籍、王建古質。」（《艇齋詩話》）

曾季貍：「孟郊、張籍，一等詩也。唐人詩有古樂府氣象者，惟此二人。但張籍詩簡古易讀，孟郊詩精深難窺耳。」（《艇齋詩話》）

嚴羽：「以人而論，則有……張籍、王建體（謂樂府之體同也）。」（《滄浪詩話·詩體》）

嚴羽：「大曆後，劉夢得之絶句，張籍、王建之樂府，我所深取耳。」（《滄浪詩話·詩評》）

姚勉：「『張籍學古淡，軒昂避雞群。』退之語也。武寧汪子載善詩，鄉之邢吏部以『古淡』名之，蓋以其似張籍。雖然，詩而已哉。有道味，有世味，世味今而甘，道味古而淡，今而甘不若古而淡者之味之悠長也。食大羹，飲玄酒，端冕而聽琴瑟，雖不如烹龍炰鳳之可口，俳優鄭衛之適耳，而飫則厭，久則倦矣，淡之味則有餘而無窮也。爲今之人甘可也，欲爲古之人其淡乎？惟古則淡，惟淡則古。周子曰，淡則欲心平，子欲追古人之淡，夫苟無欲，則於道庶幾矣！詩安足論哉！張籍豈足爲哉！」（《雪坡集·汪古淡詩集序》卷三七）

時天彝：「楊巨源始與元白學詩，而詩絶不類元白。王建自云紹張文昌，而詩絶不類文昌。豈相馬者固不在色别乎？巨源清新明嚴，有元白所不能至者。建樂府固倣文昌，然文昌恣態横生，化俗爲雅，建則從俗而已，馴致其弊，便類聶夷中。」（元吴師道《吴禮部詩話》引）

時天彝：「朱慶餘，張籍門人，傳其詩法，然獨以《閨怨》一篇知名于時，此集乃不録。」（元吴師道《吴禮部詩話》引）

時天彝：「項斯亦師張水部，自以字清意遠匠物爲工，然格律卑近，漸類晚唐矣。至李頻，則真晚唐也。」（元吴師道《吴禮部詩話》引）

范晞文：「鮑明遠詩：『朱唇動，素腕舉，洛陽少童邯鄲女。古稱《渌水》今《白紵》，

催絃急管爲君舞。窮秋九月荷葉黄，北風驅雁天雨霜，夜長酒多樂未央。』全類張籍、王建。」(《對床夜語》卷一)

敖陶孫：「孟東野如埋泉斷劍，卧壑寒松。張籍如優工行鄉飲，醻獻秩如，時有詼氣。」(明楊慎《升菴詩話》卷八「孫器之評詩」條)

劉克莊：「樂府至張籍、王建，道盡人意中事，惟半山尤賞好，有『看若尋常最奇崛，成如容易極艱辛』，此十四字，唐樂府斷案也。本朝惟張文潛能得其遺意。」(《後村詩話·新集》卷三)

劉克莊：「古詩出於情性，發必善。今詩出於記問，博而已，自杜子美未免此病。于是張籍、王建輩稍束起書袋，剗去繁縟，趨於切近。世喜其簡便，競起效顰，遂爲『晚唐體』。」(《後村先生大全集·韓隱君詩序》卷九六)

三、元

方回：「昌黎門人有孟郊、賈島、張籍、盧仝、李賀之徒，詩體不一，昌黎能人人效之，此蓋張籍體也。」(《瀛奎律髓彙評》卷四評韓愈《送桂州嚴大夫》)

方回：「張洎序項斯詩，謂『元和中，張水部律格不涉舊體。惟朱慶餘一人，親授其旨。沿而下，則有任藩、陳標、章孝標、司空圖等及門。項斯，於寶曆、開成之際，尤爲水部所賞。』然則韓門諸人，詩派分異，此張籍之派也。姚合、李洞、方干而下，賈島之派也。」（《瀛奎律髓彙評》卷二〇評朱慶餘《早梅》）

方回：「讀唐人五言律詩，千變萬化。賈島是一樣，張司業是一樣。忽讀此詩，又別是一樣。無窮無盡奇妙。」（《瀛奎律髓彙評》卷二三評秦系《晚秋拾遺朱放訪山居》）

陳櫟：「『張籍學古淡』，是故詩尤貴淡。然淡而非槁無餘味之謂也，一毫牽强不可謂淡，少不出于自然不可謂淡，外臞而内腴，形枯而神澤，斯爲淡矣。」（《定宇集・江楚望淡生活説》卷五）

脱脱等：「（張耒）作詩晚歲益務平淡，效白居易體，而樂府效張籍。」（《宋史・張耒傳》卷四四四）

辛文房：「（王建）與張籍契厚，唱答尤多。工爲樂府歌行，格幽思遠。二公之體，同變時流。」（《唐才子傳・王建》卷四）

吴師道：「唐元和、長慶間，昌黎公以文雄一世，從之游者，若李翺之純，皇甫湜之健，張籍之麗，郊、島之寒苦，巨細無不有。而號稱險怪奇澀者，詩則盧仝，文則紹述，惟韓子兼之。」（《禮部集・題樊紹述〈絳守居園池記〉後》卷一六）

范德機：「（樂府篇法）張籍爲第一，王建近體次之，長吉虚妄不必效，岑参有氣，惜語硬，又次之。張、王最古，上格如《焦仲卿》、《木蘭詞》、《羽林郎》、《霍家奴》、《三婦詞》、《大垂手》、《小垂手》等篇，皆爲絶唱。李太白樂府，氣語皆自此中來，不可不知也。」（《木天禁語・六關》「樂府篇法」條）

陳繹曾：「張籍祖國風，宗漢樂府，思難辭易。王建似張籍，古少今多。」（明胡震亨《唐音癸籤・評彙三》卷七引）

## 四、明

高棅：「下暨元和之際，則有柳愚谿之超然復古，韓昌黎之博大其詞，張、王樂府得其故實，元、白序事務在分明，與夫李賀、盧仝之鬼怪，孟郊、賈島之饑寒：此晚唐之變也。」（《唐詩品彙・總叙》）

高棅：「元和再盛之後，體製始散，正派不傳，人趨下學，古聲愈微。韓愈、孟郊已述於前，他如張籍、王建、白居易、歐陽詹、李賀、賈島諸人，各鳴于時，猶有貞元之遺韻。」（《唐詩品彙・五言古詩叙目》）

高棅：「漢武帝立樂府官采詩，以四方之音被之聲樂，其來遠矣。後世沿襲，古意略存。或因意命題，或學古叙事，尚能原閨門袵席之遺，而達之於宗廟朝廷之上，去古雖遠猶近。唐世述作者多，繁音日滋，寓意古題、刺美見事者有之，即事名篇、無復倚傍者有之。大曆以還，古聲愈下，獨張籍、王建二家體制相似，稍復古意。或舊曲新聲，或新題古義，詞旨通暢，悲歡窮泰，慨然有古歌謡之遺風，皆名爲樂府，雖未必盡被於絃歌，是亦詩人引古以諷之義歟？抑亦唐世流風之變而得其正也歟？今合二家詩五十七首爲正變，後之審音者倘采聲以造樂，二子其庶乎！

高棅：「元和歌詩之盛，張王樂府尚矣。」（《唐詩品彙·七言古詩叙目》）

高棅：「大曆以還，作者之盛，駢踵接跡而起，或自名一家，或與時唱和，如樂府、宫詞、竹枝、楊柳之類，先後述作，紛紜不絶。逮至元和末，而聲律不失，足以繼開元、天寶之盛。……自貞元以來，若李益、劉禹錫、張籍、王建、王涯五人，其格力各自成家，篇什亦盛。」（《唐詩品彙·七言絶句叙目》）

高棅：「中唐作者尤多，氣亦少下。……大曆諸賢，聲律猶近，降及貞元以後，戎昱、李益、戴叔倫、張籍、張祜之流，無足多得。其有合作者，遺韻尚在，猶可以繼述盛時。」（《唐詩品彙·五言律詩叙目》）

高棅：「元和以還，柳宗元、劉禹錫、韓愈、張籍，與夫姚合、李頻、鄭谷諸人，所作亦不

少，然格律無足多取者。」（《唐詩品彙·五言排律叙目》）

高棅：「長篇排律，唐初作者絶少，開元後，杜少陵獨步當世……元和後，張籍、楊巨源各一首，格律亦可取。」（《唐詩品彙·五言排律叙目》）

李東陽：「質而不俚，是詩家難事。樂府歌辭所載《木蘭辭》，前首最近古。唐詩，張文昌善用俚語，劉夢得《竹枝》亦入妙。至白樂天令老嫗解之，遂失之淺俗。其意豈不以李義山輩爲澀僻而反之？而弊一至是，豈古人之作端使然哉？」（《麓堂詩話》）

李東陽：「李太白才調雖高，而（古樂府）題與義多仍其舊；張籍、王建以下無譏焉。」（清喬億《劍谿説詩》卷上引）

楊慎：「晚唐之詩分爲二派：一派學張籍，則朱慶餘、陳標、任蕃、章孝標、司空圖、項斯其人也；一派學賈島，則李洞、姚合、方干、喻鳬、周賀、『九僧』其人也。其間雖多，不越此二派，學乎其中，日趨于下。其詩不過五言律，更無古體。五言律起結皆平平，前聯俗語十字一串帶過，後聯謂之『頸聯』，極其用工。又忌用事，謂之『點鬼簿』，惟搜眼前景而深刻思之，所謂『吟成五個字，撚斷數莖鬚』也。余嘗笑之，彼之視詩道也狹矣。《三百篇》皆民間士女所作，何嘗撚鬚？今不讀書而徒事苦吟，撚斷肋骨亦何益哉！晚唐惟韓柳爲大家。韓柳之外，元白皆自成家。餘如李賀、孟郊祖《騷》宗謝，李義山、杜牧之學杜甫，温庭筠、權德輿學六朝；馬戴、李益不墜盛唐風格，不可以晚唐目之。數君子真豪傑之士哉！彼學張籍、賈島者，真處裩中之虱也。二派見《張洎集》序項斯詩，非余之臆説也。」（《升菴詩話》卷一一「晚唐兩詩派」條）

文徵明：「昔張籍、皇甫湜雖皆一時豪俊，精於文者，然其所作，視韓愈非其儗也。而韓公得其文以爲奇，從而品目焉。而世徒以其常出於韓之門，以爲是固韓愈氏之徒也，相與躋而列於韓氏，而天下後世，遂不能少其文焉。」（《甫田集・上守谿先生書》卷二五）

王世貞：「樂府之所貴者，事與情而已。張籍善言情，王建善徵事，而境皆不佳。」（《藝苑卮言》卷四）

王世貞：「敖陶孫評：……張籍如『優工行鄉飲，醻獻秩如，時有詼氣』。……語覺爽儁，而評似穩妥，唯少爲宋人曲筆耳。」（《藝苑卮言》卷五）

吴敬夫：「文昌樂府，伯仲仲初，而彌加藴藉，諸體亦淡雅宜人。」（清劉邦彦《唐詩歸折衷》引，轉引自陳伯海注編《唐詩彙評》）

顧璘：「王、張樂府，體發人情，極於纖細，無不至到，後人不及者正在此，不及前人者亦在此。」（《批點唐音》，轉引自陳伯海主編《唐詩彙評》）

顧璘：「張公用意殊勝於王，爲有含藏耳。」（陶文鵬等點校《唐音評注・正音》卷二）

顧璘：「文昌知厭晚唐，每每解脱。」（陶文鵬等點校《唐音評注·正音》卷四）

桂天祥：「張籍、王建音節頗同，然皆爲佳詞，但專務巧思而意興不足，晚唐之風于此開矣。」（《批點唐詩正聲》，轉引自陳伯海主編《唐詩彙評》）

胡應麟：「梁、陳而下，樂府、古詩變而律絶，唐人李、杜、高、岑，名爲樂府，實則歌行。張籍、王建，卑淺相矜；長吉、庭筠，怪麗不典。唐末、五代，復變詩餘。宋人之詞，元人之曲，製作紛紛，皆曰樂府，不知古樂府其亡久矣。」（《詩藪·内篇》卷一）

胡應麟：「樂府則太白擅奇古今，少陵嗣跡《風》、《雅》。《蜀道難》、《遠别離》等篇，出鬼入神，惝怳莫測。《兵車行》、《新婚别》等作，述情陳事，懇惻如見。張、王欲以拙勝，則所謂差之釐毫；温、李欲以巧勝，所謂謬於千里。」（《詩藪·内篇》卷二）

胡應麟：「唐五言古，作者彌衆，至七言殊寡。初唐四子外，惟汾陰、鄴都。盛唐李、杜外，僅高、岑、王、李。中唐劉、韋一二，不足多論。至元、白長篇，張、王樂府，下逮盧、李，流派日卑，道術彌裂矣。」（《詩藪·内篇》卷三）

胡應麟：「唐七言歌行……昌黎而下，門户競開，盧仝之拙樸，馬異之庸猥，李賀之幽奇，劉叉之狂譎，雖淺深高下，材局懸殊，要皆曲徑旁蹊，無取大雅。張籍、王建，稍爲真澹，體益卑卑。庭筠之流，更事綺繪，漸入詩餘，古意盡矣。」（《詩藪·内編》卷三）

胡應麟：「元末楊廉夫歌行，聲價騰湧。今讀之，大率穠麗妖冶，佳處不過長吉、文昌。」（《詩藪·内編》卷三）

胡應麟：「唐七言律自杜審言、沈佺期首創工密，至崔顥、李白時出古意，一變也。高、岑、王、李，風格大備，又一變也。杜陵雄深浩蕩，超忽縱横，又一變也。錢、劉稍爲流暢，降而中唐，又一變也。大曆十才子，中唐體備，又一變也。樂天才具泛瀾，夢得骨力豪勁，在中、晚間自爲一格，又一變也。張籍、王建略去葩藻，求取情實，漸入晚唐，又一變也。」（《詩藪·内編》卷五）

胡應麟：「『家散萬金酬士死，身留一劍報君恩』，李端、韓翃之先鞭。『漁陽老將多迴席，魯國諸生半在門』，王建、張籍之鼻祖。」（《詩藪·内編》卷五評劉長卿《獻淮寧軍節度使李相公》）

胡應麟：「七言絶，太白、江寧爲最，右丞、嘉州、舍人、常侍次之。中唐則隨州、蘇州、仲文、君平、君虞、夢得、文昌、繪之、清溪、廣津，皆有可觀處。」（《詩藪·内編》卷六）

胡應麟：「唐七言歌行……昌黎而下，門户競開：張籍、王建之真澹，李賀之幽奇，變風猶未失古；盧仝之拙朴，馬異之庸猥，劉叉之狂譎，旁蹊更傷大雅。下至庭筠之流，綺繪漸入詩餘；貫休之輩，俚鄙幾同俗諺：古意於焉盡矣。」（明胡震亨《唐音癸籤·評彙

五》卷九引）

胡應麟：「惟工部諸作（編者按：指五言律體），氣象巍峨，規模宏遠，當其神來境詣，錯綜幻化，不可端倪。……『凍泉依細石，晴雪落長松』，島、可幽微所從出；『竹齋燒藥竈，花嶼讀書床』，籍、建淺顯所自來。」（明胡震亨《唐音癸籤·評彙五》卷九引）

胡震亨：「韓退之贈張籍云：『君詩多態度，藹藹春空雲。』司空圖記戴叔倫語云：『詩人之辭，如藍田日暖，良玉生烟。』亦是形似之微妙者，但學者不能味其言耳。」（《唐音癸籤·法微一》卷二）

胡震亨：「文章窮於用古，矯而用俗，如史、漢後六朝史之入方言俗語是也。籍、建詩之用俗亦然。王荆公題籍集云：『看是尋常最奇崛，成如容易卻艱辛。』凡俗言俗事入詩，較用古更難。知兩家詩體，大費鑄合在。」（《唐音癸籤·彙評三》卷七）

胡震亨：「姚秘監（合）詩洗濯既净，挺拔欲高。得趣於浪仙之僻，而運以爽亮；取材於籍、建之淺，而媚以蒨芬：殆兼同時數子，巧撮其長者。但體似尖小，味亦微醨，故品局中駟爾。」（《唐音癸籤·彙評三》卷七）

胡震亨：「朱慶餘學詩於張籍，具體而微。『旅雁捉孤島，長天下四維』，猛句亦水部所少。」（《唐音癸籤·彙評三》卷七）

胡震亨：「籍、建、長吉之不能追李、杜，固也。但在少陵後仍詠見事諷刺，則詩爲謗訕時政之具矣。此白氏諷諫，愈多愈不足珍也。所以張文昌只得就世俗俚淺事做題目，不敢及其他。仲初亦然。（文昌樂府，只《傷歌行》詠京兆楊憑者是時事。建集並無。）至長吉又總不及時事，仍詠古題，稍易本題字就新。（如《長歌行》改爲《浩歌》，《公無渡河》改爲《公無出門》之類。）及將古人事創爲新題，便覺煥然有異。（如《秦王飲酒》、《金銅仙人辭漢歌》之類。）遞相救不得不然，英雄各自有見也。」（《唐音癸籤·評彙五》卷九）

何良俊：「中唐已後之詩，唯王建最爲淺俗，《文苑英華》『寄贈』内建詩，自《上武元衡相公》後十四首中間，如『脱下御衣先得着，進來龍馬每教騎』等句，此似今相禮者白席之語，鏖糟鄙俚，宋元人所不道者，何足以點唐詩哉？……（張籍）七言律，亦只是王建之流耳。」（《四友齋叢説》卷二五）

許學夷：「大曆以後，五七言律流於委靡，元和諸公群起而力振之，賈島、王建、樂天創作新奇，遂爲大變，而張籍亦入小偏，惟子厚上承大曆，下接開成，乃是正對階級。」（《詩源辯體》卷二三）

許學夷：「大曆以後，五七言古、律之詩，流於委靡。元和間，韓愈、孟郊、賈島、李賀、盧仝、劉義（編者按：「義」爲「叉」之誤）、張籍、王建、白居易、元稹諸公群起而力振之，惡同喜異，

其派各出，而唐人古、律之詩至此爲大變矣。亦猶異端曲學，必起於衰世也。」(《詩源辯體》卷二四)

許學夷：「張籍(字文昌)五言古極少，王建(字仲初)五言古聲調僅純，然不成語者多；樂府七言，二公又是一家。王元美云：『樂府之所貴者，事與情而已。張籍善言情，王建善徵事，而境皆不佳。』馮元成謂『較李杜歌行，判若河漢』是也。愚按：二公樂府，意多懇切，語多痛快，正元和體也。然析而論之，張籍造古淡，較王稍爲婉曲，王則語語痛快矣。且王詩多，而入録者少，故知其去張實遠也；其仄韻亦多上、去二聲雜用。」(《詩源辯體》卷二七)

許學夷：「張、王樂府七言……懇切痛快者也，宋、元、國初多習爲之，蓋以其短篇，語意緊密，中才者易於收拾耳。」(《詩源辯體》卷二七)

許學夷：「韓、白五言長篇雖成大變，而縱恣自如，各極其至；張、王樂府七言雖在正變之間，而實未盡佳。選者於韓、白五言長篇不録而多采張、王樂府，蓋元和主變，而選者貴正也。」(《詩源辯體》卷二七)

許學夷：「大曆而後，五七言律體製、聲調多相類，元和間，賈島、張籍、王建始變常調。張、王五言清新峭拔，較賈小異，在唐體亦爲小偏。……五代諸公乃多出此矣。」(《詩

源辯體》卷二七）

許學夷：「張籍七言律……風味亦與五言相類；七言絶漸入晚唐，而入録者最爲有致，然中多雜以夢得之詩。」（《詩源辯體》卷二七）

唐汝詢：「籍詩意遠，語若天成。就一體論，元和間堪執牛耳。恨局於幽細，篇法雷同。」（明周珽輯《删補唐詩選脉箋釋會通評林・五言律詩》卷三四引）

邢昉：「文昌（五律）清癯骨立，元氣盡削，過人在曠然塵外，絶去凡塵。」（《唐風定・五言律詩》卷一五）

徐獻忠：「水部長于樂府古辭，能以冷語發其含意，一唱三歎，使人不忍釋手。張舍人序其能繼李杜之美。予謂李杜渾雄過之，而水部淒惋最勝，雖多瘦語，而俊拔獨擅，貞元以後一人而已。公及微之、白樂天、孟東野歌詞爲天下宗匠，謂之『元和體』。其近律專平淨，固亦樂天之流也。」（《唐詩品》「張籍」條）

陸時雍：「人情物態不可言者最多，必盡言之，則俚矣。知能言之爲佳，而不知不言之爲妙，此張籍、王建所以病也。張籍小人之詩也，俚而佻。王建款情熟語，其兒女子之所爲乎？詩不入雅，雖美何觀矣！」（《詩鏡總論》）

陸時雍：「張籍、王建詩有三病：言之盡也，意之醜也，韻之庳也。言窮則盡，意褻則

醜，韻軟則庳。杜少陵《麗人行》、李太白《楊叛兒》，一以雅道行之，故君子言有則也。」（《詩鏡總論》）

陸時雍：「元、白之韻平以和，張、王之韻庳以急。其好盡則同，而元、白獨未傷雅也。雖然，元、白好盡言耳，張、王好盡意也。盡言特煩，盡意則褻矣。」（《詩鏡總論》）

陸時雍：「五古稍存雅道。」（《唐詩鏡》卷四一張籍五言古詩總論）

陸時雍：「七言好作近人語，苦病於俗。」（《唐詩鏡》卷四一張籍七言古詩總論）

陸時雍：「張籍絶句，别自爲調，不類故常。」（《唐詩鏡》卷四一評《秋思》）

陸時雍：「七言古欲語語生情，自張籍、王建始爲此體。盛唐人只寫得大意。」「張籍、王建俱作猥情軟語。真際雖多，雅道盡喪矣。二子相參，張之氣稍遒，王之語近文也。」（《唐詩鏡》卷四一王建七言古詩總論）

鍾惺：「張文昌妙情秀質，而别有温夷之氣，思緒清密，讀之無深苦之跡，在中唐最爲蘊藉。」（《唐詩歸・中唐六》卷三〇）

譚元春：「司業詩，少陵所謂『冰雪淨聰明』，足以當之。」（《唐詩歸・中唐六》卷三〇）

## 五、清

朱克生：「王建、張籍，外厭藻繢，内反精實。」（《唐詩品彙删》，轉引自陳伯海主編《唐詩彙評》）

王士禛：「草堂樂府擅驚奇，杜老哀時托興微。元白張王皆古意，不曾辛苦學妃豨。」（《戲倣元遺山論詩絶句三十二首》其九）

王士禛：「（樂府）逮於有唐，李、杜、韓、柳、元、白、張、王、李賀、孟郊之輩，皆有冠古之才，不沿齊梁，不襲漢魏，因事立題，號稱樂府之變。」（《帶經堂詩話·體製類》卷一）

王士禛：「李白、杜甫、李紳、張籍之流，因事創調，篇什繁富，要其音節，皆不可歌。」（《帶經堂集·倚聲集序》卷四一）

王士禛：「古樂府原有句有音。在當日句必大書，音必細注。後人相沿之久，並其細注之音，而誤認爲句。附會穿鑿，至於摹擬剽竊，毫無意義，而自命爲樂府，使人見之欲嘔。如南中某公作樂府，有『妃呼豨，豨知之』之語。夫『妃呼豨』三字，皆音也。今乃認『妃』作女，認『豨』作豕，一似豕真有知，豈非笑談？唐人樂府，惟有太白《蜀道難》、《烏夜啼》，子美《無家别》、《垂老别》以及元、白、張、王諸作，不襲前人樂府之貌，而能得其神

者，乃真樂府也。後人擬古諸篇，總是贋物。」（清何世璂《然鐙記聞》第一九條）

王士禛：「樂府者，繼三百篇而起者也。唐人惟韓之《琴操》，最爲高古。李之《遠别離》、《蜀道難》、《烏夜啼》，杜之《新婚》、《無家》諸别，《石壕》、《新安》諸吏，《哀江頭》、《兵車行》諸篇，皆樂府之變也。降而元、白、張、王，變極矣。元次山、皮襲美補古樂章，志則高矣，顧其離合，未可知也。唐人絶句，如『渭城朝雨』、『黄河遠上』諸作，多被樂府，止得《風》之一體耳。元楊廉夫、明李賓之各成一家，又變之變也。李滄溟詩名冠代，祇以樂府摹擬割裂，遂生後人詆毁。則樂府寗爲其變，而不可以字句比擬也亦明矣。」（清郎廷槐《師友詩傳録》）

王士禛：「漢、魏樂府，高古渾奥，不可擬議。唐人樂府不一。初唐人擬《梅花落》、《關山月》等古題，大概五律耳。盛唐如杜子美之《新婚》、《無家》諸别，《潼關》、《石壕》諸吏，李太白之《遠别離》、《蜀道難》，則樂府之變也。中唐如韓退之《琴操》，直溯兩周；白居易、元稹、張籍、王建創爲新樂府，亦復自成一體。」（清劉大勤《師友詩傳續録》）

張實居：「樂府之異於詩者，往往叙事。詩貴温裕純雅，樂府貴遒深勁絶，又其不同也。……至唐人多與詩無别。惟張籍、王建猶能近古，而氣象雖别，亦可宗也。」（清郎廷槐《師友詩傳録》）

宋犖：「古樂府音節久亡，不可摹擬。王（世貞）、李（攀龍）及雲間陳（子龍）、李（雯）諸子，數十年墮入雲霧，如禹碑石鼓，妄欲執筆效之，良可軒渠。少陵樂府以時事創新題，如《無家别》、《新婚别》、《留花門》諸作，便成千古絶調。後來張（籍）、王（建）樂府，樂天之《秦中吟》，皆有可採。」（《漫堂説詩》）

趙執信：「句法須求健舉，七言古詩尤亟。然歌行雜言中，優柔舒緩之調，讀之可歌可泣，感人彌深。如白氏及張、王樂府具在也。今人幾不知有轉韻之格矣。此種音節，懼遂亡之，奈何！」（《談龍録》）

吴昌祺：「文昌苦吟求異，而竟不佳，知文章不在求新也。裴晉公曰文如日月，終古如是，而光景常新，旨哉言乎！」（《删訂唐詩解·七言古詩五》卷一〇）

毛先舒：「《休洗紅》二首，政是張、王樂府本色，用修稱其古雅，殊謬矣。」（《詩辯坻》卷二。（編者按：據逯欽立輯校《先秦漢魏晉南北朝詩·晉詩卷十九》載，《休洗紅二首》爲晉樂府。明楊慎《升菴詩話》卷一一「蜀棧古壁詩」條：「余於蜀棧古壁見無名氏號硯沼者書古樂府一首云：『休洗紅，洗多紅在水。新紅裁作衣，舊紅番作裏。回黄轉緑無定期，世事反覆君所知。』此詩古雅，元郭茂倩《樂府》亦不載。李賀詩云：『休洗紅，洗多顔色淡。卿卿聘少年，昨夜殷橋見。封侯早歸來，莫作弦上箭。』視前詩何啻千里乎？」）

毛先舒：「七言歌行，雖主氣勢，然須間出秀語，不得全豪；叙述情事，勿太明直，當使參差，更附景物，乃佳耳。唐代盧、駱組壯，沈、宋軒華，高、岑豪激而近質，李、杜紆佚而好變，元、白迤邐而詳盡，温、李朦朧而綺密。陳其格律，校其高下，各有耑詣，不容斑雜。唯張、王樂府，最爲俚近，舉止弴露，不足效也。」（《詩辯坻》卷三）

毛先舒：「初盛之後，似合有張、王俚俗一派，猶明中葉有袁中郎輩也。」（《詩辯坻》卷三）

毛先舒：「文昌樂府與仲初齊名，然王促薄而調急，張風流而情永，張爲勝矣。」（《詩辯坻》卷三）

毛先舒：「大曆以後，解樂府遺法者，唯李賀一人。設色穠妙，而詞旨多寓篇外，刻於撰語，渾于用意。中唐樂府，人稱張、王，視此當有郎奴之隔耳。」（《詩辯坻》卷三）

賀貽孫：「七言古須具轟雷掣電之才，排山倒海之氣，乃克爲之。張司業籍以樂府古風合爲一體，深秀古質，獨成一家，自是中唐七言古别調，但可惜邊幅稍狹耳。若元、白二公，才情有餘，邊幅甚賒，然時有拖沓之累。蓋司業所病者節短，而元、白所病者氣緩，截長補短，庶幾可與李、杜諸人方駕耳。」（《詩筏》）

賀裳：「用修曰：『晚唐之詩，分爲二派，一派學張籍，一派學賈島。其詩不過五言律，起結皆平平。前聯俗語，十字一串帶過。後聯謂之頸聯，極其用工。又忌用事，謂之點鬼簿。惟搜眼前景而深刻思之，所謂「吟成五箇字，撚斷數莖鬚」也。余嘗笑之，彼視詩道也狹矣。《三百篇》皆民間士女所作，何嘗撚鬚！今不讀古而徒事苦吟，撚斷筋骨亦何益哉！真處褌之蝨也。』余意用修以此矯空疎之弊，誠爲石論，但兩家詩派自分，其弟子得失亦自有别。張主言情，語多平易。賈專寫景，意務雕搜。且張佳處本在樂府歌行，舍其委婉諷諭之章，而模其淺近，此誠庸劣。閬仙古詩雖氣格不靡，時多酸陋，短律推敲良具苦心，學之者專務于此，故時有出藍之美。兩派中有善學不善學之分，概謂之『蝨』，恐非平允。」（《載酒園詩話》卷一「升菴詩話」條）

賀裳：「昔人編詩，以開元、大曆初爲盛唐，劉長卿開元、至德間人，列之中唐，殊不解其故。細閲其集，始知之。劉有古調，有新聲。盛唐人無不高凝整渾，隨州短律，始收斂氣力，歸于自然，首尾一氣，宛若面語。其後遂流爲張籍一派，益事流走，景不越于目前，情不踰于人我，無復高足闊步，包括宇宙，綜攬人物之意。雖孟襄陽詩，亦有因語真而意近，以機圓而體輕者，然不佻不纖。隨州始有作態之意，實溽暑中之一葉落也。」（《載酒園詩話又編》「劉長卿」條）

賀裳：「（戴叔倫）《女耕田行》曰：『乳燕入巢筍成竹，誰家二女種新穀。無牛無人不及犁，持刀砍地翻作泥。自言家貧母年老，長兄從軍未娶嫂。去年災疫牛囤空，截絹買刀都市中。頭巾掩面畏人識，以刀代牛誰與同？姊妹相攜心正苦，不見路人惟見土。疏通畦隴防亂苗，整頓溝塍待時雨。日正南岡下餉歸，可憐朝雉擾驚飛。東鄰西舍花發盡，共惜餘芳淚滿衣。』此詩語直而氣婉，悲感中仍帶勉勵，作勞中不廢禮防，真有女士之風，裨益風化。張司業得其致，王司馬肖其語，白少傅時或得其意，此殆兼三子之長先鳴者也。」（《載酒園詩話又編》「戴叔倫」條）

賀裳：「高棅《品彙》設立名目，取舍不能盡當，惟七言古以張、王並列，極爲有識。文昌善爲哀婉之音，有嬌絃玉指之致。仲初妙于不含蓄，亦自有曉鐘殘角之韻。」（《載酒園詩話又編》「張籍王建」條）

賀裳：「司業律詩以淺淡而妙，然實鴻鵠之腹毳也。」（《載酒園詩話又編》「張籍王建」條）

賀裳：「樂天樂府不及文昌、仲初，可備採風者尚多。」（《載酒園詩話又編》「白居易」條）

賀裳：「崔長短律皆以一氣斡旋，有若口談，真得張水部之深者。如『併聞寒雨多因夜，不得鄉書又到秋』，『正逢摇落仍須別，不待登臨已合悲』，皆本色語之佳者。至《春夕》一篇，又不待言。」（《載酒園詩話又編》「崔塗」條）

馮班：「水部五言多名句。」「張君破題極用意，不似他人直下。」（清宋邦綏《才調集補注》卷三引）

吴喬：「張籍、王建七古甚妙，不免是殘山剩水，氣又苦咽。」（《圍爐詩話》卷二）

田雯：「張司業、姚少監妙句天成，筆端韶秀。」（《古歡堂集雜著》卷二「論五言律詩」條）

田雯：「白香山、張司業名言妙句，側見横出，淺淡精潔之至。」（《古歡堂集雜著》卷二「論七言律詩」條）

田雯：「文昌標致悠閒，宛轉流暢，如天衣無縫，鍼鏤莫尋。」（《古歡堂集雜著》卷二「論七言絶句」條）

田同之：「漁洋王司寇云：『自七調五十五曲之外，如王之涣涼州，白居易柳枝，王維渭城，流傳尤盛。此外雖以李白、杜甫、李紳、張籍之流，因事創調，篇什繁多，要其音節皆不可歌。詩之爲功既窮，而聲音之秘，勢不能無所寄，於是温、韋生而花間作，李、晏出而草堂興，此詩之餘，而樂府之變也。』」（《西圃詞説》「王士禎論詞」條）

吴瑞榮：「水部律格，工於匠物，字清意遠，不陟舊跡，自足成一家矣。然其音韻過拗過裂，有礙製體。」（《唐詩箋要》卷六）

張世煒：「張、王樂府妙絶一時，其精警處遠出樂天、微之之上。元、白長慶篇雖滔滔不竭，然寸金丈鐵，其間豈容無辯？惟近體則卑率寒陋，俱非所長也。」（《唐七律雋》，轉引自陳伯海主編《唐詩彙評》）

方世舉：「詩屢變而至唐，變止矣，格局備，音節諧，界畫定，時俗準。今日學詩，惟有學唐。唐詩亦有變，今日學唐，惟當學杜：元微之斷之於前，王半山言之於後，不易之論矣。然其規模鴻遠，如周公之建置六官，體國經野；又如大禹之會同四海，則壤成賦，後學能驟窺耶？登高自卑，宜先求其次者，以爲日漸之德。五古五律先求王、孟、韋、柳，七古歌行先求元、白、張、王，庶有次第。」（《蘭叢詩話》）

方世舉：「古樂府必不可仿。李太白雖用其題，已自用意。杜則自爲新題，自爲新語；元、白、張、王因之。」（《蘭叢詩話》）

方世舉：「詩之有齊名者，幸也，亦不幸也。凡事與其同能，不如獨勝。若『元白』，若『張王』，若『温李』，若『皮陸』，一見如伯喈、仲喈之不可辨，令子産『不同如面』之言或爽然；久對亦自有異，讀者不可循名而不責實。『張王』、『皮陸』，其辨也微，在顰笑動静之間。『元白』、『温李』，則有顯著，如元之《騅馬歌》，白或未能；温之《蘇武廟》，李恐不及。其無和，亦或不能和耶！」（《蘭叢詩話》）

牟願相：「張文昌（籍）、王仲初（建）詩如風落霜梨，觸牙鬆脆。」（《小瀨草堂雜論詩・詩小評》）

牟願相：「中唐詩以道得人心中事爲工，意盡而語竭。元、白以煩，張、王以簡，孟東野詩瘦骨崚嶒，不幸令人以賈島匹之。」（《小瀨草堂雜論詩・雜論詩》）

牟願相：「詩到中唐盡：昌黎艱奥盡，東野劖削盡，蘇州、柳州深永盡，李賀奇險盡，元、白曲暢盡，張、王輕俊盡，文房幽健盡。」（《小瀨草堂雜論詩・又雜論詩》）

喬億：「楊鐵崖樂府，亦元、白、張、王末派。」（《劍谿説詩》卷上）

喬億：「許彦周謂『張籍、王建樂府、宫詞皆傑出，而不能追逐李、杜者，氣不勝耳』。漁洋老人（《分甘餘話》）非之，謂『正坐格不高耳』。愚以爲皆非也。張、王縱氣勝格高，祇追逐王、李、高、岑，如何敢望李、杜？」（《劍谿説詩》卷上）

喬億：「陳、杜、沈、宋、二張（燕公、曲江）、王、孟、高、岑、李、杜及劉、韋、錢、郎諸家五律，雖氣有厚薄，骨有輕重，併入高品，後來惟張文昌稍步趨大曆。」（《劍谿説詩》卷下）

喬億：「柳州歌行甚古，遒勁處非元、白、張、王所及。」（《劍谿説詩・又編》）

喬億：「夢得詩多傑作，特古、《選》不及子厚、東野，歌行不及退之、長吉，要非張、王可望也。當日惟樂天可相頡頏，而健舉終遜之。」（《劍谿説詩・又編》）

喬億：「元和、長慶間，自韓、柳而外，古、《選》首孟郊，歌行則李賀，張籍五律，劉禹錫七言律絶，張祜小樂府，並出樂天之右。樂天祇長律擅場，亦無子厚筆力也。」（《劍谿説詩·又編》）

沈德潛：「張、王樂府，委折深婉，曲道人情，李青蓮後之變體也。」（《重訂唐詩别裁集序》）

沈德潛：「文昌長於新樂府，雖古意漸失，而婉麗可誦。五古亦不入卑靡。」（《重訂唐詩别裁集》卷四）

沈德潛：「張、王樂府，有新聲而少古意，王漁洋所謂『不曾辛苦學妃豨』也。然心思之巧，辭句之雋，最易啟人聰穎。」（《重訂唐詩别裁集》卷八）

沈德潛：「白樂天詩，能道盡古今道理，人以率易少之。然諷諭一卷，使言者無罪，聞者足戒，亦風之遺意也。惟張文昌、王仲初樂府，專以口齒利便勝人，雅非貴品。」（《説詩晬語》卷上）

趙翼：「聯句一種，韓、孟多用古體，惟香山與裴度、李絳、李紳、楊嗣復、劉禹錫、王起、張籍皆用五言排律，此亦創體。」（《甌北詩話·白香山詩》卷四）

魯九皋：「貞元、元和之際，韓文公崛起，以天縱逸才，爲起衰鉅手，詩繼李、杜之盛。

而柳子厚獨傳《騷》學，亦宗陶公，五言幽澹綿邈，足繼蘇州，故世並稱曰『韋、柳』。輔韓文公而起衰者，孟郊東野也；與柳州稱契者，有劉禹錫焉。其他元、白、張、王之樂府，盧仝、李賀、劉叉之詭怪，姚合、賈島之艱僻，非不瑰奇偉麗，卓然成家，然於此道中別闢一境，遂爲旁門小宗矣。」（《詩學源流考》）

李懷民：「余讀貞元以後近體詩，稱量其體格，竊得兩派焉。一派張水部，天然明麗，不事雕鏤，而氣味近道，學之可以除躁妄，祛矯飾，出入風雅。一派賈長江，力求險奥，不吝心思，而氣骨淩霄，學之可以屏浮靡，卻熟俗，振興頑儒。二君之詩，各有廣大奥逸宏拔美麗之妙，而自成一家；一緒所延，在當時，或親承其旨，在後日，則私淑其風，昭昭可考，非余一人私見。慨自明季歷下、竟陵諸公互主騷壇以來，各立門户，不本於古，使學者入於歷下則非竟陵，遁於竟陵則誚公安，迄無至是，豈知古人派別，依然俱在，特不肯降心一尋耳。予每欲聚集諸家，分承兩派，訂成一書，嫌於創始，或驚俗目，喜得張爲《主客圖》，本鍾氏孔門用詩之意而推廣之，雖所用不當，而取義良佳，謹依其制，尊水部、長江爲主，而入室、升堂、及門，以次及焉……雖稱兩派，其實一家耳。」「張、王固以樂府名，然惟後人祇知其樂府耳。當時謂之『元和體』，甯單指樂府哉？且水部自標律格，其近體固當與樂府並重，後人乃謂鴻鵠之腹毳，直目論耳。」（《重訂中晚唐詩主客圖説》）

李懷民：「水部五言，體清韻遠，意古神閑，與樂府詞相爲表裏，得《風》、《騷》之遺，當時以律格標異，信非偶然。得其傳者，朱慶餘而外，又有項斯、司空圖、任翻、陳標、章孝標、滕倪諸賢。今考滕倪、陳標詩已無存；任翻、司空圖、章孝標亦寥寥數頁，惟朱慶餘、項斯兩君賴後人搜輯，規格略具。愚按水部既殁，聞風而起者，尚不乏人，後世拘於時代，别爲晚唐，要其一脉相沿之緒，故自不爽。兹特奉水部爲清真雅正主，而以諸賢附焉。合十六人，得詩四百十一首。」（《重訂中晚唐詩主客圖·張籍傳》）

洪亮吉：「謫仙獨到之處，工部不能道隻字；謫仙之於工部亦然。……所謂可一不可兩也。外若沈之與宋，高之與岑，王之與孟，韋之與柳，温之與李，張、王之樂府，皮、陸之聯吟，措詞命意不同，而體格並同，所謂笙磬同音也。」（《北江詩話》卷六）

錢泳：「七古以氣格爲主，非有天姿之高妙，筆力之雄健，音節之鏗鏘，未易言也。尤須沈鬱頓挫以出之，細讀杜、韓詩便見。……如以張、王、元、白爲宗，梅村爲體，雖著作盈尺，終是旁門。」（《履園譚詩·總論》）

翁方綱：「張、王樂府，天然清削，不取聲音之大，亦不求格調之高，此真善于紹古者。較之昌谷，奇豔不及，而真切過之。」（《石洲詩話》卷二）

翁方綱：「張、王已不規規于格律聲音之似古矣，至元、白乃又伸縮抽换，至于不可思

議，一層之外，又有一層。古人必無依樣臨摹，以爲近古者也。」（《石洲詩話》卷二）

李調元：「王建、張籍樂府，何曾一字險怪，而讀之入情入理，與漢、魏樂府並傳。古人不朽者以此，所以詩最忌艱澀也。」（《雨村詩話》卷下）

管世銘：「張、王樂府多七言，易於曲折動人也。白樂天《秦中吟》等，五言而能質古，足以當采風之獻。」（《讀雪山房唐詩序例・五古凡例》）

管世銘：「樂府古詞，陳陳相因，易於取厭。張文昌、王仲初創爲新製，文今意古，言淺諷深，頗合《三百篇》興、觀、群、怨之旨。……張、王尚有古音，元、白始全今調。」（《讀雪山房唐詩序例・七古凡例》）

管世銘：「唐七言古詩，整齊於高、岑、王、李，飄灑於太白，沉雄於少陵，崛强於昌黎，蓋猶七雄之並峙也。前之王、楊、盧、駱，後之元、白、張、王，則宋、衛、中山之君也。韓翃、盧綸，王、李之附庸；昌谷、樊南，退之之屬國也。惟李、杜，則昌黎而外，蓋莫敢問津焉。」（《讀雪山房唐詩序例・七古凡例》）

管世銘：「子厚骨聳，夢得氣雄，元和之二豪也。其次則張水部，風流蘊藉，不失雅音。楊少尹情致纏綿，抑又其次也。」（《讀雪山房唐詩序例・七律凡例》）

冒春榮：「擬古樂府，則以太白爲正宗，而少陵及元、白、張、王其變也。」（《葚原詩

説》卷四）

冒春榮：「唐人古詩，無有不從前代入者……中唐諸子，其變斯極，長吉學《楚騷》不得，而趨於詭僻；退之追《風》、《雅》不及，而逃於生峭；孟郊之苦吟，盧仝之狂詛，創不成創，因無所因；張、王樂府，時有遺聲；元、白唱酬，了無深致：要之皆彼善於此也。」（《葚原詩説》卷四）

闕名：「元和、長慶間，詩有兩歧，韓門諸子，專尚質實，張籍、皇甫故爲敏妙，以及郊寒島瘦，各有勝處。」（《靜居緒言》）

闕名：「致拙意新以矯時習者，杜司勳之俊才也；創奇出怪以極鬼工者，李昌谷之幽思也。顧逋翁之樂府，可爲鼓吹張、王；李庶子之絶句，是足追攀王、李。皆立幟一家，居然作手。」（《靜居緒言》）

孫濤：「退之《調張籍》詩曰：『刺手拔鯨牙，舉瓢酌天漿。』魏道輔謂：高至酌天漿，幽至於拔鯨牙，其用思深遠如此。」（《全唐詩話續編》卷上「張籍」條）

余成教：「唐詩人齊名者：……順宗時，孟郊、賈島、張籍、王建、李賀、盧仝、歐陽詹、劉叉俱從韓愈游，謂之韓門詩派；李翺、皇甫湜學古文于韓公，俱不能詩。」（《石園詩話》卷二）

延君壽：「韓門張籍、孟郊、皇甫湜輩，自是不如韓，亦不似韓。然正以不如不似，能自成家數。古人雖同時一堂，不相依傍如此。」（《老生常談》）

延君壽：「七古，高、岑、王、李是一種，李、杜各一種，李長吉一種，張、王樂府一種，韓一種，元、白又一種，後人幾不能變化矣。……楊鐵崖、謝皋羽、張玉笥是學張、王樂府，楊、謝奇闢處，尤能上追長吉。」（《老生常談》）

延君壽：「樂府不傳久矣，歷朝紛紛聚訟，究亦不知何説近是。李、杜偶爲之，皆以現事借樂府題目，不另立名色，即雜於歌行中，最是。若只就題面演説，則了無意味，可以不作。張、王、鐵崖皆不能近古，成其爲張、王、鐵崖之歌行詩可耳。」（《老生常談》）

方南堂：「白樂天歌行，平鋪直叙而不嫌其拖踏者，氣勝也；張文昌樂府，急管繁絃而不覺其踞踏者，趣勝也。」（《輟鍛録》）

潘德輿：「《歲寒堂詩話》論張文昌律詩不如劉夢得、杜牧之、李義山。文昌七律或嫌平易，五律清妙處不亞王、孟，乃愧夢得、牧之、義山哉！」（《養一齋詩話》卷三）

潘德輿：「魏泰謂『張籍、白居易樂府，述情叙怨，委曲周詳，言盡意盡，更無餘味』。嘻！何其大而無當也。文昌樂府，古質深摯，其才下於李、杜一等，此外更無人到。樂天樂府，則天弢自解，獨往獨來，諷諭痛切，可以動百世之人心，雖孔子復出删詩，亦不能廢。

予嘗謂其命意直以《三百篇》自居，爲宇宙間必不可少文字；若《長恨歌》、《琵琶行》，則不作可也。泰徒以六朝隱約意思爲《風》、《騷》遺響，而不知樂天、文昌樂府之可貴，此以皮毛相詩者。」（《養一齋詩話》卷四）

潘德輿：「予論唐詩，小與人異。東野《獨愁》詩云：『前日遠別離，昨日生白髮。欲知萬里情，曉卧半床月。常恐百蟲鳴，使我芳草歇。』《洛橋晚望》云：『天津橋下冰初結，洛陽陌上行人絶。榆柳蕭疏樓閣閒，月明直見嵩山雪。』筆力高簡至此，同時除退之之奥，子厚之淡，文昌之雅，可與匹者誰乎？」（《養一齋詩話》卷九）

潘德輿：「宋景濂《答章秀才書》，於詩人源流甚詳，而詞多不精。如謂『陸士衡兄弟仿子建……韓昌黎初效建安，張文昌過于浮麗，劉夢得步驟少陵，孟東野陰祖沈、謝』。殆皆仿鍾嶸而失之者。」（《養一齋詩話》卷一〇）

陳詩香問：「張、王、元、白等新樂府，可以被管絃否？」陳僅答：「此雖不可知，考之郭茂倩《樂府詩集》，則當時入樂者，初唐多五律，盛唐多七絶。亦有截律詩之半以爲樂曲者，如《想夫憐》爲右丞『秦川一半夕陽開』七律，《都子歌》爲香山《東城桂》七絶第三首，所歌者，不必定爲樂府詩也。大抵唐時詩人多通音樂，故其詩皆可被之管絃。如沈括《筆談》：『《霓裳曲》十二叠，前六叠無拍，至第七叠始有拍而起舞。故填詞名以《中序第一》

者，是中分十二疊，以第七疊爲《中序第一》，至此乃舞。白樂天詩曰：「散序六奏未動衣，中序擘騞初入拍」是也。』《蔡寬夫詩話》：『唐曲言《涼州》者謂之「濩索」，取其音節繁雄；言《六幺》者謂之「轉關」，取其音調閑婉。元微之詩云：「《涼州》大遍最豪嘈，《録要》散序多籠撚。」「濩索」、「轉關」，豈所謂「豪嘈」、「籠撚」者邪？唐時起樂皆以絲聲，竹聲次之，樂家所謂「細抹將來」者是也。王建《宫詞》云：「琵琶先抹《緑腰》頭，小管丁寧側調愁。」』此三詩皆可證。」（《竹林答問》）

厲志：「張、王樂府，出語穉嫩，意少真誠，何足爲後人法！」（《白華山人詩説》卷二）

陸鎣：「（韓愈）贈張籍詩曰：『張籍學古澹。』『古澹』者，簡素之極致，籍固未之能逮焉。一『學』字，可見古人論文，分寸不苟，非若今人信口揄揚已也。」（《問花樓詩話》卷一）

朱庭珍：「大曆以降，風調漸佳，氣格漸損。故昌谷以雄奇勝，元、白以平易勝，温、李以博麗盛，郊、島以幽峭勝，雖品格不一，皆能自成局面，亦皆力求其變者也。即張、王、皮、陸之屬，非無意翻新變故者，特成就狹小耳。」（《筱園詩話》卷一）

朱庭珍：「古今大家，至曹子建始。……如郊、島、張、王，則郊猶可附列名家，島則小家，張、王亦是小家。」（《筱園詩話》卷二）

劉熙載：「白香山樂府，與張文昌、王仲初同爲自出新意。其不同者，在此平曠而彼峭窄耳。」（《藝概·詩概》卷二）

## 五、現當代

丁儀：「（王）建工樂府，與張籍齊名……然中唐詩人，足冠冕一時者，亦惟顧況、李益、王建而已，韓、柳、元、白固當别論，張籍齊名，終屬虚構耳。籍……時雖謂其長於樂府，今讀其詩，殊傷於直率，寡風人之旨。調既生澀，語多强致，以言樂府，去題遠矣。」（《詩學淵源》卷八「王建張籍」條）

胡適：「張籍的天才高，故他的成績很高。他的社會樂府，上可以比杜甫，下可以比白居易，元結、元稹都不及他。」（《白話文學史》第十五章《大曆長慶間的詩人》）

胡雲翼：「（張籍和王建）雖是中唐詩人，實啟晚唐的詩風。我們都知道張籍和韓愈是朋友，但張籍的作風，卻全無韓愈一派的怪僻，又非白居易一派的通俗，他是以樂府詩著名的。他的樂府卻並不是古意，而是一種新聲。姚合《贈張籍》云：『絶妙《江南曲》，淒涼怨女詩。古風無手敵，新語是人知。』寓新語於古風，是籍詩的特色，如《節婦吟》……在張籍的新體詩裏面，更有一種活潑氣象，如《春别曲》、《春堤曲》、《宫詞》等，没有了高曠的意境，卻更加嫵媚，更加有情韻。王建是以《宫詞》得名的，這種他的詩格已失卻中唐詩的情調，顯是晚唐詩風的開端。……原來韓愈和白居易的特殊奇僻和淺易的詩格，已將中唐詩送到絶境，所以他們一派的詩都是及身而衰。同時代的張籍、王建，即已矯正奇僻和淺易的詩風。到晚唐便進一步，而采用極端的唯美主義了。」（《唐詩研究》第六章《唐詩的第四時期》）

蘇雪林：「張籍本是韓愈的好友，但詩的作風不類……他晚年與白居易交游甚密，白集中有許多贈他的詩，所以他可算是白派詩人。」（《唐詩概論》第十六章《白派詩人》）

聞一多：「這像是元和、長慶間詩壇動態中的三個較有力的新趨勢。這邊老年的孟郊，正哼著他那沙澀而帶芒刺感的五古，惡毒的咒駡世道人心，夾在咒駡聲中的，是盧仝、劉叉的『插科打諢』和韓愈的宏亮的嗓音，向佛、老挑釁。那邊元稹、張籍、王建等，在白居易的改良社會的大纛下，用律動的樂府調子，對社會泣訴着他們那各階層中病態的小悲劇。同時遠遠的，在古老的禪房或一個小縣的廨署裏，賈島、姚合領着一群青年人做詩，爲各人自己的出路，也爲着癖好，做一種陰黯情調的五言律詩（陰黯由於癖好，五律爲着出路）。」（《唐詩雜論・賈島》）

謝無量：「文昌早擅樂府，與王建齊名；晚乃傳律格詩，及門者甚衆，晚唐諸家多效其體。……蓋律體由大曆以來，至於張姚，而全開晚唐之風格矣，故比而論之。」(《中國大文學史》第四編第七章第四節《張籍姚合》)

錢鍾書：「張文昌《祭退之》詩云：『公文爲時帥，我亦微有聲；而後之學者，或號爲韓張。』是退之與文昌亦齊名矣。然張之才力，去韓遠甚；東坡《韓廟碑》曰：『汗流籍湜走且僵。』千古不易之論。其風格亦與韓殊勿類，集中且共元白唱酬爲多。惟《城南》五古似韓公雅整之作，《祭退之》長篇尤一變平日輕清之體，朴硬近韓面目，押韻亦略師韓公《此日足可惜》。其詩自以樂府爲冠，世擬之白樂天、王建，則似未當。文昌含蓄婉摯，長於感慨，興之意爲多；而白王輕快本色，寫實敘事，體則近乎賦也。近體唯七絶尚可節取，七律甚似香山。按其多與元白此喁彼于，蓋雖出韓之門牆，實近白之壇坫。」(《談藝録・張文昌詩》)

# 後記

張籍、王建是中唐時期的著名詩人，在唐代詩壇乃至中國詩史上均有重要的地位和影響，然而迄至本世紀初，有關張王的研究仍然相當薄弱。如關於張籍文集的整理，幾種古人與今人的輯本、校注本，都存在誤收、漏收以及校勘不够精細甚至誤校等方面的不足，注釋本中應注未注或錯注的現象也不少；王建文集的整理，則較張籍集起步更晚一些。關於張王其它方面的研究，也主要集中於生平與樂府詩。他們很有成就的近體詩研究則很不足。鑒於這種情況，我們於二〇〇五年擬定了一個包括文集整理在内的「張王研究」計劃，同年六月申報全國高校古籍整理研究工作委員會項目「張籍集繫年校注」，二〇一〇年八月申報教育部人文社會科學重點研究基地重大項目「張王文集整理與研究」，均獲得立項（批准號分别爲 0503、10JJD750009）。本書即爲項目的相關研究成果。由於我們水平的限制，肯定會有一些錯誤，希望得到專家的指正。

蒙中華書局關照，本書獲得國家古籍整理出版規劃項目的出版資助。在編寫和出版過程中，中華書局俞國林、李天飛兩位先生仔細審閱了文稿，提出了許多寶貴的意見。謹在此表示衷心的感謝！

徐禮節　余恕誠